泉水边

王方晨 著

作家出版社
全国百佳出版社

目录

旧东门巷
2018

第一章　大马士革剃刀

1

我们这些老实街的孩子，如今都已风流云散。

老实街地处旧军门巷和狮子口街之间。当年，若论起老西门城墙根下那些老街巷的声望，无有能与之相匹敌者。老实街居民，历代以老实为立家之本。老实街的巨大声望，当源于此。据济南市社科院某丁姓研究家考证，民国时期老济南府曾有乡谣如斯：

“宽厚所里宽厚佬，老实街上老实人。”

宽厚所是老济南的一家民办慈善机构。

公元二十世纪九十年代以降，丁研究家为保护城区百年老建筑殚精竭虑，丁宝桢故宅、高都司巷、七忠祠、八卦楼、九华楼，等等，仍旧照拆不误。老实街也在一夜之间，夷为平地。丁研究家一怒之下，疾书一封，投于市长，离职赴美，看外孙去了。至于这封长笺之内情，保密严妥，尚不为人所知。有传言当时即被市长撕毁，但我们这些老实街出来的人俱表示怀疑，因为我们坚信，此长笺措辞怆然，气贯长虹，俨然千古圣训，令人凛栗。如果有一天此长笺陈列于山东省博物馆第十一展区，我们毫不诧异。我们老实街居民不会错，就像丁研究家书写这封长笺时，我们每人都亲临现场。

非要我们说出为什么，我们也只能告诉你，那是因为我们都是老实街人。老实街居民向为济南第一老实，绝非妄也。若无百年老街的这点道德自信，岂不白担了“济南第一”的盛名？

学老实，比老实，以老实为荣，是我们从呱呱坠地就开始的人生训练，而且穷尽一生也不会终止。不过，这也不是说我们人人都有一个师傅。

我们无师自通，不但因为老实之风早已化入我们悠远的传统，是我们呼吸之气，渴饮之水，果腹之食粮。还因为，既生活在老实街，若不遵循这一不成文的礼法，断然在老实街待不下去，必将成为老实街的公敌，而这并非没有先例。

可是，不论我们如何深刻理解老实街的崇高风尚，对刘家大院陈玉伋的遭遇仍旧感到极为迷惑。

约在陈玉伋入住老实街前半年，莫家大院左门鼻老先生就见过他。当时老实街的几个孩子牵了陈玉伋的手，从狮子口街由西向东走进来，左门鼻还以为他是谁家亲戚，且初次来访，因为他脸现羞涩，一副怪不好意思往前走的模样。

本来左门鼻要出来跟他见个礼，却听厨房里“咣啷”一声，知道他家老猫碰倒了香油瓶。扶了香油瓶回来，见那人在好心孩子们的簇拥下，已从他家门口走了过去。他低声嘟囔一句：

“瞎瓜。”

他家老猫叫“瓜”。

他家开的是小百货店，说不准开了多少年。

小百货店临街，有时候见他不在，来买东西的人就在窗外喊：“门鼻！”所以，老实街上听得最多的声音就是这个：

“门鼻，门鼻！”

不论谁喊，他都答应。

陈玉伋开的却是理发铺。租了刘家大院两间房，靠街一间略作改造，就是门面。对人说：“不走了。”原来，他爷爷那辈儿就是剃头匠，且是那种担着剃头挑子游乡串户的。按捶拿剃，干推湿剪，走的完全是理发的老路数。

陈玉伋给人整得利落无比，钱却一分不肯多要。问他为什么，他说，这是没用电的。

没用电，可是用人了呀。

人喝了水，吃了粮，租了房，一站就大半天，力气工夫岂是白来？

显然，此人够老实。

2

在我们的记忆中，最当得起“济南第一”的大老实，正是老实街三十五号莫家大院的左门鼻。

笼罩在济南第一大老实左老先生日久月深的威望之下，我们这些人，妇孺老少，驴蛋狗剩，都是他所呵护看管的孩子。这莫家大院的原主人是个大律师，我们一直说不清到底是左门鼻，还是左门鼻的爹当过大律师的马夫。老实街的许多人都有高高骑坐在大黑马上的童年记忆，耳边是一声和缓的叮咛：

“呶，坐稳喽。”

左门鼻真名叫什么，也似乎都不记得。外号怎么来的，更无从考证。虽然他更适合叫“左光头”“左和尚”之类，人们也没想过替他改一改。

他是个光头，历来都是。

留光头的一个好处，是可以随时自己给自己剃。

左门鼻就给自己剃，所以他的头可以保持很光。

陈玉伋入住刘家大院和理发铺开张，左门鼻都去帮过忙。小百货店有没有人，没关系，从没丢过东西。

刘家大院和莫家大院相距不远，一街西一街东，站在小百货店门外随便喊一声，左门鼻就能听到。

陈玉伋的理发铺开张不久，名声就传播了出去。特别是那些中老年街坊，非常喜爱他的手艺。理得好不用说了，关键是——听那利飒飒发断之声，就是享受哩。再别说看那鹤舞白沙的做派。啧！

最初来让陈玉伋理发的多是老实街的人，没出几日，旧军门巷、狮子口街，还有西门外剪子巷、筐市街，都有专门寻了来的。自然会有人向左门鼻问路，左门鼻热情指点：

“您可问着了！前面不是？”

下午有段时间，小百货店总显得特别清静。左门鼻拎把剪子，给他家门口的葡萄树修剪芜枝。不料，因地上起了青苔，脚下的小板凳一滑，他张皇中去抓树干，就把膀子给扭了。原以为冷敷一下，过了夜就好，起来一看，却肿得老高。

朝阳街一个半瞎的老人，苍颜古貌，拄了一根棍儿，颤巍巍也走了来。

这么老的人了，竟也爱美！

左门鼻看他左右打望，忙从柜台后抽身出来，迎上去伸一只手将他扶了。“慢着，慢着。”嘴里一边说，提醒他留神脚下，一边将他送到陈玉伋店里去。

他要陈玉伋给自己剃头，说自己头上像长草，长多少年了。左门鼻并不就走，是要等他剃完头，再把他送到街口。

在陈玉伋手下，他那颗长了蓬蓬乱草的头，亮了！左门鼻头皮却一炸。

送走老人，左门鼻就回家给自己剃头。一抬膀子，酸痛难忍，差点叫出声。老猫在他旁边，竟一下跳开。这老没良心的！放了剃刀，去到店里坐着，不一会儿就如坐针毡，转身再去拿剃刀。一抬膀子，还是疼。

从店里往外望，不时看到理完发的人从陈玉伋理发铺里清爽爽走出来。不看倒还好，越看越觉得头上也像长了草。岂止是长草，是生了虱子，爬了疥壳，又落了满头鸟粪，长了根根芒刺。那叫一个难受，恨不得用手揪一层头皮下来。

左门鼻烦躁不安到天黑。知道再睡不着的，就带了自用的那把剃刀，出门去找陈玉伋。街上黑乎乎的，也没碰到人。

敲开陈玉伋店门，陈玉伋以为出了什么事，他说，大半夜的叨扰您，给剃个头。陈玉伋将信将疑，他已在座位上坐了，顺手拿出自己带来的剃刀，说：

“试试这个。”

夜深人静，左门鼻的耳朵从没像现在一样好使。每根头发齐头皮断掉的声音，低而清晰，“噌，噌，噌”，他都能听到。他也是第一次觉得，剃头的声音会如此美妙，如此令人沉醉。挨头皮吹过一阵爽柔的小风儿似的，头就廓然剃妥，可他还在那里瞑目坐着。

陈玉伋轻嗽一声，他不由一愣。

他那魂魄，已荡然飘去了大明湖。

凑着灯影，陈玉伋留神再看一眼那剃刀，点点头，似赞之意。

闪念之间，左门鼻做出一个重大决定。他要把剃刀送给陈玉伋，也算是理发铺开业的一份贺礼，而且，他不准备再自己剃头了。毕竟年岁大了，老胳膊老腿儿的，怕万一弄不利索。老实街来了陈玉伋，他还要自己给自己剃头，像是说不过去。

见陈玉伋迟疑，他就说：

“我留着不糟蹋了嘛。”

“哎呀。”陈玉伋颇难为情。

“不成敬意，不成敬意。”

3

时间虽短，我们也看得出来，陈玉伋与左门鼻有许多相似之处。陈玉伋说他理发不用电，左门鼻也说过他小百货店是开在自己屋，不像人家还得向房管所交房租。莫大律师随国民党去了南方，临走前把院产白给了左门鼻或左门鼻的爹。

我们都爱来左门鼻的小百货店买东西，比别家便宜。有时候不赚钱，他也卖。

还有一个原因，莫家大院保存完好。

当年公私合营，左门鼻或左门鼻的爹主动把正屋上交充公，自己仅留西厢房。那正屋他从没住过一天，空着也不住。你住又怎样呢？你是新主人了嘛。他偏不住。莫家大院一正两厢一倒座，到左门鼻或左门鼻的爹手上时什么样，几乎一直什么样。门口的拴马石、上马石都在，门楼上的雀替，墙上的墀头，都很好看。院里除了葡萄架，还有两棵大石榴树，棵棵都有两丈高。别的院子里乱搭乱建，犬牙交错，走路转个身都难，这个院子里却还余有空地。我们小时候也都爱来莫家大院玩，看左门鼻带着他的那只老猫，在那空地上莳花弄草。

这样，莫家大院白天里基本上人来人往，人气颇高。

左门鼻有过老婆，死了。一个闺女嫁出去，住在东郊炼化厂，工作忙，不大来。他本来可以再找个老婆的，可他不找，说是怕老婆在阴曹地府生气。

哪有什么阴曹地府！老祖宗编着玩儿的话，他当真了。他就这么孤身一人慢慢度着日月，倒也不觉惨淡。

他有小百货店。有花草。有老猫。有街坊。他要在莫家大院住到老死。任东厢房换了好几次人家。那正屋曾是历下区一家单位的办公室，后来单位搬进茂岭山下新建的区政府办公大楼，门口就只剩一块破牌子，风剥雨蚀。还有人说，他有一个秘密心思，其实是要等那大律师回来。他要把房产原封不动地再交还给大律师。

时光流转，天翻地覆，那大律师尸骨也不知早抛在了哪里。他偏不管。

等着。

这就有些虚妄了不是？不过，也更让人觉得可敬。世界如此之大，几个能做到他这样？

老老实实，等。

等。

特别是他在店里坐着，又没人来买东西，就走了神，忽然地一出惊，神情像极了看到远行人的归来。

这一次仍旧是那样的一惊，但他看到的却只是陈玉伋。

理发铺虽忙，也总有空闲之时。陈玉伋不大出来，怕顾客来理发找不到自己，白耽搁人家工夫。

左门鼻一看到陈玉伋，似乎发现陈玉伋的目光躲了一下。左门鼻当时就起了点疑心，身子往背后阴影里仰了仰，没去招呼他。果然，陈玉伋同样也没招呼他，就那样好像没看见他，匆匆走了过去。

也许是真的没看见。

陈玉伋什么时候回来的，左门鼻不知道，因为他也并不只在店里坐着。

4

接连两天，陈玉伋这样半低着头从左门鼻的小百货店门前走过，也都没跟左门鼻打招呼。左门鼻似乎有所觉察，猜他可能有什么事，不好跟自己说。

再看到陈玉伋时，正巧店里没人买东西，就早早向街上探出身子，招呼道：

“老陈，过来坐。”

陈玉伋竟张口结舌起来，像不知说什么好，支吾半天，也没说出一句话。左门鼻觉得是自己难为他了。

可是，到了半夜，左门鼻躺在床上，听那昏昏思睡的老猫抬头“喵”一声，就看见窗玻璃上闪现个模糊人影，忙去开了门，竟是陈玉伋。

请陈玉伋进来，陈玉伋坐也没坐，就两手捧出一个木匣子，说道：

“左先生，这剃刀，陈某不能收。”

左门鼻有点急：

“不就一把剃刀么，您这是嫌弃了。”

陈玉伋连连摇头：“这如何说不到‘嫌弃’上。”陈玉伋言辞恳切：“我怕是辱没了它哩。本要找一个更好的匣子配它，也没能找到。这匣子是旧的，只有上面的牛皮是我去土产公司买来自己缝上的……”

“我都不知使了多少年，哪里想得到还要用匣子来装它？”左门鼻忍不住打断他，“窗台上也丢，锅台上也丢。您忽然给它配一个这么精致的匣子，让我惭愧起来。这里面到底装的什么稀罕物？”

“左先生说着了。”陈玉伋一边虔敬地打开木匣，一边说，“不光是稀罕，还是挺大个稀罕哩。陈某虽没见过世面，却也认得它。本产自外国，有一个外国名字，叫‘大马士革剃刀’。这剃刀有了多少年纪，我说不出来。你看它竟还像新的，吹发可断。钢好，乌兹钢。造这钢可是秘密。这刀也算是绝版的了。多少年来，我是只闻其名，未见其形。那天眼拙，没看出来。”

左门鼻不知不觉已退到椅子边坐下，沉思着说：

“我也知道这剃刀不错，也疑过它纹路古怪，从不必磨，只是没想到会像你说得这么好。想想，也不差。莫老爷当年名震济南府，是个走南闯北的人物，能有一两件罕物，不出奇。在这院子住了许多年，捡到的小玩意儿倒不少，从没上过心，不管石的木的，梳子烟壶，也都随捡随丢。正是明珠暗投，谁让我是个不识货的？”

“所以我今特来将缘故说清，剃刀送回。”陈玉伋说，“这样的好东西陈某人断不可收。左先生的美意我已领。”

说着，把匣子放到左门鼻手上。左门鼻也没推辞，就看陈玉伋脸上暗暗露出一丝轻松之意。

陈玉伋走掉了，左门鼻一直坐着，并不起身送他。

老猫爬到他脚边，他就俯身对老猫说：

“瓜，不是老陈，我葫芦里闷着，哪能知道这底细？”

只过了一天，同样是晚上，左门鼻也敲开了陈玉伋的房门。

“老陈，你必得收下！”左门鼻重申，“这也是剃刀跟你有缘。”

陈玉伋虽一再拒绝，也没拒绝掉。

可是，在第二天的晚上，陈玉伋再次上门。

“君子不掠人之美，左先生这明明是要我陈某人无功受禄！”陈玉伋眼神恳切之极，“左先生若以为我太犟了些，就许我犟这一次。”

左门鼻脸上看不出什么表情，过了半天才慢慢开口：

“你是犟了些。我若不收呢，你还能怎样？”

就见陈玉伋不禁惶恐起来，声音也有了抖颤：

“那也只有再还。”

左门鼻微微颔首：

“老陈是咱老实街的。”

陈玉伋说：

“多谅吧。”

这回左门鼻把陈玉伋送出了院门。陈玉伋绕开上马石，走远，他才返身回到院子里，站在石榴树下，却又忘了进屋。次日，住东厢房的老王发现石榴树下落了一地石榴叶，树上一根半秃枝子向空挑着，揪的痕迹宛在。

5

尽管那把剃刀的送还全部发生在暗黑之中，后来仍被我们老实街的人获知，而且有种传言是三送三还。好像事不到三，就构不成佳话。

实际上呢？左门鼻揪那石榴叶，把手都揪痛了。搓搓手指肚回了屋，一觉睡到天亮。喂了猫，穿了件齐整衣服走出家门，在街上碰到人，都以为他是去护城河边上练扭腰。很多人应该记得，这天来小百货店买东西，一叫二叫“门鼻”，都不见人应，傍黑才在店里看到他。原来他去了东郊。

左门鼻去东郊看闺女，恰巧陈玉伋的闺女来老实街看爹。

陈玉伋也是有老婆的，死了。陈玉伋也只一个嫁出去的闺女。

看了陈玉伋的闺女，人就想，这闺女像极了老实街上的一个人。谁呢？一时还说不准。

闺女来了，陈玉伋喜气洋洋。那些来理发的人一见就又不理了，为让父女在一起多待一会儿。还给陈玉伋说哪些地方是好玩的，要他带闺女去转转。

他要去，闺女不去。闺女好不容易脱开身来趟济南，要帮爹好好拾掇拾掇。就知她纯孝，心性良善，也正是有其父必有其女。

左门鼻不知陈玉伋的闺女来，有人看他在店里，随口对他说了。他还没走到刘家大院门口，就看见陈玉伋的闺女端了个小簸箕，正要进去。那样的身影，他再熟悉不过，脱口就叫出来：

“大妞！”

陈玉伋的闺女转过脸，疑惑问：

“您是……”

他知道自己认错了，恍然认成了自己的闺女，脸上讪了一下。

陈玉伋在房里听到左门鼻的动静，就走出来给闺女介绍：

“这就是我向你说过的左老伯。快请你左老伯里面坐吧。”

陈玉伋的闺女忙说：

“老伯请里面坐。”

“都是一家人，客气什么？”左门鼻说着，进了屋。与陈玉伋一同坐下，见陈玉伋的闺女忙着倒茶，就又说：“听说你来，我只是来看看，不用忙。”问了一遍家里还好吧，又问陈玉伋还缺什么，就告辞而出。

陈玉伋的闺女走时，他把店里所有的蜜饯、糖果都包好，让她带回给上学的孩子吃，还叮嘱她下回叫孩子一块儿来，左姥爷小百货店里，有的是好吃的。

等左大妞来老实街，人们一下子想起来陈玉伋的闺女像谁了。左大妞还没见过陈玉伋，左门鼻就打发她去跟陈玉伋见面。

这样来来往往，外人都觉得两家像是亲戚。

6

寒暑易节，转眼就是一年，又到了陈玉伋初来老实街的时候。这期间左门鼻的头也都是让陈玉伋来剃。

因为有了陈玉伋，老实街上的光头明显增多。金柱大门九号院的退休干部老简，过去剪分头，梳得一丝不苟，很有派。一朝心痒，索性把头给剃了。九号院曾是状元府第。老简剃了头，开玩笑说自己都不好再走进九号院里去。这件事让老实街的居民津津乐道了许久，都说老简剃了头，变风趣了。县东巷有名的街痞小丰，平日无所事事，四处游荡，惹是生非。闻说老实街有一老剃头匠手艺高超，也便带着一帮臭味相投的小兄弟，顶着颗七凸八凹的光头寻了来。一遇类似来者不善的事，我们老实街的居民都想不起该怎样阻止，只能暗暗替陈玉伋捏把汗。他留的光头嘛，我们都看见了，山核桃形的，七凸八凹，稍有不慎，就可能刮破头皮。挨顿打骂不说，理发铺必将不保。小丰进了店，随从都在店门口候着。不料店里面一直静静的，好像一滴水。忽然就看见小丰从店里走出来。进去的时候头皮是铁青的，出来的时候白格生生，像个八百瓦大灯泡，一丝一毫的头发茬儿都找不见，都淹在肉里。出来后话也不说，朝随从一努嘴，一起向南簇拥着去了。我们虚惊一场，赶到理发铺一看，陈玉伋坐在椅子上，垂着头一动不动，像是睡着。

总的来说，日子安宁如常，喧嚣只在老实街之外。直到老实街上出现了那个万年怪物。第一个发现它的，不是别人，正是无线电厂退休干部老简。

街头有个涤心泉，老简去涤心泉打水，路过吴家纸扎店，转头瞥见墙角里蜷缩着个光溜溜的东西。只看一眼，老简就看出来这东西从没见过，甚至世上也从没有过，身上还发着毒焰似的。他怕它，它也怕他。他当时就失声尖叫起来：

“妖怪——！”

撒腿就往回飞跑。

这一叫一跑，就把许多人给吸引到街上。众人壮壮胆子围拢上去，看那东西还在使劲往墙根下缩，眼神里充满恐惧，遂断定与人无害。老简惊魂未定，也跟着人走回来。听众人七嘴八舌地猜测它是什么，就俯身细察一番，说道：

“这是猫。”

刚才猜什么的都有，甚至畸胎，神兽，就没猜到猫。

“谁家猫是这个样子？连根毛都没有。”

老简说：

“这是剃了毛的猫。”

“更不对了。”众人笑道，“谁能把毛剃这么光？从头到尾，耳朵眼儿里，脚爪缝儿里，全都一样。呶，眼睫毛也给剃掉了呢。”

但是，经老简这么一说，再看那怪物，就的确有了些猫的影子。“别是昨晚上演了出‘狸猫换太子’吧。”众人说。又相互问：“这是谁家的猫呢？”

“谁家的猫？看它往谁家去，就是谁家的猫。”老简说。他胆子已恢复，就伸出脚尖，试着把那猫往街心蹴蹴。怎么也蹴不动，就像那猫要把自己缩到墙里面去。“它是羞了。”老简说。

“一只猫害什么羞？”有人不以为然。

“把你一个人光溜溜扔到大街上，你害不害羞？”老简说，“我们还是躲开看。”

话音未落，就听到远远地传来连声的喊叫：

“瓜！瓜瓜！瓜！”

7

光身子老猫在济南大街上一路狂奔的情景，简直就是老实街百年未有的耻辱。当时还没容左门鼻赶到，本来行动迟缓的老猫竟一跃而起，未等人醒过神，就钻出人群，拼命向狮子口街跑去。从后面看，像是街上急速飞过一道稀软的橡皮，甩得空气噼啪作响。我们不约而同，与左门鼻一起，紧追不舍。那老猫跑到狮子口街，掉头向北，从一个小巷子里七转八转，到了车水马龙的泉城路上。此刻，我们都分明感到，泉城路就是济南的心脏，也是整个世界的心脏，鲜红娇嫩，如石榴花初绽。一只光身子老猫，穿过这颗心脏，出了老西门，又沿护城河跑了一里多路。我们都不知道它的意图。再往前就是大明湖，就见它跑着跑着纵身一跃，坠入河里。等我们赶到，河里流水溶溶，毛发样的藻草款款摇曳，再寻不出老猫的影子。

左门鼻追得气喘吁吁，还没赶到老猫落水之处，就走不动了。往地上一坐，看着流水，痛心疾首说：

“瓜，你就不能等我一等？你若为人，也是我这年纪，你就这样生生把我撇下。”

听上去就像沉水自尽的不是老猫，而是他老婆。

我们又跟着疑惑起来，这老猫是公是母？有人说，母的啊。哦，这就对了。哪个老太太被剥光身子抛大街上，还能不羞死？有人说，是公的啊，没听左门鼻叫它“瓜”？哦，也对。老男人就不要脸皮了么？老男人更要脸皮。男女都要脸皮。老简也说过嘛，把一个人光溜溜扔大街上，还能有什么感受？关键是，这只与左门鼻相伴多年的老猫，光天化日之下，赤身裸体穿过大街和人群，誓将碧水化鬼泽。

那么，是谁让老猫蒙羞，也让我们老实街居民蒙羞？能把一只猫剃得如此之光的，究竟是怎样一只魔鬼的手？

这天，我们在护城河边耽搁许久，才心情沉重地走回老实街。即使坐在家里，也都不愿说话，似乎有巨大的隐忧如同阴云压在我们每个人头上。黑夜来临，我们闭上眼睛也能反复看到那只光身子老猫在夜色里曳道白光而去。第二天，许多人起来后睡眼惺忪，显然没能睡好觉，跟左门鼻同院的老王更是哈欠连连。老王特意走到草绳巷口的杜福胡琴店，传播左门鼻昨晚的消息。

左门鼻整晚上灯都没开，老王还以为他又去了护城河边上，今一早叫他，却发现是在小百货店里，身上还是昨天的衣服。老王谎说要打半碗酱油，什么也没问他。

我们听了都点点头。老猫既已不在，何必再戳人痛处？

正说着呢，左门鼻走来，已穿得簇新。

“看闺女去。”左门鼻说着，脸上带出点笑意，我们心里却不由一酸。

左门鼻的背影在老实街上消失，我们又随之有了盼望。

一年前的一天，左门鼻也像现在一样去东郊看闺女，而陈玉伋的闺女却风尘仆仆来老实街看爹。陈玉伋的闺女若能如期而至，谁能不为老实街上这样一份前世之缘动容唏嘘？目光一瞥，我们就发现了老王端在手里的酱油碗。

“啵，酱油还没送回去呢。”

老王不禁讪笑道。

8

我们没能盼来陈玉伋的闺女，左门鼻回老实街的时间却与去年相同。老头儿不用牵挂家里有猫要喂，还不肯在闺女家住一晚。我们潜身在各个角落，目送他走进莫家大院，焦急等待他重新走出来，再看他向左还是向右。

老实街上最有资格为虐猫案充当判官的，岂是他人！从昨天到现在，我们一直都在猜测谁是那个卑劣的凶手。我们甚至想到了县东巷的小丰，想到了所有老实街之外的人，然后又不断推翻自己的想法。

这让我们想疼了脑子，可最终还是没有结果。

实际上在虐猫案发生后的三天里，是左门鼻第一个踏入陈玉伋理发铺。

他在那里剃了头，走到街上，好像从来没有什么猫不猫的，我们也似乎跟着松了口气。

才过一个星期，左门鼻就得到了一只猫仔。他说自己睡到半夜，听有个声音在耳朵边儿叫他，醒过来，很害怕。那声音也很古怪，不像是从人的口中发出来的。接着，他又听到房门下面的动静，斗胆走过去，发现是只流浪小猫。

“你说，猫有灵魂么？”他问来小百货店买东西的人。

“猫怎么会有灵魂？”买东西的人说，“人才有灵魂。”

他不停地摇头。

“是瓜的灵魂在叫我。”他说，“瓜舍不得我，已经附到了这只小猫身上。”

“也许……”买东西的人听得头皮发麻，抽身欲走。

“仔细看，它是有些瓜的样子呢。”左门鼻说，用手摩挲着猫仔的颈背，“小可怜儿，这小可怜儿。”

“您好心。”

老实街很快传言老猫显了灵。这个冤屈的灵魂，一定有着许多不甘。不过，从左门鼻手中的那只猫仔身上，我们还暂且看不出来。猫仔被叫了老猫的名字，几乎与左门鼻形影不离。左门鼻到哪里去都带着它，常常一边轻轻抚摸，一边不停念叨：“瓜，乖。瓜，乖。”这种情景，让人恍惚感到不幸的老瓜已死而复生。

关于猫仔的性别，根本不是个问题。这是一只小公猫。

猫仔完全脱去了流浪猫的秽形，在左门鼻怀里，像个可爱的婴孩。左门鼻呢？好像当上了慈祥的老爷爷。他手捧尚显娇弱的猫仔，安适地坐在小百货店发黑的窗框内，身子一侧的榉木桌上摆着两个分别装了糖果和蜜饯的大玻璃罐，背后的货柜上挂着一只鸡毛掸子，货柜格子里的物品一字儿排开，各种牌子的香烟整齐码放在一块专门定做的托板上，不用起身，伸手就能拿到。静谧的空气中，从院子里飘来的石榴花香微微拂动……这样的一幕，幽暗，质朴，却似乎透出一种悠长的光芒，可以照彻老实街的往昔、今生和来世。面对如此化境，哪怕只是路过时偶尔瞥到，我们也都会肃然起敬。经历了前期风波，那样崇敬的心情也几乎前所未有。

谁也没料到，在一天的正午，刚能走稳的小瓜竟然摇摇晃晃爬到了纸扎店的屋檐上。我们吓坏了，特别是左门鼻，面如土色，光头上的汗粒大得像葡萄，“噗噜噜”往下滚。因为担心小瓜受惊，我们大气不敢出，仰着面孔，想方设法在街上做出千百种姿态，期望能够哄它下来。

尽管我们心里浓郁的善意，化为五花八门的姿势、语气和神情，纷纷向小瓜飞了去，但小瓜理都不理，又从纸扎店爬到了王家大院的如意门楼上。有人已从家里搬了架梯子来，可它停都没停，就爬过李铨发制笙店的屋山，经苗家生药铺、张公馆、小卫面店、袁家老宅，到了刘家大院。它在陈玉伋理发铺的卷棚顶上蹲下来，高高俯望着地上的我们。阳光明亮，把它照射得好像一小团气体，倏忽欲散。

“瓜。”

左门鼻叫出声。声音不大，却能让人听出无边的哀伤。他向小瓜伸出双手。

我们也跟着叫：

“瓜。”

“瓜瓜。”

“瓜。”

“瓜。”

“瓜瓜。”

“瓜。”

“瓜。”

……

9

在我们的记忆中，我们从来没有像这天一样，好像池塘里的蛤蟆。当时，我们根本没想到自己是站在陈玉伋理发铺门前。我们就那样真心实意地“呱呱”叫，叫了足有小半个时辰。后来是老简在帆布厂上班的二儿子顺梯子爬上屋顶，把小瓜给弄了下来。左门鼻抱着小瓜回了家。有人说我们一走陈玉伋就悄悄出现在理发铺门口。毫无疑问，在那小半个时辰里陈玉伋并没有混在人群中，跟我们一起呼叫小瓜。我们满怀焦急，而他坐在理发铺里，面也不曾露一个。

在门框中间，陈玉伋两臂下垂，好像两只受伤的翅膀，整个身子也像是被什么绳索紧紧捆成了一根芦柴棒。

第二天，我们老实街再次走来一帮不速之客。领头的不是别人，正是县东巷的小丰。上一次见他，还是在去年。一年不见，好像比以往壮了，胳膊、腿都粗了一圈。他那脖子上挂了条指头粗的项链，一看就知是镀金的。他带人从旧军门巷走过来，径直去了陈玉伋理发铺。他走进理发铺，随从仍旧候在门口。可是不大一会儿，理发铺里就传出一声惊慌失措的喊叫。

小丰双手托着陈玉伋走出来。“上医院，上医院！”他喊着。有人告诉他北边鞭指巷口的济安堂诊所最近，他也想不到叫车，双手托着陈玉伋向鞭指巷撒腿跑去。

陈玉伋才给小丰剃了一半，就晕倒在地。大夫说他气血不足，给他开了几剂汤药。他回家后，我们去看他，顺便向他提供了明湖百合莲子汤、当归熟地乌骨鸡等食疗偏方，劝他平时多吃红糖、大枣、赤豆。我们看出来，陈玉伋明显话少，对谁也只是说“谢谢”。

他闺女来了，他很吃惊。闺女说是左老伯让人捎了信。

“哪能就死呢。”他说。

闺女劝他跟自己回去，他说：

“哪能就走呢。”

闺女说，知道这是你好不容易选中的地方，咱等养好了再回来呢？又丢不了。他闭上眼，不说话。

吃了汤药，又经他闺女照料几天，他能在理发铺站住了，但面容依旧枯瘦。闺女还得回去，临别他只有这句话：

“哪能就走呢。”

我们都为此感动，他的意思是说自己已经属于老实街了吧。想想他初来老实街的样子，那是什么气色？我们不禁心疼起他来。这样做的结果是，理发铺生意少了。他常常一个人整天坐在店里。有人发现，他在反复做着一种给自己剃头的动作。他这个人啊，从头到脚，整齐干净。他剃头的技艺高超，但自己不留光头。他像过去的老简一样，留的分头。很长时间我们没注意到，他的分头总是不长不短。也没见他去找人剪发啊。就知道这分头是他自己剪出来的。

他做剃头的动作是什么意思？是不是想要给自己剃光头？他能给自己剪分头，剃光头应该更不在话下。但他最终没有下去手。

夜深人静，他来到莫家大院。

“左老先生，把我头剃了。”他说。

左门鼻没觉意外，摸着小瓜，悠悠问：

“你不怕？”

“不怕。”

小瓜眼里闪着绿莹莹的光。

“我还从没给别人剃过。”左门鼻说。

“割破，算我的。”

“冒犯。”左门鼻神情自若，又转向小瓜，“瓜，去。”

小瓜应声从他手上跳到床头老老实实趴着，看他转身从柜子里拿出一只木匣。

陈玉伋剃了个光头。

10

除了左门鼻和小瓜，老实街谁也没见过陈玉伋剃了光头的样子。第二天，日上三竿不见陈玉伋打开店门，我们都想到了不好的事情上。敲敲门，没动静。我们就走到院子里去，发现住屋的门锁着。问同院的住户，也都不知情。我们暂时没想到他会这样离开老实街。到了中午，感到不妙了，就说出自己的猜疑。房东老马说他预交了三年的房租，怎么着要走了也得先跟自己说一声。他要想退租，也是很可以的。

从此，没了陈玉伋的音讯。

又过一年半，陈玉伋理发铺的店门才终于打开。我们赶去一看，知是陈玉伋的闺女来搬她爹的东西。忙问她爹好，她淡然说，她爹已去世。回老家不久就死了。吃不下饭，死前瘦得只剩一把骨头。

我们听了，就跟听到老实街上任何一位老人的噩耗一样，内心的悲伤好像潮水涌动。实际上，我们不知不觉，早已视陈玉仮为我们老实街居民。

东西收拾好了，我们都来给陈玉仮的闺女送行。陈玉仮的闺女却走到左门鼻老先生跟前，小声说了几句话。接着，就和左门鼻一起走到莫家大院里去。从背后看，好像一对父女。

陈玉仮弥留之际特意交代闺女替自己再看一眼那把剃刀。左门鼻神情肃穆地打开木匣，陈玉仮的闺女好像听到它在里面啸叫了一声。左门鼻把它拿出来，递给她，她竟没敢去接。剃刀平躺像一小汪幽暗的水，泛着潋滟水色，竖着像道纯青的火苗，闪烁出的却是寒冰般的光泽。

“您收着吧。”陈玉仮的闺女客气摆手。

左门鼻说：

“不妨。”

“我已替我爹看过了。”陈玉仮的闺女说，“我爹既让我看，自然是好东西。既是好东西，别人岂能乱碰的？”

“不愧是老陈的闺女。也罢。”左门鼻收起来，说，“本来是要送给老陈的，他偏不要。老实人都很犟的。可我留它做什么呢？我胳膊抬不到头上去，打战，不能再给自己剃。”

忽然，陈玉仮的闺女迷惑地问道：

“左老伯，您告诉我，那一年这里究竟发生了什么？”

“也没什么事。”左门鼻镇定地说，“你爹老实，还能有什么事？”

“左老伯，我爹不曾得罪过您吧。”

“瞧闺女说的，老陈怎会得罪我？我生气……”

“既这样，我安心了。”陈玉仮的闺女说。

“哦，都安心。”

陈玉仮的闺女一走，老实街居民就开始传言她带去了一把剃刀。这回陈玉仮拒绝不掉了，他总不能从阴间伸过手来。这把剃刀将被他闺女供在她爹坟前。天下不识货的居多，它也必将安然与孤寂为伴，风吹雨淋，日晒尘遮，最终湮没于绵长光阴。

小瓜已长成大猫，一天到晚，听不得母猫叫。我们常见左门鼻沿街找猫，一边走，一边呼唤：

“瓜，瓜，瓜……”

同院的老王出了馊主意：

“阉了吧。”

左门鼻受惊一样：

“不成不成。”

老王不过是随口玩笑，看把我们的济南第一大老实给闹的。

11

那一年，老实街两旁的墙上，都写上了大大的“拆”字。这是要毁掉老实街。其实消息早就出来，东流水街、高都司巷、县东巷、舜井街、榜棚街，无数的老街巷都在拆迁之列。我们不乐意，纷纷抵制，还联合了苗家大院张家的三儿子张树，跟历下区拆迁办谈判。张树在省发改委当副主任，随便批个条子就成万上亿。

忽然听说，老实街几个有年纪的老祖宗，已主动与政府签下了拆迁协议。这种阳奉阴违的卑劣行径无疑激起了我们的愤怒。我们一趟趟快步行走在老实街光滑的青石板路上，嘴里忍不住骂骂咧咧，恨不得朝那些签了协议的人家吐口唾沫。可是，老实街名望最大的左老祖宗发话了。胳膊拧不过大腿，既为老实街居民，还是老实些。跟政府对抗有什么好处？宽厚所街不是跟政府对抗过了？到底还是拆了，补偿费还损失不少。早早合作，每家补偿费还可多些。宽厚所街不宽厚了，老实街不能不老实。千古同理，老实人不吃亏。

我们老实了，果真没吃亏，多拿了钱，还被安排在好位置。

拆迁之日，老实街迎来了无数的人。他们或拿块画板，飞速地画，或端了相机，不分东西南北，“啪啪”乱按快门。

老实街面目全非，终于静息下来。一个从城北来的捡破烂的老汉从废墟里翻捡到一只精致的小木匣，原以为盛着金的玉的，激动万分。

打开一看，只是一把剃刀。

刀刃上沾了根纤细优美的毛发。

“猫毛。”

老汉鉴别后不满地嘀咕一声。

一股干风吹来，毛发倏然断为两截，好像轻盈的灵魂，在阳光下晶莹剔透，各自走失不见。

花墙子街
Nanjun 2018

第二章　化燕记

1

我们老实街有数不清的大院小院，长巷短弄，别说藏起一个小孩子，就是藏起一个大人，也太容易，所以，在我们老实街，孩子们捉迷藏很有意思，藏起来就捉不到，而最终结局，也只有一个，自己走出来。

小孩子不懂道理，爱捉迷藏，等长大了，就不玩了。长久以来，如果我们老实街哪个孩子不见了，大人们并不忙着去找，无不相信孩子此刻不定藏在了哪院的紫藤架下，或卡墙后面，只要耐心等他自己走出来就是。

那年，石头还没上学，虽然很少像别的孩子那样喜欢三五成群在街上疯跑，但他从家里出去至天黑都没回，连他娘和他姥娘都没起疑心。

一俟下班时间，他家小卖店里，常会聚满还没换下卡其工装的爱喝酒的人。

二两小酒喝完再回家，脸上就只有美气，老婆骂了也不是真骂。

他娘走到小卖店门口朝外张望，那些人就喷着酒气说：“藏够了就出来了。”还有的说：“要不就去了学校。”因为人们知道，西箭道街的兰志小学已答应石头入学。兴许石头心里一高兴，就忍不住去看学校了。

兰志小学离老实街不远，不用走到前街口，到苗家生药铺拐进一条小胡同，一直走就到。那里是兰志小学的后门，是专给老实街子弟留的。

我们岂知石头去了火车站！

从老实街到火车站，直线距离也得五六里，走普利街、经二路，过纬一路、纬二路，七拐八绕的，少不了十里地。

编竹匠女儿鹅没带石头去过火车站，也就是说，石头从没见过火车。

这不稀奇。老实街与火车站共在济南城，没看过真火车的，却能数出不少。日子过得妥妥的，去看火车干吗呀！

过去有些家庭讲究，女人大门不出，二门不迈。李家大院的老李家，祖上虽是大商户，他的老奶奶却也是在死前一年，由儿孙雇了一顶小轿，抬了去由轿窗里看了火车站一眼就回来了。待那老奶奶死去，后人也才忽然明白，火车站哪里就是火车！

老奶奶回来后郁郁不乐，后人却不晓得她的心思。别提后人这个悔。李家老奶奶不主动透露自己想要去看火车，李家后人还不把她送到火车站去哩；即便送去，也会把火车站与火车给混成一团。

这就是说，在老实街，像去看火车这样的事，无须特别考虑。好像只要生在济南，就什么都有了。

虽然没有大人特意带孩子去看火车，但孩子总有办法看到。结伴跑到北关，或者去三孔桥，几道铁轨横贯城市东西，东来西往的列车不断。

石头不像别的孩子，我们好像并不记得他娘带他走出过老实街。他与姥娘形影不离，偶尔才被邻居马二奶奶领到家里去。所以，尽管如此，一听说他不见了，我们首先想到的，仍旧只是他去捉迷藏。

随着人流，混过火车站检票口，孩子人生头一次看到了一列静静趴伏在铁轨上的绿皮火车。一个三角眼的列车员把他挡在车门外，问他是不是大人在车上，他一言不发。在全车旅客都没站出来说自家孩子走丢的情况下，延迟了近一刻钟的绿皮火车，像只大绿虫子，在他面前由慢到快，呼啸而去。

当时，桂小林跟的是济南到德州于官屯的省内短途，正准备退乘回家，就从客运值班室发现了他，说："这不是我们老实街的小孩儿嘛。怎么到这儿来了呢？"伸手把他抱起来。

短时间内，那些好心的女工作人员就已喜欢上了这个小白孩儿。她们目送桂小林抱着孩子走向火车站广场，眼里满是不舍。

我们老实街张家大院的列车员桂小林，虽然结婚有几年，但因此前当兵，延迟了生育，孩子尚在襁褓中。他抱着石头走到老实街口，鞭指巷一个认识他的人碰见就问他抱的是谁。他看石头像在怀里睡着了，就轻声回答：

"我儿子。"

路灯已经点亮。在大街上飘忽的灯影里，孩子的面庞发出白玉的柔光，桂小林迟疑了一下才没亲一口。他停在那里，目光顺着泉城路往东看去，似在辨认被挡在稠密的悬铃木树冠后面的齐鲁金店新换的招牌。莫名其妙地，我们有了一种他将继续走下去的猜测。

他把孩子送到他家小卖店，就给他娘说，石头睡了。忽然发现孩子瞪大着乌黑的眼睛，闷声不响，像在看着苍茫无际的深夜。

2

大约一年以后，这个怀藏隐秘心思的孩子，再次孤独地走向了通往火车站的路。他没像上次，去车站检票口撞运气，而是通过摸索，来到了东边不远的天桥。站在卧龙一般的天桥上，俯瞰一列列火车载着人，载着煤炭、钢材等各种货物，从天桥的一长排桥洞里络绎不绝地穿行而过。

令人吃惊的是，他摇摇晃晃爬上了水泥栏杆，并在阳光下展开了双臂。在半边巷一家浴池当搓澡工的中年人恰巧路过，一把抓住了他。

搓澡工很亲切，嗓门却很大。

“没见过这样扒火车的！”搓澡工颇内行地说，“跟我走，我教你。”

他被搓澡工带下天桥，转到威丰街。自从搓澡工抓住他，就好像没想到松手。

在威丰街走了一里多路，是一个道口。一列黑黢黢的货车，轰隆隆驶过。

“我从小就住在铁道边儿上。”搓澡工指指铁道，一眼发现手下的孩子神情变得阴郁而绝望。忽然，他好像明白过来。“你是要坐火车对吧？火车带你去远方……”他说，“火车站肯定会满足一个孩子的愿望。”

结果，孩子又一次来到火车站。搓澡工竟认识客运值班室的一个女人。

“扒火车太危险了！”搓澡工大声说，“二姑，请你帮帮忙，让这个没爸爸的小孩儿坐一回火车吧！”

“大傻子！”被他叫作二姑的女人说，“谁说他没爸爸，老实街的桂小林就是他爸爸。”

傍晚，桂小林带着石头一前一后走到老实街口，就主动收了脚步，转身弯腰对石头说了句什么。然后，我们看见那小家伙儿迟疑了一阵，才慢慢向街里走来。待他走远，桂小林也才极周全地迈动双腿。

后街口的老朱问他，在哪儿碰到的？他就有意压低声音，这样告诉老朱："石头又去看火车了。"问他刚才对石头说了什么，他说："我说石头，自己回家吧。"我们都认为他这样做很对。

随后，桂小林表示了自己的遗憾：

"这孩子，不让抱！"

不过是一年时间，一个叫石头的孩子就像长大啦。

我们都说，石头看过两回火车了。我们甚至又很快忘掉了石头去看火车这档子事儿。还是那个原因，在老实街活得妥妥的，看啥火车呀！

只是到后来，我们才知道这个叫石头的孩子，心里竟有许多阴暗古怪的念头，在像野草一样疯狂生长。即便又过了一个星期，石头在趵突泉公园东北角的石矶上失足落水，顺着泉水汇成的护城河，一直漂到大明湖西水门，我们都没想到这孩子会有怎样的心思。他仰躺在一团翠绿的水草之上，没有挣扎和呼叫，只有一张雪白的面孔露出水面。

这一回，是铜元局后街一个捞水草喂金鱼的老汉救起了他。老汉把他放在水边的石头上。他浑身湿漉漉地坐在那里，神色出奇地平静，眼睛半睁半合，目光被澄澈的水流牵引。水流之下，柔软的水草绿得发黑，神秘地摇曳，好像溺死者的头发。他被泉水浸泡过的面孔更白了。

老汉一时问不出他的姓名和住址，就对别人解释说，他以为自己捞到了一条白色的大金鱼，没想到是个孩子！

"谁家的孩子？"老汉焦急地吆喝起来，"谁家的小白孩儿？"忽然莞尔："没谁要我张十三可就要啦！"

对于石头的落水，黄家大院芈芝圃老先生的儿子芈老大格外痛心，因为他曾当过兰志小学的校长。

兰志小学向来注重学生的安全问题。实际上，每年，每个学期，每个假期，济南市区各大中小学校，都会发生一两件惨痛的学生溺亡事件。芈老大出任校长期间，对禁止学生离校期间在没有大人陪伴的情况下去大明湖、护城河游泳一再强调，所幸没出过意外。

芈老大卸任经年，按常理不在其位不谋其政，但芈老大当天就去学校找了现任校长，大有问责之意。

然后，又回到老实街，去了鹅的小卖店。

"我去了学校，"他郑重其事地告诉鹅，"安全问题一刻不能放松。如果我们大人不能保证一个孩子的生命安全，那将是……"

"是他不小心。"鹅宽慰他。

"安全问题应该每堂课都讲。"他再次强调，"保护好孩子是我们每个大人的责任。"

"他肯定是踩滑了。"鹅说，"塑料底的凉鞋就有这一样儿不好，见水打滑。我要再给他买一双胶皮底的。"

老校长将信将疑地看了鹅一眼。略停，咳一声。

"连你我也要批评，"他说，"对孩子不能掉以轻心！"

他不当校长后，在老实街很少以这种口气说话。小卖店里还有别人，听了却也都不觉得有什么突兀，也就都说："芈校长说得对！您是个好校长。"还有人想起把石头从水中救起的张十三，说他好笑。

张十三以为自己白捡了个孩子！

鹅对老校长保证，以后不让孩子出去乱跑了。别人要请老校长赏脸喝一杯，他说不喝，也就告辞了。鹅把他送到街上，返回小卖店时，嘴角好像凝着一抹笑意。

一个漂亮男孩顺水漂流，被清洁的泉水洗得更加光洁白嫩，然后又安然无恙地回到他出生并生活的老实街，我们只是想一想，就陡生一种轻盈而舒畅的感受。我们不仅为之庆幸，更觉得这很美好。

实际上，从这个男孩出生之日起，我们老实街的每个人，不管老少、男女，就都觉得老实街不一样了。

姜嫄履帝迹而生后稷，我们甚至相信，编竹匠女儿鹅果真在街口的涤心泉边践石而娠。

3

印象中，编竹匠临死前几年变得很倔。他坚决不与任何人说话，每天只顾埋头摆弄他的编竹匠三件宝：锯子、拉钻、劈竹刀。

那几年，他做了无数的竹椅，大大小小的，有扶手的，没扶手的，有的能坐人，有的纯粹是个摆设。不是没人问他做这么多竹椅何用，但他不答。

他已经哑巴了，也不再抬头看人，连他老婆、他女儿、他外孙，都不看。他的家里，却一直响着鹅的欢笑声。

诞下一子的鹅，脱去了未婚女性的羞涩。从街上，我们就能听到她在家里笑声响亮地教石头说话。

“点，点，点磨眼，磨眼里面有麸子，伸手抓住个小夫子！”她给石头念儿歌，“骨碌骨碌锤，骨碌骨碌叉，骨碌骨碌一个，骨碌骨碌仨。”熟练得像个老妇。但是，我们也很少听到她娘的声音。

只要孩子不哭不闹，这整个家里，就好像只有鹅一个人。

编竹匠一死，鹅就不再去帆布厂上班。

一年后，小卖店开张。也没什么好卖的，起先左不过是些针头线脑，油盐酱醋，除了特意留下供人休息的两三把竹椅，已找不到编竹店的痕迹。

我们从没见过她娘抱着石头出门，但是她会把孩子抱出来，站在店门口，跟人说话。

这的确是一个好看的男孩子，鼻子是鼻子，眼是眼。我们不必掩饰爱心，特别是那些生育过的女人，就像对这孩子爱不够。

“像鹅。”这是她们一致的评价。

看看孩子，再看看鹅。

“鼻子是鼻子，眼是眼的。”她们这样夸赞。

真的，她们是再也找不到更好的赞语了。

不光我们老实街的人待见这个孩子，老实街之外的人也喜欢，比如历下区政府管招工的常主任。他会隔三岔五地来老实街，见到鹅就说：

“给我看看那个招人待见的小家伙儿。”

有人撺掇鹅让孩子认他干爹，他也乐意，鹅却说，莫非不是干爹就不疼了？

依着我们，还是认了好。老常本事大，孩子吃不了亏。但是实话说，鹅也是个有脾性的，她不想让孩子认，自有道理。

一转眼，与石头同龄的孩子即将入学，石头却遇到了一些麻烦。我们暗暗着急，包括芈老大。

很多情况下，着急也无济于事。手眼通天的老常知道后，脱口大骂，娘希匹！黑着脸从小卖店走开了。

我们说不清楚老常是否给帮了忙，反正两天后，就有兰志小学的一名老师，前来鹅家里，主动给石头做了入学登记。似乎是在这一天，我们才得知石头也有个学号。

石头姓唐，叫泉生。这名字好！

我们老实街除了涤心泉，还有那些个灶边泉、墙下泉、楼下泉，清泉水滋养了世世代代的老实街人，可不就是因泉而生么？我们没问鹅是请哪位高人给起的，或许就是鹅自己起的呢。

但是，我们更乐意叫他石头。唐石头。

那天，鹅送石头去上学，街坊们见到了就跟他们母子打招呼。

你知道的，我们老实街人做事，向来讲究分寸。我们的语气里绝对不会让人听出过分的欣喜和诧异，就像鹅送石头去兰志小学上学，是再寻常不过的事情。

上学总会有好处。万万没想到，短时间内，几乎在两三周之内，石头身上就发生了巨变。打尜、斗拐、滚铁环、下四棋、摔片将，种种游戏都学会了，而且每次都会玩得不亦乐乎，尤其热衷于捉迷藏。

要问我们老实街的男孩子玩起来与别处有什么不同，那就是老实街的孩子总会文雅一些。据说多年以来，我们老实街的男孩抓周，抓到印章、经书以及算盘、账册，笔墨、纸张的时候居多。

在我们老实街，从前街口，到后街口，其实并没有多少遮挡。街道两侧除了房舍就是房舍，树也没几棵，街上走过一个人，全在我们的视线之内。

我们的院门是敞开着的。那些小孩子在街上走着走着，忽然不见了，不用问，这是钻到了谁家院子。不是因为这些孩子，我们似乎还不能了解自己的居所。

拿开放在影壁下的簸箕，发现基座石上紧靠着一个蜷成拳头的小孩儿，正咧着豁牙的嘴，无声地笑。

人老眼花又多疑，总觉得哪里不对头，走到墙角将一挂被丢弃的“富贵双全”额枋一掀，又是个小机灵鬼！

一抬头，“砂锅套”花墙上耷拉下来一条小腿，赶紧叫骑在上面的孩子下来。花墙禁得住人来压？小孩儿也不行！

扫着扫着院子，忽有一颗弹珠从西厢屋顶滚落下来。手搭凉棚，一瞧，象鼻子屋脊后面，趴着个小孩儿，正从花瓦之间的孔隙往街上偷窥呢，着实让人捏一把汗。

苗家大院张树家在吃晚饭，不时听到里屋覆棚子上传出窸窣声。

张树的娘抱怨道："你说说，老鼠是怎样爬上去的？"张树的爹吩咐张树，明天下班路上捎点老鼠药来。

话音未落，只听"咔嚓"一声，覆棚子破裂了。一家人忙赶过去，打开电灯，就看见石头的半个身子吊在覆棚子的破洞里，吓得人倒抽口凉气。张树没有耽搁，拖过一张椅子，踩上去，将他解救下来。

不是因为这些孩子，平时哪有人会对那些司空见惯的物事多看一眼！

像别的母亲一样，鹅也要出门找孩子了。

"见着俺家石头没有？"

那些跟石头一起玩捉迷藏的孩子正要散去。"我看他去了张家大院，"一个孩子说，"上次他就躲在小华家的咸菜缸里。我看过了，没有。"

有大人劝鹅，不用找了，他总会自己出来。

"只要没出老实街，你就放心。"

"这样淘呢。"鹅说，也像别的母亲那样抱怨，将双眉微蹙，眼波里却漾出盈盈的笑意。

"鹅，你不要吓唬他。"我们这样说，"小孩子家，没有不淘的。淘着淘着，就长大了。"

这是实情。

4

我们从来没有像这段时间一样，认为石头跟别的孩子没有什么不同。

有个事实，我们也从来不谈论鹅是位单身母亲。

也就是说，石头没有爸爸。

嗯，践石而娠嘛。信不信？反正我们信。

可是，看着石头跟别的孩子玩在一起，我们都会油然想到，他家里正坐着一位爸爸。这个爸爸举止斯文，头发乌黑，眉如刀裁，凤目隆准……我们暗自以老实街最优秀的青年男子去摹画他，说他像桂小林，可他不像桂小林那样敦壮；说他像李家大院的李汉轩，可他比李汉轩肤色匀净；说他像张树，可他比张树骨相清奇……他与鹅是对如花美眷，你恩我爱，相敬如宾。不错，没见他出过门。他若到了街上，每个人都会被他的光芒刺痛双目。若想去鹅家探个究竟，还是趁早作罢。

石头藏起自己，最终自己走出来，悄悄走到那些正在做事，正在谈论，正在出神、忧叹、欣喜的人身后。即便他的母亲在街上来回找了他两三趟而一无所获，我们也不会想到他去了火车站。

唯一的一次，是因他藏在穆氏兄弟家而走不出来。穆氏兄弟俩与世人向无来往，常年院门紧闭，也不知他是怎样走进去的。

穆氏小院深处在吴家纸扎店后一条小巷的尽头。那小巷顶多两米宽。因人迹罕至，墙根下都生了茂盛的艾蒿、扫帚苗，不期然就会蹿出一只野猫。还有人说从这里看到过黄鼠狼和狐狸。黄鼠狼和狐狸走出巷口，就摇身化作老翁老妇，大模大样从街上走过，在贪玩的小孩儿头上拍一下，小孩儿就会乖乖跟着走……

鹅不见石头回家，出来找。

我们还是那句话，藏够了就出来。还有的说，不定在谁家饭桌上呢。这种事不是没发生过。

可是，到了晚饭后还是不见石头的人影儿，我们也跟着急了。

“石头！石头！”

我们沿街呼唤，挨家挨户帮着找，却都想不到去穆氏兄弟家看看。

过去有小孩子藏在墙旮旯，不知不觉就睡着了。白天，暖和，就都不怕。现在是夜晚，天又冷，睡在地上恐怕睡出病来。

时间就这样白白流逝。有人看了一下表，是晚上十点半。

鹅有一阵子没说话了。天黑，我们也看不清她的表情。

“你别急。”我们说。

忽然，有人示意静声。我们往纸扎店后面黑黢黢的巷口看去。那里倏忽一闪，就好像跳出个什么东西来。就地一滚，却是一个人形。

我们都愣住了。人形慢慢向前走去。留给我们的，当然是一个茕茕孑立的背影。从这背影看，他再不会是别人！他就是那位幽居在家里，从未被我们有幸一见的鹅的郎君。

那样清寂孤冷的背影，却似安适如常，全不想到背后会有很多人在看。他是径直往鹅的家走去了。

过了好大一会儿，我们才回过神，同时也才看清在他的腿旁跟随着一个矮小的孩子。

说实在的，我们都不相信这会是六十多岁的穆大，只能说明当时我们眼花了。他把石头送到鹅家的院门外，就转身走开，也并未原路返回，而是走向了老实街街口。等我们走过来，再往街口一看，明明是一个年轻的背影，却像一朵昏暗的灯焰，“噗”地灭了。

对着空无一人的街口看了半天，我们才感到自己的心跳。

这很怪异不是？本来，我们对鹅和她的儿子有话说的，一时间却都缄了口，也就各自走散。

从这天起，虽没人说出来，但一想到鹅家里的男人，就不再去联想桂小林啦，张树啦，李汉轩啦。

我们都去想穆大，当然是年轻时的穆大。他的外号叫阿基，他弟的外号叫米德。可以说，兄弟俩是我们老实街的异己分子，从来不像我们老实街人，相互打成一片。

在我们老实街，穆家小院是唯一的神秘所在。

对穆氏兄弟的生活，我们所知寥寥。穆大阿基从省医科大学退休，也才是四五年前的事，可我们觉得就像过去了一个朝代。退休当天，他走进小巷尽头他家那座小院落，就像走进了时光的隐秘之地，而且一去不返。他的弟弟穆二生来有毛病，也很少在街上露面。依大家的说法，穆二米德是在家里“炼丹”。量筒，烧杯，长颈漏斗，老实街上不少老年人都是因为穆大，才见识到这些实验室里使用的玻璃器皿。在上中学的时候，穆大给弟弟带来第一只蒸馏瓶。从那时起，穆大就开始为弟弟打造一个化学实验室。

阿基、米德并非尘世之人，这是我们老实街人的共识。

但是，那个每逢春夏之交紫藤就怒放的小院，看似被我们遗忘，实际上一直都在被我们看到，我们也一直没有想象出小院里的生活。

很多年来，几乎没人走进那座小院。并非因为兄弟二人不亲善，而是我们向来不想去打搅别人的清静。石头的闯入，依我们看，不过是一个顽童的躲藏游戏，我们并未在意。

一直到第二年清明过后，我们才发现事情顶有意思。这期间，我们像患了重度疑心病，总感到自己身前身后躲藏着一个孩子。

明说了吧，那就是唐石头。

老实街上似乎还没有哪个孩子会像他那样疯狂迷恋捉迷藏。

历来没有。

不管是吃饭还是走路，我们忽然就停下来，往四周打量，好像那孩子就藏在某个角落。草棵子里，杂物堆里，哪里不能藏下一个孩子？夫妻说着话，忽然就住了口。墙角床下，衣柜后面，都似乎有个小孩儿影子。

不要怪我们多疑，一转头，就看见那母亲走过来；或者侧一下耳朵，就听见鹅在街上叫：

"石头，石头，家吃饭啦！"

可不，石头又藏起来了！

我们根本不能断定一个从小就没有父亲的孩子，究竟藏身何处。也就是说，这个心思隐秘的孩子，好像一道幻影，在我们老实街无处不在。

"石头，石头！"

老实街上好像只有那个单身母亲的声音在响，也好像忽然之间，我们发现自己有一会子不说话了，而且说话的时候，好像耳语。

时常，我们暗暗使着眼色，甚至打起了手势。

5

过了清明，天气渐渐暖和。我们心里说，嘿，又该闹腾了！

绿杨烟外晓寒轻，红杏枝头春意闹。不光红杏闹，芦芽儿，草芽儿，柳芽儿，都闹。还有猫儿狗儿的，燕儿虫儿的。

人儿也闹，大人矜持，你轻易看不出来。小孩子闹在外面，我们含了笑意地看。从一脱了棉衣，小孩子就撒欢。

我们说闹腾，就是说这些小孩子。其实，我们很爱看小孩子闹腾。

看来看去，看出了名堂。街上跑的孩子们中间，并没有石头。

那个单身母亲，又开始沿街呼唤了：

"石头，石头！"

我们还是那话，他总会自己走出来。

可是，这些日子，在张家大院我们没见着石头，在王家大院、苗家大院、张公馆也没见着，石头就像消失了。

一抬头，我们又看见了他。

在胡家大院的院墙下，一个小小的身影在慢慢朝前移动。这是在老实街么？仿佛是在另一个地界，与我们相隔甚远，也与我们无关。

没人怀疑他是穆宅出来的。他人小，却分明有些穆大阿基的形影！我们的心轻轻“咯噔”了一下。当然，我们尚未感到明确的担忧。

“石头……”那单身母亲，已不由得把后面的话咽了回去。

坦白地说，我们是迟钝的，但毕竟得知了那孩子的去向。只要得空，他总能走进神秘的穆宅。

你会问，那对怪人难道向他敞开了院门？才不呢。除非穆大阿基出来，院门一天到晚紧闭，整个小院像座古刹，像座废墟、坟墓。即便你大睁了双目，也只能看到那小小的身影在院门前轻轻一晃，就倏然不见了——确乎走了进去。院墙里面的事情，我们不得而知。那里也总是静悄悄的，好像空无一人。起初我们还以为自己花了眼，事实却是，你不可能在张家大院、王家大院找到他。

他是藏起来了呢，还是成了穆氏兄弟的座上客，这是我们思考的问题。最终我们相信，他只是躲藏在了穆宅的一个阴暗角落，因为每次看到他走回家去，身上都会有土，甚至还会沾着几点青苔。

穆家的小院，一个石桌，两个石凳，一架紫藤，我们好奇他能藏在哪儿。

当然，我们是不能张口问的。对这个孩子，我们总是很谨慎。

到底还是芈老大，出于关心，在一个夜晚避开所有人的耳目，打破常规拜访了穆氏兄弟。此事的真伪从来就没有得到过证实，我们却对芈老大那几天失神的样子记忆犹新。他在院子中的玉兰树下不停踱步，还不时走到院门外，朝街口打望，像迎候什么客人似的，可是手里却拎把水壶，又像要去涤心泉汲水。

这一天，一大早，芈老大就开始在吴家纸扎店附近徘徊。

我们早看穿了他的意图，但我们不说。那些孩子只顾沉浸于自己的游戏，街上响着他们杂沓的脚步声，我们的目光也只在芈老大身上。

黄昏时分，石头无声地走出了家门。还从来没有像今天一样，一副与他年纪不相符的孤单单的模样，猛地击中了我们的心。

果然，他没有加入那些毛孩子的游戏，而是像一只过早离巢的蝙蝠，乘着微暗的余晖，朝着穆宅方向，慢慢地移动过来。在发现守候在纸扎店附近的芈老大时，他很明显地踌躇了一下。

芈老大挡住了他，并弯腰捉住了他的小手。如果听不到他们的谈话，你会以为芈老大在亲切地对他说："孩子，来跟我做个顶顶好玩的游戏吧。"其实他在问那孩子是否知道自己是谁。孩子没有回答。

"我是兰志小学的校长。"

芈老大直截了当并非多此一举地告诉孩子。他只是一名退休的老校长，平日从不向人提及自己的身份。现在，他不失温和地对孩子说：

"唐泉生小同学，学生应该听校长的话。去，去跟小朋友们玩！"

石头显然只想做他一个人的游戏。他就像什么也没听到。

一个毛孩子满头大汗地从他身边跑过去，又一个毛孩子疯跑过去，还跑过一只凑热闹的大黑猫。

我们略一恍惚，就觉得他从自己被阻挡的身体飞了出来。他穿过了老校长，同样也可以穿过老实街每道砖石垒砌的墙壁，而且不必再迈动小腿，因为他像影子一样轻盈，可以随意去往大千世界任何一个角落，但他此时只要去穆宅。在那里，他可以巧妙地隐蔽起自己小小的身体，静静偷窥一个古怪的老男人，或被老男人像对遗失的儿子一样接待。

不可否认，在我们的想象里总是有一些妄异的成分，连我们自己也不一定相信，甚至不过是一想到就觉得于德有亏，亦便随即给捺住了。

事实证明，想象与现实该有多大的距离！

这个世界，丁是丁，卯是卯，坚硬如常，性质稳定，即便对一个孩子也丝毫不可能更改。

我们亲眼看到石头并没能冲破芈老大的阻碍。他尖叫了起来。与此同时，好像有个黑黢黢的大家伙，“扑通”一声从半空掉到当街，在青石板上摔了个半死。它龇牙咧嘴地挣扎着撑一下胳膊肘，试图爬起来哩。我们还确信听到了纸扎店里的纸张所发出的簌簌声，它们好长一阵都没有消失。

纸扎店外面，已经热闹起来，好像那些纸人呀，纸马呀，也都跟着站到街上来了。傍晚的空气里，还浮动着一些白色纸花的影子，不时地碰触到我们的面孔，竟然凉丝丝的。

老校长还在紧攥着石头的小手，那些机灵的孩子见状也走上来，热情邀请他一起玩耍。

出乎我们意料，老校长并没有把石头的小手递过去，而是急切地拉起他往他家走了。我们隐隐感到老校长的举动有些蛮横粗暴，因为石头的身子禁不住打了个趔趄。老校长虽已年逾花甲，但石头毕竟只是个六七岁的孩子，无法跟上他的脚步。

对于石头的激烈反抗，我们一点儿都不吃惊。

刚走两三步，石头就突然对老校长发起了攻击。从他的动作来看，几乎是穷凶极恶了。管你是老校长、长辈，管你于己有恩、向来脾气和善、心地不错，简直就是狂乱地又踢又打。一只手被老校长攥住了，他就用另一只手，并配合以自由的双脚。别小看一个孩子的力气，踢打在老校长身上，顿时发出“噗噗”的响声。

老校长没有还击，也没有躲避，但他似乎更坚定了。看得出来，他就是要毫不含糊地把这孩子从纸扎店和纸扎店后的巷口拉走，亲自护送到他的母亲身边。

“这孩子，这孩子。”我们纷纷跟在后面说。还说：“这都是为你好。”并不是责备他。

一个懵懂无知的孩子，自然难以领会老校长实际上是在帮助他离开人生的危险之地。而当我们看到鹅从她家小卖店飞奔而出时，我们仍旧不由得倒抽口冷气。

目光一扫，竟又看见了下班回家的桂小林。桂小林显然也已发现了被老校长拉得叽里咕噜的石头，他也向我们飞跑过来。

一时间，我们很难说清这两人的同时出现，究竟意味着什么，但耳边似乎早已听到了孩子凄厉的呼唤：

“妈妈！”

那位母亲尚未弄清街上发生了什么事，带着一脸的暴怒和震愕之色。老校长忙收了脚步，那孩子眼睛黑黑地紧紧盯着母亲，小小的身体则一个劲儿地搐动着，一声大哭马上就要爆发出来。

可是，突然间，他将目光转向了母亲身后的桂小林。

那样的眼神，真的令人难忘，就像被捕兽夹夹住的狼崽子，在即将噬断了那条被夹住的腿之际，方才等来解救自己的老狼。

老实街上暮云翻滚，发出烧焦的气味。

我们屏息着，却只是听到了一个模糊的嘟囔似的声音：

“火车。”

6

这都是多年以前的事情啦，我们老实街人亲眼看着石头长大成人，娶妻不久就生了个女儿，还在一家贸易公司找到一份好工作。如今，老实街被埋在了一座大型超市下面，当年朝夕相处的街坊邻居也都已四散在城市各处，那天傍晚芈老大究竟对编竹匠女儿鹅说了什么，使她瞬息间平息了怒火，我们更不得而知。

芈老大放开了石头，然后镇定自若地迎着那母亲走过去。他们很近地站在街上轻声交谈，似乎为了避免挡住别人的去路，还有意往墙根挪移了两步。

渐渐地，他们变成了两个黑影，只能看出轻微的动作，好像两张薄薄的黑色剪纸。显而易见，讲述者和倾听者，都同样认真，亦不失虔诚。

老实街这一带，不管是在狮子口街，还是旧军门巷，谁都知道，芈老大不光当得好校长，还是名好老师。作为一名有口皆碑的优秀教育工作者，芈老大可谓桃李满天下。每逢年节，常能看到有人提着礼物来老实街拜望恩师，为我们老实街人所钦羡。

太阳已落山，老实街成了一道幽深的沟壑。

一转眼，石头不见了，连桂小林也没发觉，他已经默默地独自走回了家里。

直了说，这不是一件令人愉快的事情，但我们并未就此罢休。现在来看，这更像是对一个孩子的围攻。事实上，围攻已发生了很多年，几乎从他降生之日，甚至从他的母亲再也不能用衣襟掩住自己渐渐隆起的肚皮时就开始了。

每思至此，我们却又感到怪委屈，因为你不可否认，我们对他的好。老实街上，不拘老弱妇孺，全都打心底喜欢这个孩子哩。

穆氏兄弟独来独往的生活由来已久，尽管我们对此向来没有腹诽过，但我们的提防之心的确已在这一天被明白唤起。谁都不傻，想起事来呢，却不见得那么清楚有劲儿，大多数时间我们都是近乎萎靡的，懒洋洋的，迷迷糊糊的。

这下好了。接下来，你看，我们恨不得等那孩子一出门就把他抱起来，直接送到兰志小学去，也恨不得一放学就把他抱回家里。他想要去那个阴气浸骨的穆氏小院，或者在纸扎店附近多作停留，那是不可能的。

我们会和颜悦色地指着在张家大院门口、在涤心泉旁、在无敌照相馆台阶上玩耍的孩子，说：

“去！”

他是我们老实街的孩子，必得回到老实街的孩子中来。我们老实街的孩子会玩的游戏很多，打尜、斗拐，都有意思，而且我们老实街的孩子又守规矩、知大小，不会疯起来无法无天，终究会成为一个个文质彬彬的正人君子。

在大人的暗中支使下，那些听话的好孩子就主动去找石头玩。他们从小就显示出了足够的技巧和耐心，循循善诱，简直就是一个个天生的小大人儿。

“石头，去我家搭积木吧。”“石头，下四棋吧。”“老鹰捉小鸡吧，丢手绢吧，砸沙袋……”有的孩子还带来了自己珍爱的玩具，活眼跳蛙、铁皮鼠、铁皮啄木鸟。甚至一个十岁的孩子拿了一副浸了桐油的扑克牌，要跟他玩最简单的“打娘娘”。

后街口老朱给孙女买了一只胶皮大天鹅，她抱到石头跟前，一再恳求他：

“捏一捏，石头你捏一捏嘛，一捏就响。”

当然啦，少不了邀他一起捉迷藏。

我们承认，那段时间，我们简直已被一种我们驾驭不了的力量所控制。只要石头一出门，我们就能从冥冥之中得到感应，立马放下手中的一切活计，放下那些锤子、钳子、钉子、锯子，放下菜刀、铲子、盘子、碗，或放下秤杆、算盘、书本、笔，或中止交谈，然后走到街上。

好像因为我们的目光，天空会更明亮。

“上学去呀，石头。”

我们从来没有像现在一样对一个孩子客客气气。

“放学了，唐石头。”慈爱在我们脸上流淌。

不须说，这让我们很受用。

略有遗憾的是，这孩子似乎总是在大人面前睁大着眼睛，直直地看，又像什么也没看到。

阳光强烈，因为时已入夏。

济南的夏天，颇有些干燥，每天都是大太阳。大人都恐灼伤了眼睛，本能地将眼眯了些。而在孩子们面前，他却总是微微眯着的。

我们还没见他接受过孩子们的邀请，那些玩具还没有对他产生足够的吸引力，实际上在他家的小卖店里也能找到。

他把两眼眯缝起来，会让人想到，他不是小孩子了，自然不屑听小孩子讲话。他会不是小孩子吗？

百密一疏，我们不能断定石头没有再次到穆氏兄弟身边，但他的确在我们一无觉察的情况下独自去了天桥。桂小林把他带回老实街，我们为之庆幸。有人想起不久前那个春天的傍晚，他曾小声嘟囔："火车。"遂有了恍然一悟之感，就笑说：

"这是个小火车迷嘛。"

随后，人人又都有了愧疚。我们为什么不知道一个孩子会爱上火车？前有李家大院的李家老奶奶，后有编竹匠女儿的儿子，这么一个小小的愿望都不能得到满足。

常主任在场。

"鹅，我得批评你。"新婚不久的常主任直言不讳，"怎么就不能抽出空来带孩子去看火车？"

"桂小林同志，"芈老大也很严肃，"你是列车员，有条件让我们老实街的孩子了解火车知识，但你——啥也没做。"

桂小林连忙笑称是。

"你明天上班，先去请示铁路局领导，看能不能帮兰志小学组织一次学生社会实践课。"芈老大当即吩咐道。

可是，我们都不由得脸红起来。不曾去火车站见识火车的老实街人，还有没有？嗯，大人忙些，让小孩子带石头去三孔桥或去北关，总还可以。我们讪讪的，竟有些不好意思看人。

那孩子闷声不响，两眼微微眯着，睡意蒙眬，就像我们在谈论别人的事。

7

我们从来没有怀疑过芈老大，因他是公认的儿童教育的行家。再想想春天的傍晚，那位从小卖店飞奔而出的母亲的暴怒吧；想想那样令人不寒而栗的暴怒，又怎样在芈老大跟前瞬间雪释冰消。

说不出从何时起，我们已看不到鹅的儿子睁大两眼的样子。本来他的眼睛生得又黑又亮，但他却开始习惯于眯缝起来，好像总也睡不醒。他完全收了那种让大人隐隐感到被无礼触犯的直直的目光。不论面对何人，一律半垂了眼帘。

对此，我们似乎有些吃不准。说他是大人，他显然不是。说他是小孩儿，好像也还不是。他不再跟毛孩子玩耍，而且一天到晚一声不吭，无精打采。

他比老实街的任何孩子都更早地结束了捉迷藏。一列大火车代替了所有的童年游戏。谁知道呢？一个毛孩子的心思，倒是不好小瞧的。

那么，护城河里也跑火车吗？除了芈老大，我们都把石头失足落水当成一件轻松的笑谈。铜元局后街的张十三老汉，还专门来老实街看过他。鹅以儿子的恩人视之，对他千恩万谢。许多人聚在鹅的小卖店，听张十三绘声绘色谈论从河水里捞起石头的情景。

“我这么一捞呀，谁想到会捞到一个小白孩儿？”他说，“没有水草托住，他也沉不下去。这么白的小白孩儿，可不就是一条白色的大金鱼么？”

我们哄堂大笑。河里翠绿极了的水草，澄澈极了的泉水，水面上漂浮的孩子像条大金鱼……每个人的头脑里都描绘出了这样一幅魅人的画面。

“摆摆尾巴，摆摆尾巴。”我们逗那孩子，“摆摆你的大白尾巴。”

张树的爹笑盈盈地问道：“石头，看没看到水底下有辆大火车啊？”难为他年纪老大，还有些讨好地念了一首童谣：“火车火车呜呜叫，穿山洞，过铁桥，‘咔嚓咔嚓’，到，站，了！”

小卖店里其乐融融。尽管那孩子不给我们摆他的“大白尾巴”，只顾闷头不响，好像把自己失足落水这档子事儿给忘了，但我们毫不在意。

向店门外一扭头，我们就瞥见一群翻飞的燕子。

那天正午，我们老实街的上空飞过许多燕子，就像我们老实街连片的屋顶是一个大湖，美好的燕子们在波光潋滟的湖面上戏水。直至黄昏时分，巨大的燕群消失，又好像每只燕子都在老实街的屋檐下找到了自己温暖的巢。

不瞒您说，我们老实街居民的道德自豪感源远流长。子曰，老者安之，朋友信之，少者怀之。我们老实街，可不就是这样一块人间福地哩！在老实街，每个孩子都是我们的心肝宝贝儿。

嗯，的确不知从何时起，鹅的儿子变得不大搭理人，而且我们断定这并非因为羞涩，也并不使我们对他的关爱减弱半分。

瞧，鹅在她家小卖店，在人们谈论她的儿子时，发出欢笑的样子，多么像是一位幸福的母亲！

实际上，我们好像早就见惯了这样的唐石头，眼睛半闭半合，神色平静，不爱说话。对了，在我们老实街，自古礼字当先，你从不会找到一个无法无天的野孩子。蓬生麻中，不扶自直。不过，看他悄没声儿从街上走过，我们还是不时会想起前不久的那一点点困扰。

在老实街，历来有谁曾像唐石头那样地深入我们的生活，不可捉摸地在我们的头顶、背后、脚边、床底，隐蔽或出现？你得承认，哪人，哪户，都不免有点小秘密哩。

这个夏天，多么美好！明亮，干爽，一天到晚总有小风儿在吹，涤心泉也在源源不断地向我们老实街播送清凉之气。

直到六月底的一天下午，接近兰志小学放学时间，离天黑尚早，鹅的邻居马二奶奶搬了个小马扎，坐到院门外的阴影里乘凉，从后街口走来一个陌生人。搭眼一看，像是刚从汇泉池泡了一天澡。等他走近，以为他要问路，他却又像走进一处禁地，张皇地躲开了视线。

这时候，已有很多人围上去，意在为他引路。他支吾半天，好不容易才说出口，却惊人一跳，因为嗓门实在有点大。

"桂……桂小林……"他说着，已是满头大汗，脸也涨得通红。话没说完，就要逃了。

"你是桂小林的朋友？"我们热心地告诉他，桂小林还没下班，他可以去张家大院等等。

从没见过这么畏缩的男人，简直像个大傻子，在我们的目光下晕头转向起来。他已退无可退，因他显然迷失了来路。这副困兽的模样，真的让人看了心疼。

好像伴随着一道闪光，放学归来的唐石头冲进了人群，嘴唇轻轻嚅动，苍白的脸色消遁，刹那间漾起满眼惊喜，而那个大傻子竟也一眼认出他来，虽叫不出他的名字，但仍旧与他不顾一切地相互扑在一起，好似一对音信阻隔多年的老友。听那大傻子激动万分地连声说道：

"扒火车！跟我去扒火车！每个男孩子，都要至少扒回火车哩！"

那样大的嗓门，在我们老实街人听来，一如令人悚惧的雷霆。

他们手拉手撒腿就跑。不记得石头说啥，好像他从来就不会说话，但他开始在飞跑中发出一串串银铃般的欢笑声，而且一发不可收。那个大傻子也跟着笑起来，是一个中年人的开怀大笑。

我们看呆了，压根儿没想到让街口的那帮人拦住他们，但他们跑到街口又立马转身而回。于是，这一大一小，就在下午光线明亮、微风吹拂的老实街上，手拉着手，一边欢快地大笑，一边畅通无阻地来回跑个不停。石头连书包都跑丢了。两人汗珠晶莹的脸上，全都粉里透红，煞是好看。我们从没感觉这么好。

后来我们才得知，大傻子就是石头在天桥偶遇的搓澡工，怪不得起先会像水泡得那样白。

蓦地，那孩子又领着搓澡工向他家跑去了。院门一关，就什么声音也没有了，院子里好像荡然无物。

天地这么静，过了许久，耳边才似听到从那小院子，曼声游来了一首儿歌：

“小兔子乖乖，把门开开……”

影影绰绰，我们看那远未燃尽的夕阳里，有两只燕子扑簌簌凌空而去。

—起凤桥街
2018

第三章　鹅

1

我们老实街人都信这个，一天早上，鹅去涤心泉汲水，踩了一块石头，回来就受了孕，生下来的就叫石头。这有点像古史传说，姜嫄履帝迹而生后稷。不同之处是，姜嫄生稷，以为不祥，弃之隘巷，鹅则说什么也不肯丢。

鹅十月怀胎，老实街人都看得见。是在半夜里生的。瓜熟蒂落，神不知鬼不觉。

能这么顺当生产的大姑娘，凿实少见。你给丢了又能如何？就说生了大肚子病，吃了千佛山兴国寺求来的陈年香灰，好了，别人也疑不得。况且，鹅家里人也不是没这么说过。

鹅爹是个编竹匠，老实巴交的，一天到晚只知将头埋在竹筐里，问他什么话都不肯说，但鹅娘说。鹅娘悄悄知会东邻马二奶奶，鹅得了大肚子病，这可怎么是好！

鹅的脖子很长，脸也很白，但她不会飞，要不就是天鹅了。鹅去汲水，老实街人看见了，常会说一句很有意思的话：

“鹅要去洗澡了！”

没出门的大姑娘家，光天化日之下怎会去涤心泉洗澡？显见得是个玩笑。这玩笑是从她小时就说的，所以等她长大了，这么说也不会让人觉得哪里不合式。

那涤心泉，老实街祖辈多少嘴在吃它！洗菜、浣衣，都得在泉池下面的另一个池子里完成。夏天，去玩水的也只是些光屁股小孩儿。泉水清澈见底，水下的身子一无遮挡，设若大人下去，成何体统？顶多就是规规矩矩立在泉边，拿块湿布上下擦擦，不像在护城河里，王府池子，尽是老爷们儿在扑腾。

鹅长成了大人，老实街人还这么说，那就像鹅还没长大。鹅要去涤心泉洗一洗，洗着洗着，鹅就要飞了呢，哪怕她没有翅膀。

一更里，鹅生下石头，正要爬起来自己把孩子包裹包裹，本来还在熟睡的爹娘也醒了。鹅娘过来按住她，不料爹也走过来。爹先说：“开什么灯？”就像没有鹅生孩子这回事，是要节省电费。但他接着说：“飞，看你还要飞！”

鹅爹的声音不大，嗓子又有些哑，但夜深人静，鹅听得很真切。鹅已经没力气了，躺在床上像看一个过路人一样地看着她爹。她爹不说这话她感觉不出来，自己好像生了两只翅膀，如今已齐根儿断掉，正耷拉在身体两侧。显然她娘没能听懂她爹的话，继续包裹着婴儿。她爹一把推开她娘，将婴儿往胳膊底下一挟，就朝外走。她娘愣了愣，忙拉住他，问他去干啥。他说：“丢了！”她娘说：“好好的一条命，怎么能丢了？”他说：“趁没人丢了，就都不知道这丑事。”她娘定定望着他的面孔：

“你还是老五吗？”

鹅爹也愣了一霎。鹅爹可从没像这时候一样有主意过。鹅爹说：“这么个见不得人的私孩子，谁替她养？”鹅娘的泪水猛地涌了出来，连连点头说："我养我养。"鹅爹说："你凭什么养！值得你养！"鹅娘止不住哽咽："只要是命，就金贵。你拿我的命，换他的命。"鹅爹却是横了心的，一推鹅娘就又要走。鹅娘历来是个十分软弱的女人，见拦不住就颓然往地上一坐，只顾默默流泪。

这时，鹅说话了。鹅虚弱地说："爹，我要叫了……我能叫出来。"她暗暗拼着力气："来人……老实街，来人……"她喘息着。

鹅爹向外走，又停了，背对着她说："妮儿，别人捡了去，比留在你身边强。稀罕孩子的人家，多着呢。留在你身边，是个苦命。"

"来人……"鹅不理，竭力梗起了自己的长脖子，"大爷大娘……"

鹅爹又朝外走。

"来人！"鹅本来苍白的面孔涨得红通通的，"老实街来人！济南来人！"

鹅爹仿佛陡然垮了，也像鹅娘一样往地上一坐。鹅翻身从床上爬下来，摇晃着跑过去，把婴儿抱在自己怀中，狠狠亲一口婴儿的小脸，嘴里说："好沉，沉得像石头。我就叫你小石头。"她好像浑然不觉，完全康复了，一时间神采焕然。

"我受不了……"鹅爹像是在呻吟，低低说，"我受不了老实街的说三道四。我唐老五丢不起这个人，妮儿。"

她和婴儿一同躺在床上，轻飘飘说了句：

"丢不起就死嘛。"

2

鹅爹死的时候石头才两岁。在石头出生后这两年，鹅爹的手艺越来越精，话却越来越少，一天到晚几乎就没对人吭过声。过去他什么都编，竹筐、竹匾、竹席、竹笪、簸箕，甚者女红盘、首饰盒。

家里人坐的椅凳，也是他编的。鹅生了石头，这些他都不编了。他只编竹篮。

没出三个月，大大小小的竹篮就挤满了屋子。买竹筐的来了，他拿一只竹篮给人家。人家不生气，笑着说，编得倒是好，可盛不了煤，你留着给蓝采和使。他忙给人家换一个，可还是竹篮！——买竹椅的来了呢？依旧将竹篮给人家。鹅娘搬出自己坐的竹椅，让人家拿走，人家怎么会拿？鹅娘说，够用，家里有十个人都够用。买竹椅的人摆摆手走了，鹅娘就责怪鹅爹，你怎么不说句话！

鹅爹哑巴了，一心用在那些竹子上。他有三样宝：锯子、拉钻、劈竹刀。看他干活，像有了新的一家人，大老婆小老婆一窝，子子孙孙一堆，与鹅和鹅娘是河井不犯的两家。

鹅产子，也有老实街的女人来探望。有一回，鹅爹无意听到鹅对刘家大院一位年轻媳妇子说，石头的爹也是石头，石头让我大大地崴了脚脖子……鹅爹想再听听，鹅却不说了，那媳妇知趣，也没细探根由。

满月还差七八天，鹅就闷不住了，抱着儿子站到了屋门口。

出现在人们视线中的鹅，好像从来就没有过天真的少女时代，而且生来就是母亲，慈爱熟练，脖子长长，胸部丰腴。等出了满月，满街地转，跟人大声地说话。不管别人笑不笑，她是响亮地笑着的。笑着让人认识她的儿子。于是，别说是与老实街临近的狮子口街、旧军门巷，就是南门外后营坊街、西门外筐市街也有人知道了，老实街一处女践石而娠。

鹅爹有了新家，锯子不给他做吃的，钻头不给他缝穿的，他是一天一天地瘦。一年多下来，眼也像瞎了。石头粉团儿一样的小小子儿，鹅娘抱给他看，他看不见。早年他盼鹅娘给他生个小小子儿，鹅娘生不出来，让他每天愁得长吁短叹。鹅长大了，他才好些。如今小小子儿有了，他的心却又成了木头。鹅娘不是没开导他，说只要自己过得好，不用管那么多。他闻若未闻，眼睛只看那些空空的椅凳。

在鹅爹死前两三天，他开始做一只新竹篮。那个精细法儿，连鹅娘也被勾住了，守在对面看他做。那些竹篾，不像是竹篾，倒像金丝银线，柔软闪亮。竹篮没做成呢，鹅娘就宛如看到自己乘着大明湖里的花船，穿行在绿波翻滚的荷荡深处，采了最明艳的一枝荷花，轻放在了篮子里。

竹篮终于完工，鹅娘一时忘情，不禁长长“噫”了一声。但鹅爹已经缓缓站起，鹅娘略感不安，忙低头对膝间的石头说：“叫爷爷。”鹅爹岌岌而立，携了竹篮，转身向正屋走去。

鹅下班回来，一眼看见竹篮放在自己床上，就怒了，拿起竹篮去找她爹。她还不知她爹已死，在她爹床前说：

“看着罢，你再咒我，我偏不让你如愿！”

床上的爹没有动静，她娘也闻声走来。

“冤家！”她娘叫。

她把竹篮掷在地上，一脚踩扁。

“冤家！”她娘又叫。

她渐渐平息了怒气，一手从她娘怀里接过孩子，一手掸掸衣角，站在竹篮的残躯上，镇定自若地说：

“我要好好活，石头也要好好活。都看着吧。”

“冤家！”

鹅爹死后不久，鹅就不上班了。鹅是帆布厂的职工，主要工作是缝制帐篷。那个厂子在北边的双忠祠街上，是当地著名的王家公馆的旧址。鹅辞职是费过心思的。她想，在家里开个小卖店，总比挣帆布厂的那点死工资强。正式工作好找对象，鹅却不想找对象。反正她那时候是这么想的。一个人过活又能怎样？况且她并不是只有一个人。她有石头。

在小卖店开张之前，鹅闲了一年。

这一年，鹅每天都在街上游荡。从早到晚，不论阴晴、寒暑，人们不知能在街上见到她多少次。她脖子长长的，面带微笑，在泉水边停留，在人家屋檐下停留，在电线杆下停留。人家院门前的石鼓、上马石、门枕石、门槛，都供她和儿子憩息过。

3

一天晚上，鹅的身子火热，遂离了熟睡的儿子，上了她娘的床，紧挨她娘躺下。她娘不睁眼，也不动，她就说："娘，我不知怎么了，我不能见男人了。我一见男人就想吃了他们。"她娘不吱声。她徒劳地望着眼前的黑暗，继续说："那些男人真好啊。林家大院的陈东风，马二奶奶的孙子大龙，胡家大院的张小三，李家大院的李汉轩、李汉堂兄弟俩，还有张树、张明，狮子口街的刘顺、高杰，我不知怎么了，就想吃他们。"

她娘没声音，她白说了半天，等身子凉下去，就回到自己床上。

隔了一星期，鹅出门汲水，碰上一个中年男人，一看就知是个干部，中山装四个兜，一支钢笔插在右上边的兜上。

中年男人见面熟，一见鹅就笑着说："你是鹅吧。"

鹅不认识，旁边走过来一个老实街人就说，这是常主任。他就说："叫什么常主任，叫老常。"鹅抿了一下嘴，没叫，但笑了。老常顺手接过她手里的水桶，说我替你打水去。本来鹅在家门口等着就是了，可是鹅像被他牵着似的，也跟着去了。老常轻轻松松灌满了水桶，两人又一起走回来。

老常性格开朗，一路说东道西。

到了家里，把水桶放下，老常直起魁梧的身子，忽然对鹅说：

“你还没说话哪。”

“老常！”

鹅乖乖叫了声，就忙把嘴捂上了，哧哧的笑声从巴掌下面跑出来。

鹅娘见来了人，忙过来招待。这时候老实街那些认识老常的人也赶了来，见有人问自家二小子的工作怎么样了，鹅就明白了这是个历下区管招工的干部。外人也都有眼色，不过问一问就赶忙避开了。

老常在一把竹椅上重重坐下，诚恳地对鹅娘说：

“五婶，我满意！”

鹅娘忙说：

“满意就好。”

“鹅，我就说句大话，”老常又转向鹅，“你要找什么工作，尽管跟我说。你今天说了，明儿一早我接你去上班。”

鹅笑吟吟的，扭捏着，眼角一眼一眼地乱瞟。

老常按捺不住，腾一声站起来，高大的身子挡黑了半个屋子。可没想到，鹅一下子跳开了。鹅娇俏万端地比画着说：

“我要找的工作恐怕全济南都没有，要热不着冷不着，渴不着饿不着，闲不着累不着。”

老常克制了一下说：“你说没有，我说有。那你等着！”

屋里没了别人，鹅娘就对鹅说：“你满意，就早早定下来。”

“他多大了？”

“听说四十二。”

“噢。”

“你看像四十二的人吗？”鹅娘说，“左撇子怕啥，二十岁的瘦猴子七八个也抵不过他一个。”

鹅神情淡淡的。

“不是我为你着急，鹅，你早定下来，也早堵上那些嘴。”鹅娘谨慎地说，“人才好，又有钱有势，难得又是人家一眼相中。鹅，娘指靠着你翻身啦。”

鹅抱起孩子要往外走，说道：

“他青春，我年少。”

鹅娘不由将头一垂，半天才说：“你要青春年少可是好，可咱也得配得上。你怀里抱着的是什么？”

鹅猛地将头转过来，眼里的光咄咄逼人：

“你说是什么！”

鹅娘醒悟过来，不语。

鹅一步跨出门去。鹅娘就在屋里哀伤地说：“不是我在，这会子两人就撕扯到床上去了。关老爷，让我早早死吧，不碍你的眼。老的少的都拉了来，也不关我事。”

这天晚上，等石头睡了，鹅用竹篮提了些脏衣服去涤心泉洗。刚出家门就看见两个身影走了过去，一高一低，高的就是马二奶奶的孙子大龙，忽然想起来大龙正跟旧军门巷的一个姑娘谈对象，可能是在送她回去。

到了涤心泉边，却不想洗，坐在石头上远远地看着月亮从东边爬上树梢。旁边还有一个洗衣的妇女，提出替她洗了，她说，让孩子缠一天，就想静静。等那妇女走了，她才开始动手。

池水里的月亮，晃动着，一会儿圆了，一会儿散了。

洗完衣服，全身懒懒的，真是一步都不想走。走过鲁家大院的时候，感到背后有人跟了上来，但她不想回头看看。那人默不作声地把她逼到了墙角，鼻子里喘着粗气，在她身上乱摸。她把眼睛合上，根本不想看看究竟是不是大龙。她身子软得立不住，那人都快把她挤扁了。没想到她合着眼把他推开了。

“我想在床上。”她轻声说着，用竹篮挡住他的身子。

大龙不解：“为什么非得在床上？”

“在床上像夫妻。”

大龙沉吟了一下。“不能在我家，我家人多。”大龙说，“也不能去你家，我去你家我奶奶会知道的。鹅，你像左老头子一样，开个店吧。我去你店里买东西，完全可以遮人耳目。”

鹅说：“那好，过年就开。”

4

这年底，大龙结了婚。虽是单位组织的集体婚礼，家门口也仍聚了不少讨喜的老实街人，等他们回来。鹅也在其中。他们来了，鹅抱着孩子，朝他和新娘子微笑。喜糖撒过来，她怕挤着孩子，没弯腰捡，别人捡了给她，她剥一颗填自己嘴里，剥第二颗才给孩子。她在给孩子喂糖时，发觉大龙向她挤了下眼睛。她不看他，悄悄给孩子说：

“臭大龙，我才不要理他呢。”

孩子像小鹦鹉一样，也随她说了一句。

鹅的小卖店开在来年清明前后，同样开小卖店的左门鼻也来祝贺。左门鼻就是大龙说的左老头子。店门前放了几挂鞭，门楣上贴了新对联，搞得像大龙结婚一样热闹。这一天里，鹅向她娘提到过的老实街上的那几个人，陈东风、张小三、李汉轩、李汉堂、张树、张明，她都看见了。唯独大龙没来。

张小三来买烟。张小三长了一口大白牙，挺好看的。鹅说：“没有！”张小三指指她身后的货架：“那不是？大鸡。”鹅说：“有也不卖给你。”张小三说：“为啥？”鹅说：“抽烟把牙都熏黄了。”张小三说：“你看我的牙黄不黄？”鹅扫他一眼：“现在不黄，将来会黄。”张小三说：“不少你钱。”鹅说：“不少钱也不卖给你。你去买左门鼻的。我不开玩笑的。”

张小三退后一步，兀自说：“好，我记住了。”

可是第二天他又来了。鹅说：“我真的不卖给你。”

“你欺负我？”张小三说着，一把抓住她的手腕，拉弯了她的身子。她抬头看着他，看他从红红的嘴唇里露出来的牙尖尖。真白呀！钻石一样闪亮呢。“你是一只鹅。”张小三说，“鹅，鹅，鹅，曲项向天歌。”把手松了。

鹅活动着手腕子，嘴里还说让他买左门鼻的。

一星期没见张小三，鹅的生意还是很好。这么说吧，虽然一些男人常到鹅的店里来，但没有女人哭闹的。我们老实街的女人都知道，鹅不爱老男人，刚刚结了婚的也不行。老常那样的男人她都看不上，她又能看上谁呢？

张小三在她家门外磨磨蹭蹭的，她从店里看见了，就走出去招呼他，问他是不是要买烟？这是大庭广众之下，张小三回答：“不买。”

她嘹亮地说：

“不买就对了。抽烟有什么好，我就看不惯抽烟的男人！”

张小三说：

“我要买别的。”

她说：

“那就进来吧。”

一俟外面的人看不见，张小三就说：

“我还要买烟！”

鹅的心里怦怦直跳。“不卖！”她说。

“我快不行了。”张小三说。

“你去买左门鼻的。”

“我有情你有意。”

鹅眼神迷蒙起来：

“你年轻。”

“你也不老。”

“我有孩子……”鹅的口里干渴得很。

“你踩了石头。”张小三说。不知何故，他说话的时候牙齿更白了，满口里熠熠闪光。

鹅听到她娘在屋里跟石头说话。街上也传来脚步声和说话声。她竭力镇定了一下，压低声音说：

“今晚上等人睡了，你来。”

她跑到门口，脚跐着门槛，扭头向店里，故意大声说：

“看好了，要买什么，自己拿嘛！怕你不给钱！”

张小三买了一管牙膏回去。

午后，大龙来了。大龙不是来买东西的，他是路过，转头看见鹅娘坐在店里抱着孩子在打瞌睡，就走过去，变戏法似的从衣服里拿出个小皮球。“石头，球球。”他讨好地说。石头瞥他一眼：“臭大龙，我才不要理他呢。”

鹅从柜台后面的门里走出来，一看是他，就说：

“稀客呀。”

他说：“你开店我也没能来祝贺。”

鹅语气淡淡的：

“猴年马月的事，还说这客气话。”

大龙四周打量着，说：“你的营业执照办下来倒挺快的。”

鹅说：“是呀，有老常帮忙。”

大龙莫名其妙地笑了一下，鹅机警地问他笑什么，他要赖说自己并没笑。这时石头在他姥娘怀里又说了句：

"臭大龙，我才不要理他呢。"

鹅说："听见没有，不买东西，就出去吧。"

大龙出去了，鹅顺便从墙上的镜子里照一下自己的面孔，红得跟桃花一样。她隐隐感到不安。她想她不应该在大龙跟前这个样子。

一抬头，发现大龙在街上回头看呢，她马上拉下脸来。

5

老实街西南的十八拐胡同，有个老赵家，酥锅做得特别好。这酥锅是老济南人喜食的名吃，以白菜、藕、海带、豆腐、鸡、鱼、肉等为主料，入口酥烂。因老赵家地处胡同深处，经营多有不便，这天大龙从鹅的小卖店离去不久，大老赵就寻了来，对鹅说要在老实街寻个代销。鹅心里正做美梦，大老赵一说就成。回去弄了个大黑坛子，在涤心泉那里刷干洗净，放到小卖店门后，还顺便送了一些酥锅让鹅一家人来尝。

大老赵也是个身材魁梧的人，远处看跟老常有些仿佛。还真有把他当成老常的，赶来求老常办事，一看，是个做酥锅的，就自己笑了。

伺候孩子睡下，鹅一个人来到院子里，忽然想起吃剩的酥锅。将来美酒美食与情郎共享，该有多么惬意。压根无人提醒，鹅怎么会想到这个呢？鹅的面颊顿时又火烧火燎起来。

鹅不想回到屋里，就一直等到老实街完全沉静下来。一个黑影出现在墙头，咕咚跳在地上。鹅想，张小三你个傻瓜蛋儿，敲敲门进来，不比跳墙安妥？摔坏了腿，哪个为你心疼？那黑影勾腰缩背，发现了鹅，不由分说，上前拥了在怀里，两人就进了鹅的屋门。鹅抬起脸看了一下，那人黑乎乎的头部，没有发出足够的白光。

鹅猛地打个激灵，从那人身旁跳开。

“你出去，大龙。”鹅说。

大龙疑道：“你不是在等我吗？”

“我在院子里看月亮。”

“没月亮。”

“我看星星。”

大龙热乎乎地向她靠近。“我想你了，鹅。”他说，“我一直在想你。”

“你有媳妇了。”

“一个媳妇不够。”大龙说，好像在开玩笑，“十个媳妇抵不上你一个。”

“退下！”鹅发出警告，“你敢过来，有你好瞧！”

“你能怎样？”大龙试探似的。

“我能怎样？”鹅自问，扑棱棱乱摇着头，像要在黑暗里找到答案。忽然，她冷笑了一声，说：“我能让你丢了工作！”又补充一句：“老常能让你丢了工作，重当待业青年！老实街的待业青年找工作，都归他管。”

大龙鼻子里哼一声。“我就知道，老常不会放过你。”他说，“老常那个老色鬼，整死三个老婆了。老常能让你死！”

“我也能让你死！”

大龙猛地扑上去，说：“那好说，要死一块死！”鹅还在拼命乱动，他说：“不要动，这是床上。”她不动了，任他动。他说：“你在想我。”久久没有回答。

半天，鹅终于长长地“嗯”了一声。

后来大龙系着裤子说：

“我要天天来。”

第二天一大早，鹅打开院门，斜倚在门框上。忽然，她急急如风地朝街上走去，空着两手，大大张着两只胳膊，伸长着颈子向前走。有早起的人看见了就说，鹅要去洗澡了。显然很不合式。她最后停在了胡家大院门前，一个劲儿地往门里望，像在等人出来。但是她看得见门里“板瓦锁链”的花墙，看不见一个人影儿。晨光刚刚照亮老实街的段段屋脊，街上还幽暗得很。半天过去，才听见那院子里有人咳嗽着走出来。

鹅转身去了涤心泉，那里的人问她干什么，她随口说找桶。泉边没有丢失的桶，倒有一只空竹篮，不是她家的，她就回来了。

这一天鹅去涤心泉汲了三次水，傍晚时才看见张小三在左门鼻的杂货铺买烟。她张张嘴想说什么，没说出来。张小三把头一低，装着没看见她。

鹅故意弄洒了水，地上的湿印子一直排到她家院门口。

大龙说话算话，天天来。白天里，鹅在小卖店笑语朗朗。

很快就夏天了，鹅有信心过一个一生中最美好的夏天。每天她都能闻到一股柔柔的花香。店里没人的时候，她就四处嗅，就像身边生着许多花树，海棠、樱桃、李子、桃杏，生着许多花，牡丹、芍药。她常常闻到荷花的香。大明湖里的荷花正开着呢，算一算，有些日子没去大明湖了。要不，她向大龙提出一起去大明湖逛逛？大龙说去她就敢去，怕的是她去大龙不敢呢。眼角下意识一瞟，就发现了街上的张小三。她扯嗓子招呼：

“张小三，你买烟吗？”

张小三停下来，摇摇头。

“你怎么不买烟了？”

张小三还是摇头。

“不买烟买点酥锅回去吧。”鹅说。此刻，她觉得自己好像一朵硕大的鲜花，盛大地开放着，无私地芳香着整个世界，包括那个一腔心思的小青年。

张小三迟疑了一下，慢慢走过来。

“你怎么不会说话了？”鹅问他。

张小三的嘴开了一道小缝，露出了一道白线。

“我对不起你，鹅。”他忽然说。

鹅微微一抖，平复了。“你怎么对不起我？”她说。

“家里人不让我出来。”张小三说，“牙膏让家里人起了疑心。”

“你没有对不起我！”鹅断然说，“酥锅也不买，走吧。”

6

小卖店开业周年的日子，鹅每日有些失神，错拿东西是常事。她对大老赵说，酥锅暂且不要送了，她闻不了那种味儿。过去她是闻得惯的，现在她闻不惯了。

她家院子里有棵海棠，一年开一年不开。她出门看到海棠一树花，向她娘叫道：“怎么开了？”她娘说去年没开。她恍惚记得去年开过的。

大龙七八日没来了。鹅打小就不畏惧马二奶奶，但自从跟大龙好上，她就畏惧马二奶奶了。她不敢走到马二奶奶家去，看看大龙在做什么。远远看见马二奶奶，她都下意识要避开。

一天，刘家大院的那位媳妇子来跟鹅说：

“大龙被抓了。”

——被抓！他偷了抢了？

——不偷不抢，是作风问题。还不是跟一个人，跟很多人。政府要严打。

鹅惊呆了。怪不得这些天觉得老实街有点异样。出了这样的事我们老实街哪个人脸上有光，都恨不得全天下人人都不知道才好。鹅跑到街上，没人跟她说话。她又跑到涤心泉，一直走到黑虎泉北路上，转了一圈又回到老实街。坐在家里时，浑身止不住筛糠，暗想，自己怎么这么大胆，不说躲起来不让人看见，反而跑出去暴露自己。又想，随它呢，鹅脖子长，砍吧！

大龙在羁押期间供出了很多人，有旧军门巷的、鞭指巷的、剪子巷的，还有高校的一个女讲师，这些人都被抓了起来。鹅听说之后有所不解，大龙有那么大精力么？她好像觉得大龙天天晚上跟自己在一起呢，而且天天都有那么大力气。

鹅去涤心泉汲水，路上遇见一群女人围着大龙的媳妇在谈论，听那媳妇恨恨说："杀他剐他我都不心疼。"鹅无声地走过去。

公审大会举行的那一天，老实街安安静静。鹅早起打扮了一下，嘱咐她娘一声就出去了。在南郊十六里河的公审现场，鹅追着人群看到了被五花大绑的大龙。她想向他招手，又怕被发现，所以回来后就很羞愧。她觉得自己当时的窘态一定被大龙看在了眼里，要不大龙怎么像是在笑呢。他在万人面前使劲绷着嘴，一不小心就能笑出声来。

鹅很难过，什么也吃不下，除了喝水。她把汲来的清泉一碗一碗地喝，然后鼓着肚子，坐在那里独自喘气。

不知什么时候，大老赵走来了。大老赵一句话不说，轻轻拉起她的手。她觉得手指上微微一凉，原来是大老赵给她戴上了一枚金戒指。她一惊。

"从齐鲁金店买的。"大老赵解释。

"让你破费……"

"我要娶你。"大老赵静静地说，"就说孩子是我的。"

鹅竟如雷掣顶。鹅怀了大龙的孩子吗？大龙，你在世上还留了种！

“判得有点重。”大老赵诚恳地说，“这是补偿。”

“你没老婆？”鹅说。

“可以离婚。”

鹅要把戒指退下来，大老赵忙阻止她：“戴着吧，哪怕你不答应。”

“我要想想。”鹅说。

“我走了，别人看见会说闲话。”大老赵说。

“别走，”鹅说，“抱抱我。”

大老赵把鹅抱在怀里，两人都没冲动。

鹅戴上了金戒指，我们老实街人就知道鹅有钱了。干个体发财，是渐渐被我们发现的一个事实。鹅有点像是喜欢让人看到她戴金戒指的手指，总是翘得老高。

她不再闻不得酥锅的味道了，因为她肚子里——踩了石头就能生下石头的美差，不会再让她一个人遇到了。

接下来的一年，风平浪静。石头上了小学，正式起了大号。鹅娘老了，不用看孩子了也能帮着做很多事，鹅就每天都很悠闲。有一天，忽然想起爹去世的情景，觉得自己不该将爹编的竹篮踹烂。当时她神经过敏，总喜欢想到不好的事情上。竹篮打水一场空，那么，不用竹篮打水，放上两枝花，就是漂亮的花篮，摆桌上，挂墙上，都好看。

这么想着，鹅就准备亲手做一只新竹篮。鹅爹用剩的竹篾子还能找到，工具也都现成，鹅当年耳濡目染，也做过。

大老赵来送酥锅，一看她在编竹篮，很惊奇，说像看见了唐师傅的样子。这是现在，往常他说像唐师傅，鹅会不高兴的。鹅听见夸奖，就说：“我编一只竹篮，放一枝荷花，再放一枝海棠花。”好像不知道跟前的人是大老赵，还说：“嗯，一枝梅花，一枝石榴花。”

大老赵不吱声了，自动往外走，没想到鹅忽然停下手问他：

“老赵，你真对我有意思吗？”

大老赵局促不安，不知怎么回答。

“感谢这么多年帮我。”

“也没怎么帮。”

“你就不要急着走了。”鹅邀他，要携他的手。

大老赵涨红了脸，嗫嚅着：

“你还是花骨朵。”

“有这样的花骨朵！”

“我老……”

“哪个嫌弃你了！”鹅携了他的大手，“你老过老常吗？怎么生在十八拐啊，你该是老实街的人！”

他们大大方方地携了手，往鹅的屋子里去了。

7

鹅把大老赵送的金戒指戴了很多年，她后来戴的一对耳环是自己买的。她买得起，别人能说什么？在涤水泉洗衣服时，那些女人就开她玩笑，她说：

“我倒不想戴这些金的银的来，我蛮想满头插花，不更惹你们笑吗？可你们也笑不了太久，百货大楼就要把洗衣机给我送到家了。我满头插花洗衣，你们想看也看不到。”

洗衣机买来，鹅果真不大到涤心泉来洗衣了，但她要来泉边汲水。她提了一桶水摇摇晃晃往回走，刘家大院跟她要好的那位媳妇子碰见了就说：

“鹅，招个男人在家里，不就省得你使这夯力吗？”

她本想说石头也会汲水了，却没说。

晚上，鹅走到鹅娘床边，慢慢开口道：

“娘，我招个男人吧，不青春年少就不青春年少了，听您的。”

不知起自何时，母女俩就很少说话了。鹅娘瞑目而卧，一动不动。

“我不是心气低了，”鹅如实解释，“是我看开了。您要是还在怨我，那我告诉您，老常后来娶的老婆，又死了。他很能整老婆的。”

鹅娘突然低低地说：“你招的男人还少吗？”

鹅一听，就笑了，连连点头。“也是。”她说。

“你啥也不用问我，自己心里有数。”鹅娘又说，“我也快走了，只求你在石头面前，顾忌着点。”

鹅郑重下来：“娘你这是怎么说？我怎么不顾忌了？”

鹅娘不应。

鹅回到自己床上，出神地坐了一会儿，就默默摘下手上的戒指。不过，临睡前她又戴上了。第二天，戒指、耳环，在她身上一样没少。汲水回来的路上，遇到一个男人，对她说：“鹅，你很开心啊！”她诧异道：“你是谁呀？”那人说：“我是狮子口街的高杰。”顺手把她的水桶接过来。两人边走边谈。

“模样怎么变了呢？”鹅说，“这些年你去哪儿了？”

“出了几年国。”

“怎么回来了？”

“回来做贸易。”

“做贸易啊！”

在店里，鹅当着高杰的面把戒指和耳环摘下来，往柜台上一丢，说：

“我不戴这劳什子了！”

高杰眯着眼看她。“你还是那样子。”他说。

“什么样子？”

“像天鹅。”

“我是天鹅我飞！我是天鹅我飞！”她连说带比画。

高杰被逗得哈哈大笑。“有机会带你去看《天鹅湖》。”他当场许诺。

大老赵来的时候高杰刚走，问走的那个人是谁，鹅回答是狮子口街做国际贸易的高杰。大老赵说：“你们年岁相当的……”话音未落，鹅怒了，抓起柜台上的耳环戒指掷到他身上，质问道：

“你说什么年岁相当的！年岁相当的，我就该跟他睡觉吗？你出去，你出去！”

大老赵被赶了出来，我们老实街人都看见了。一连半个月，来送酥锅的就只是赵家雇的一个小伙计。

鹅素面朝天，立在柜台后面没有表情。

深夜，月亮高挂树梢。鹅从门里闪身出来，走到胡家大院门外，弯腰坐在抱鼓石上。院门吱呀一声开了，走出来张小三。

对张小三来说，每个夜晚都是失眠之夜。半夜里，张小三常常在熄灯的老实街上来回游荡。他没想到门外有人，惊了一跳。

“跟我走。”鹅起身命令。

他们向前走去，鹅在前，张小三在后。月光照在他们身上，在各自身后投下清晰的黑影。

张小三突然压低声音说：

“我不像那些男人，我不会跟你睡觉的。”

鹅不声不响。

一抬头，两人竟到了涤心泉边。周围无人。鹅不顾石头湿凉，坐下来。弯下去的脖子被月光照得雪白。她抬起头来。原来她满脸泪水，满脸都是月亮的光泽。

“我只跟喜欢的男人睡觉。”鹅说，直直地看着他的眼睛，“张小三，我没跟你睡过。那时你青春我年少，你现在满口黄牙。”

张小三欲言又止。

“我都闻见你臭了。”鹅说，“为什么你们男人长长就臭了？”

“我不臭，牙也不黄。”张小三分辩，“我戒烟了。”

鹅将头无力一垂。“哦，我把你叫过来做什么？”她自问，摇摇头，艰难地回想着，“我忘了。”

“我的牙还很白。”张小三又说。

“想起来了，张小三。”鹅抬起头来，“我是想，让你给我洗。”

说完，扑通跳进泉池。巨大的水泡从她身体下面翻滚上来，好像月光漫溢。

“下来，你给我洗。”她向张小三伸出手。

张小三迟疑不决，终于也下到泉池，慢慢给她洗了背，又洗了前面。泉水很凉，他没有别的念头。四周阒无人息，只有他们往身上轻轻撩水的水声。一直到鹅说洗好了，也没人来。两人上了岸，拧干衣服，穿上就回去了。

8

鹅去狮子口街三趟，才找到高杰。他独自住在他家阁楼上，鹅跟着爬上去一看，整个阁楼就是一张双人床，上去就是躺下。她本来有很多话要讲的，没想到会是这样。高杰竖起一根手指，往唇前一摆，她就知道什么都不用说了。一切都是在无声中进行的，恍惚想到跟张小三在泉池中共浴的情景。月光无休无止地向他们头上抛洒下来，那时候，泉池哪还有边？大水苍茫，他们就是飘摇在水面上的两片柳叶。

低矮狭仄而流荡着俗世温热的阁楼，与几辈老实街人视为圣地的涤心泉发生了某种神秘的关联，让鹅的心头猛地被撞击了一下。紧接着，一股潮水猩红，铺天盖地而来。

如果她马上离开就好了，但她当时根本不想起来，就想再躺一会儿。如果高杰哑着也好，但高杰意识稍一回复，就在她耳边小声说了句:“鹅，很主动啊。”她不禁邪魅地撇嘴一笑:

“你像狗！”

那种微笑被她带回了老实街，她好像不怕被人看到，好像就因为高杰不是老实街人。她坐在柜台后面，脑子里还在想着狮子口街的小阁楼。从涤心泉到小阁楼，不过一丈。

大老赵来送酥锅。近来他来得少了，东西放下略停就走。鹅叫住了他。鹅没头没脑地说:“老赵，我错了。”

大老赵自然不明白。

“我没伤着你吧。”鹅说。

“你怎么伤我了？”

“那好，我们还是老样子。”鹅笑着说。

这一年，鹅娘死了。

半夜里，鹅睡着睡着，听到咕咚一声，起疑到了她娘屋里，一看，娘滚在了地上，气息全无。

次年春天，有人偷窥到鹅一个人在家里时，头上插满了花，从这只空椅子上，跳到那只空椅子上，快乐得很。

她家那么多竹椅，没人坐。

鹅的小店不大，却被人盯上了。石头一懂事就想继承这个店，就不大用心学习，专等长大当个衣食无忧的小店主。结果，考了个职业中专了事。鹅数落他，让你好好学习，你不学。你好好学习，你长本事，长翅膀，飞哪儿不成？你看狮子口街的高杰伯伯，从美国回来，在济南搞了多少家连锁店？

石头活得不开心，爱皱眉。毕业后没找工作，在小店帮忙。小店没有多少事，他就出去交女朋友。没出三个月，女朋友怀孕了。鹅找关系给他们办了结婚证，把女孩接到家里，算是结了婚，到底不算污了老实街名声。

但是，儿子结婚的不好处是，她得时时看见他。不是看见他，就是看见自己并不喜欢的儿媳妇。娇，懒，馋，颟顸，在她眼里，儿媳妇没一样好处。于是，她免不了叨唠。无济于事，儿子儿媳爱怎么就怎么。儿子倒是不回嘴，就只是唉声叹气。一天，儿子儿媳终于把她惹火了。她把儿子爱玩的游戏机给扔到院子里，撵他们滚出去。儿子心疼游戏机，不管不顾地回嘴了：

“我就知道，碍你事了，我碍你事了。”

鹅怒目圆睁：“你说什么！”

“还不是因为我碍你事了。”儿子嘟囔道，“我和小莉在家里，你就没法风流快活……”

“畜生！”鹅上前打他一巴掌。

打重了，儿子捂住了脸，血从手指缝里淌出来。他拿开手，看着手上的血迹，悻悻地说：

“你说对了，我是畜生。”

“你个无父无母的东西！”鹅气得浑身发抖。

“我只是没有父亲，母亲倒有一个。”儿子低低地纠正，蹲在地上。

鹅听到了，也立时僵住了。心头一阵哀伤涌来，脱口叫声“石头”，就把儿子抱在怀里。

儿子猛地哭出声，满腹的委屈、无告，头一次倾泻在了自己的哭声里。他媳妇见状，也跑来抱住他，跟着哭。

鹅的心软了，百般地绞缠着。终于，将儿子从地上拉起来，不容置疑地说：

“娘告诉你，石头，你有很多爹！”

她忽然生出了很大的力气，拉着儿子骨碌碌走到街上，苍天下高高昂起脖子，大声呼喊那些人的名字：

“陈东风！张小三！张明！张树！李汉轩！李汉堂！马大龙！你们都给我出来！”

她快步走到林家大院门前，指着陈东风说：“这是你爹。”走到胡家大院门前，指着张小三说：“这是你爹。”走到李家大院门前，指着李汉轩、李汉堂兄弟俩说：“这是你爹。”

正巧大老赵来送酥锅，她就指着大老赵说：“这是你爹！”她还想见到马大龙，然后再转去狮子口街，但是没能找见。她说到马大龙的时候，很多人好像一脸茫然。她蓦然想到，马大龙已经不在了。马大龙早已不是老实街的人了。心头一酸，又忙忍住，然后，对儿子说：

“你有这么多爹，还能说没爹么？哭什么哭，叫他们一声，爹！”

很快，鹅坚决盘掉了那爿小卖店。她要开的是竹器店。本来她就会些竹器活儿，椅子做不来，筐篮不在话下。儿子若能吃苦，跟她学，倒也好。不能吃苦，随他们小夫妻去哪儿。去一个跟老实街无关的地方，就是他们的福气了。更好。

而她绝对不能离开老实街。她是鹅她不飞，苦乐都在这里。

第四章　世界的幽微

1

我们老实街居民一向与人为善，但这并不意味着毫无原则。

讲明了吧，对狮子口街的高杰，我们就很不乐意看他发达。老实街有句话，看这小子栽吧！从很久以来，老实街的家长就不断阻止自家孩子跟高杰交往，就像高杰有毒。偏偏这个人也怪，这边越不爱搭理他，他就越爱往这边逛。他总有钱去买到一些零食和小玩意儿。他去十八拐胡同买节熟藕，一路啃着到老实街来，从前街口进，走出后街口也还嚼不完。有这么美味的藕，至于这么舍不得吃，老赵家不该给他要钱嘛！老赵家就是做熟藕的。——有时，他不知从哪里买来一颗青苹果，也就乒乓球大小，硬塞到嘴里，自得其乐地从街上走过。不仅一次，而是一而再，再而三。当然，这都是高杰小时候的事情。

其实，大人们总是有道理的。高杰从街上走过去，大人们都会不禁在心里暗自嘀咕：

“老没出息的。”

这么没出息的孩子，自然不受待见。

他总爱往老实街来，我们老实街人拿他没办法。不偷不抢的，即便偷抢，又能如何？在我们老实街，礼字当先。数百年之久，出出进进走马灯般，人夥矣。然而，不论三教九流，还是五行八作，只要能在老实街住过几年，无有不得教化之益者，正所谓“蓬生麻中，不扶自直”。高家这小子，乳臭未干，量他怎样十恶不赦，将来时日也还长。不料，突然发生的一件意外，竟让他从此在老实街绝了踪迹。

一天清晨，竹器店主人唐老五和他老婆在院中惊叫起来。随后，我们看见一个少年从院门中狂奔而出，所经之处发出阵阵恶臭。老五手持一柄竹竿，站在自家屋檐下，也不追赶，眼睁睁看着他一溜烟儿跑回了狮子口街。

据我们猜测，高杰是在唐老五家屋顶上睡着了。那时候不像后来，四处都是楼房。屋顶上有人，通常发现不了。果真有人说半夜里常听到屋瓦被踩动的声音，也只能想到是猫。

高杰爬到屋顶上干什么？还用说！唐老五有个女儿，叫鹅，跟高杰一般年纪，直生得如花似玉。他是睡醒了犯愣怔滚落下来的，还是睡中滚落下来的，这都不重要。重要的是，他没跌进好的地方。若跌进一眼泉里，我们都相信他会要要赖皮，好歹搪塞过去。

从此，就别想在老实街见到他。起初我们都以为他会跟高都司巷的那伙痞孩子玩在一起，事实上他变得独来独往起来。不光不跟人玩，还爱起了读书。这可是不得了的事。待到满脸青春痘退去，看那面相，哪里再让人想到熟藕、青苹果这一节？分明是个细皮薄肉的俊秀书生。可是，狮子口街也见不到他了。他考上了上海的同济大学。上完大学也没回来，又出国。出了国，远了，远到天际云烟里。他本不是老实街的人，我们老实街的居民也就基本不再想他。

所以，多年以后的一天，他从老实街口缓步行来，迎面遇上前去涤心泉汲水的编竹匠的女儿，我们都有一种此人起死回生的感觉。他走了太久，销声匿迹太久，就像早已死去。这个长脖子女人也再不是往年的鹅，她拉扯大了一个来历不明的儿子，以开小卖店度日。两人面对面站在一起，你再不青春，我也不再年少，你手上有戒指，耳朵上挂耳环，我一身的西服名牌。

不知怎么，我们都想到鹅会应声而亡，就像他真的有毒。或者更不堪，我们会想到他突然伸出手来，扭断她的脖子。你以为我们会阻止？不，我们只会从老实街各个角落冷眼旁观，就像这条古老的青石板路上，仅此一男一女。

2

尽管这个高杰不尽如人意，但他确实发达了。狮子口街的人说，他拿的是年薪。这么说吧，他是国外一家商业机构的高管，派驻国内，是要开拓济南市场。年薪是什么概念？甭多问了，吓死。可他还是住在他家的一间阁楼上。传言他有一个外国妻子，但没人得见，就当没有。外国怎么好，也是蛮夷之地；外国妻子嘛，随时可休。这心理怎么不恰当，可我们都改不过来。

高杰的家是个大杂院，不大的院落里挤了七八户，没一户孩子少的。不是你家在窗前搭个棚，就是他家在屋檐下垒个灶。从高杰记事起，这大杂院就没消停过，打架的骂人的，哭的笑的，装疯的上吊的，连连不断。高杰考上大学之初，各家门前总算还有条走道，刘家婆婆也还能在枸杞树下种上一垄绿韭菜；归国时再看，已是屋檐勾连，危墙夹峙。沿街蛮子门还在，刘家婆婆却早死了，连枸杞树也没了影儿。从他住的小阁楼往下看，院中满目皆是油毡纸、塑料布、红瓦搭的屋顶。

那小阁楼，是他爹在房上开个窟窿做成的，向东留着一道横扁的窗。

在小阁楼里，要么躺着，要么坐着。躺着什么也看不见，坐着从窗里平看过去，能看到各式各样的青瓦屋脊。那些屋脊，蝎子尾式的透风脊，两端飞翘起翼的花脊，顶部如鱼背的清水脊，连成了片，筋筋络络地将一张张屋顶扯在一起，而那张张屋顶，又像是被水泡得发黑的树叶，漂浮在人类幽暗的宿命之上。高杰望得久了，常会不由得流下两行泪来，但他从不知道的。他带着泪痕下楼，像是没有睡醒。他的两个姐姐还跟父母住在一起。有姐姐就有姐夫，各自又有小崽。姐姐问他，你不睡觉下来做什么？他历来对姐姐没好气，嘟囔一句："睡觉睡觉，就知道睡觉！"

这个小阁楼，编竹匠的女儿来过了两次。头一次匆匆地来去。第二次来的时候不急着走了，坐在那里朝窗外凝望。高杰以为她在像自己一样远望那些屋顶，她却将下巴颏轻轻点两下，随之莞尔一笑。高杰捺不住也起身去看，一眼看到院子里一面破了个大洞的棚顶下面，有两个肉体绞缠在一起。

"不让你看！"编竹匠的女儿忙又拦他，"一天到晚就这么点事儿似的。"

高杰心里奇了，问："人活着不就这点事儿吗？"

"真的假的！"编竹匠的女儿转头反问道，"哼，还留洋博士呢。"

高杰止不住又往床垫上拉她，她挣开他的手。

"鹅。"他叫她。

"你再睡吧。"编竹匠的女儿说，"我要回去了。"

其实编竹匠已经死了，竹器店也早就不开了，鹅开的是小卖店。编竹匠在世时编下的竹器被弃置在她家角落。编竹匠的老婆衰老已极，这样劝导女儿："鹅，你等到他了，成家吧。"

"娘，我等到谁了？"

"狮子口街的高杰，掉在咱家茅坑的那个小子。"

鹅沉默不语。半晌才说："你不要听那些人的话。我没等他。"

"你就是嘴硬。"娘叹息道，"临死前我也就管你这一次。高家小子比老实街上的大龙、小三都强，难得他对你有意。娘也是过来人，看得出子丑寅卯。你能跟了他，也算这辈子有了好结果。就连石头那里，也终有个交代。"

鹅咬起手指头来，眼珠子滴溜溜乱转。她不说话，过一会儿走到门口站站，又走回来。忘了她娘一般，突然把手一甩，往空气里说一声：

"该死的！"

她又走到院子里去了。

过了几天，高杰悄悄踱到小卖店里来，鹅正在柜台后面用纸包红糖。鹅装着没看见他，一手提了杆小巧的戥子秤，一手仔细地往秤盘里添加。高杰忍不住咳一声，她放下秤说："你吓死我了。"这才让座。

"不就是红糖么？"高杰不以为然地说。

"小本生意，一钱一厘都得计较。"鹅说。

高杰想把她从柜台后面拉出来，她左躲右闪。"明天再去我家吧。"他压低声音说。

"我说过不去了。"鹅看一眼柜台上的电话机。她走过去拿起一块抹布擦起柜台来："你看，我娘老了，石头要上学，也没个帮手。"

高杰往柜台里面探长身子。"我会让你发大财。"他说，"我要帮你在老实街开个连锁店，这个老实街就都是你的。我保证让你在老实街活得像个女王。"他的手臂很长，很容易抓住了她的肩膀。"明天你过去，老时间。"他说。

鹅没有动。"我以为没人看见，"她自顾说，"可他们都看见了。"

"你的手怎么伤了？"

"关门挤伤的。"

“没出血吧？”

“出什么血？”鹅说，“又不是老鼠咬的。”

“好让人心疼。”高杰温柔地捧起鹅受伤的手，轻轻嘘着，“乖乖。”又轻声说：“记着，老时间。”

鹅的胸脯剧烈起伏着。

“OK！”

高杰转身向小卖店门口走去。

“改天吧。”鹅笑盈盈地说。她伸手拿起了戥子秤：“高杰，就改天吧！”她又称起红糖来。

3

没什么能瞒得过我们老实街居民的眼睛。况且，高杰还有那样的一家人，姐姐、姐夫，还有个哥。他哥住在按察司街的单位宿舍。他们这个弟弟，是给老高家抓了面子的，哪许他随意娶人？他哥来看望父母，她们就向他讲述不满。他哥说得狠到家：“什么都别管！小杰走过世界，喝过洋墨水，不比你们知道得多？也别忘了，小杰是男人，总比出去找个站大街的强，脓啊血的滴答到你们床上，都别嫌腥气！”她们不管脓啊血的，可以不理老实街那个女人，但是，这不妨碍她们把不满向外人说出去。

高杰去国多年，归国后先去拜望亲戚朋友了没有？这个我们无须查实，但我们知道，他不过是在归国后第二日，就出现在了我们老实街的街头，难怪我们都相信他会娶了编竹匠女儿。

事实上，就像我们眼瞎了，我们就总看不到鹅会无故离开她的小卖店。在我们老实街，开小卖店的还有几家。最有名的有莫家大院的左门鼻，还有前街口张瘸子、李蝌蚪，后街口老朱、唐二海，算起来有门面没门面的，六七家总是有的。鹅的邻居马二奶奶不开店，但她会做一些手工，闲时纳个鞋垫，缝双童鞋、虎头帽子，积攒多了也会拿到门枕石上，让街里那些见了爱的，随意拿去。外来的喜欢了，放下个块儿八毛的，就算生意。后来她眼神不济，就卖起了棉线手套，因为她有一个孙子在济南针织厂上班，能拿回来很多次品，有时候是做奖金，有时候做部分工资。这些次品比合格品几乎不差。杂货铺、酱菜店、小五金店，等等，大家都在一条街上，也没见谁跟谁争。左门鼻嘴上有句话，听着很入理。

“仨瓜俩枣嘛。”他常说。

仨瓜俩枣的，值当得你我来争？虽左门鼻一个人这么说，几乎全街上的人都觉得意气洒脱。

鹅不大出门了，人也好像不大爱说话。迎来了客人，含笑点点头就算打了招呼。还有一个很大的变化，不像过去很晚才打烊。过去一些人吃过晚饭很爱聚她店里闲聊，她也跟着聊，还一边给大家沏茶。忽然她就不跟着聊了。别人聊得没趣，只好收口，剔牙。

更有一天，忽听她兀自长叹道：“天吔，我乏了。”看她一眼，的确有些支撑不住的样子。别人也不缺眼色，再说几句也就主动退去。令人想不到的是，这才刚跨出门槛，她就在人身后将门掩了个结实。

从这天起，不到晚上九点，门一关，就像店里没了人。她家不是高门大户，院墙外踮起脚尖，能看到大半棵香椿树长在院子当中。店门关了，院子里静悄悄的也像空无一人，就剩那棵香椿树。她儿子石头在职业专科学校住校，她娘整日坐在屋里，她去开了灯就开，她不开就任屋里一直黑着。我们都想不出打烊后她会去哪里，是踮于门后，还是蜷缩于几上。

这个冬天奇冷，气象台的说法是百年一遇，涤心泉竟被冰封过半个月！鹅的娘没能熬过这个寒冬。

鹅的春天来得晚。都春花烂漫的时节了，鹅才像蛰伏的虫儿似的醒来。人家都是三五成群地出城踏青，她独一个儿去。我们都感到她像是历来没有家人，也像从没有女伴。不知她是去了千佛山，还是佛慧山，也不知她何时归来，但我们知道第二天她把花草簪了满头，一个人在她家那些旧竹椅上蹦来跳去，就像一脚蹦进了趵突泉，又一脚跳进了大明湖。一脚泉一脚湖，一脚湖一脚泉，很多人都从街上听到那些竹椅在她脚下吱哇作响。

而在此之前，高杰就像在老实街消失了。其实我们心里是高兴的。我们老实街居民无不暗中盼望他再次离开狮子口街，离开济南，甚至从此远离我国。若他一去不回，那可是正中下怀。

事实上，我们谁也没能力去左右任何人的命运。这些日子，不时有他的消息传来。据说某日，在经二路上的市政府，他受到了市长大人的接见！不久之后，又随同市长大人视察了整条泉城路。从老西门，到青龙桥，贯穿老城。他的两个姐姐亲口告诉狮子口街的人，整条泉城路即将满是他开的店，整条泉城路就是一座巨大的外国超市！

那岂叫一个发达！

我们老实街居民都像被打蒙了。左门鼻特意找到老实街上在省发改委工作的张家小子，询问把泉城路整条租给外国人做生意叫不叫卖国，张家小子明确说："不叫，这叫引进外资，活跃经济。"左门鼻嘟囔："不叫卖国也差不多。"

张家小子给他释疑："那您见过老火车站没有？"

左门鼻道："济南开埠的标志，怎么没见过？我出门少，也从那儿坐过几次南来北往的车。"

张家小子问："老火车站谁建的？"

左门鼻道："德国佬画的草稿。"

张家小子又问："德国佬呢？"

左门鼻笑道:“早滚了犊子。”

张家小子道:“这不就对了嘛。”

左门鼻道:“嗯，好像也不对，人走了，东西留下来，也别叫人吃了亏才是。”

张家小子道:“高杰胃口再大，也吞不下整条泉城路，您尽管放心去开您的杂货铺。”

左门鼻放心了，道:“仨瓜俩枣的，人家也看不上。”

左门鼻明白自己心里的意思。你挣金山银山，我混仨瓜俩枣。大路朝天，各走半边。

4

鹅没有再踏进狮子口街半步，并不说明她不去别处。半年时间里，她去过一次山里，去过一次东郊菜园，去过一次天桥附近的小旅馆。这是她自己要求的。她说越偏僻越好。她开小卖店总要进货看货吧，有时候就出来了，但绝不是狮子口街的方向。一次是走到南门外，她上了一辆车。一次是走到泉城路上，又一次是走到解放桥。

去山里的时候鹅和高杰都不认识路，就是在山林里钻了一阵，最后停在一座破庙后面。破庙里有没有人看不到，反正周围没人，高杰也不想进去。他看了看地形，地上横着几块断碑，上面落了层枯叶。他不想躺在上面，鹅也只是站着。两人站了一会儿，什么也没说就离开了。

去东郊菜园也是这样。菜园里有个小屋，里面也没人。高杰走到那里，往里面探了探头，没有一点儿走进去的意思。菜园的旁边有个苇荡子，把济南城挡在了后面。但是，他们仍然只是站了一会儿。

天桥附近的小旅馆很难找，他们几乎在小巷子里转迷糊了，都不相信是在济南。想不到在济南还有这么破旧的房子。小旅馆却很守法，坚持要他们出示身份证。高杰没有，鹅怎么也不愿拿出来。鹅说，照片很丑。

最后一次是去珍珠泉宾馆。珍珠泉宾馆离老实街不远，鹅在泉城路上走着走着就拐了过去。高杰正在房间等她。

可是鹅还是一副清水下杂面的模样，让高杰动不了心思。鹅也是的，你若不从，不答应来就好嘛。

这珍珠泉宾馆可不一般。这可是住过大人物的，就在省人大院内，对面就是人大礼堂。鹅不是第一次来，她曾来找过街道办常主任。那天，常主任冒充人大机关人员，带她走进了戒备森严的人大办公楼，出来时差点被警卫识破。他后来告诉她：

“你以为好玩呢？”

鹅想到这件事，会心一笑。高杰看见了，问她笑什么。

“笑你！”她甩头说。

“我有什么好笑？”高杰说。

“你不好笑吗？”鹅说，“你自己想想，山窝子、菜园子、骡马店，不都是你带我去的么？瞧，又窜到德王府来了！”

省人大这位置，恰是明成化年间德王朱见潾所建德王府旧址。

高杰也笑。

“可我最想去的是哪里？”像是自问。

“您是喝了一肚子洋墨水的人，俺这山东老土又如何能知道？”鹅说，“您从那外国回来，随便搬把椅子往这一坐，俺就得叫您王爷。”

“我最想去的地方就是狮子口街小阁楼。”高杰压低了一下声音，他的眼神忽地幽深了起来，“鹅，你就不能随我？”

鹅不由往后退了一步。“你要我随你？”鹅说，声音微微发起颤来，“我已经随了你两次。我告诉你，以后不能了。”

"不能了？"高杰问。

鹅点点头。

"我是王爷也不能？"高杰又问。

鹅不说话。

"你为什么要哭？"

"我没哭。"鹅说。

"你眼里有泪。"

"我擦掉它。"鹅说，"我走了。"她快步走到门口，没想到又停下来，仰了一下脸，问道："高杰，有句话老早就想问你，你有家没有？街里都说你找了个外国老婆，是不是真的？"她一脸清爽，看不出哭过："把你外国老婆带来，让街坊邻居也都开开眼。你要遇到过什么伤心事，可以不说。"

"我没有的。"高杰说。

鹅笑出声来："没有伤心事，还是没老婆？嗯，这就对了嘛。"鹅点头道："有本事的男人，找女人干么呀？不自由。你是威风凛凛的王爷，我也是个不戴头巾的男子汉。一个人拉扯那么个私孩子，不也过来了？这辈子没悔，也没愧。给你说句体己话，找了女人，从此不自由！哪里能再像我，说来就来，说走就走？要是找个缠人的，还不要了命！不自由。我回了，高杰。回了，高杰。"

她伸手打开门。

"我把老实街给你。"高杰冷不丁地说。

她站在那里："我得走了。"她把脚伸到房门与门框之间，像是很急切，再晚一步大事就得耽误。但是，高杰起身从背后抱住了她。

"我送你整个老实街。"高杰说，"你想要什么，我都会送你。"

鹅极力地向他扭转身子。她很近地看到了他的脸。出人意料的是，那张脸上平静如常。"谢谢你，你送我很多东西了。"鹅粲然一笑，"计算器、传呼机、围脖儿，都是好东西。瞧，这项链谁给的？

还不是你！小贴心儿的。还不松了我，外面有人看着呢。”

高杰松了她。她像兔子一样，一下子跑到了走廊里。

“只要你答应……”

“我答应。”她并不顾忌地说，“只要我答应，你都能做到！谁不信呢，王爷。”

鹅一溜风儿地回到了老实街，看上去喜洋洋的。

后街口的老朱看到了她，就问：

“五嫂舒坦些了？”

她说：“可不，舒坦了！”

老朱的生意是热天才好，因为他主要卖冷饮。这大寒天，几个啖雪糕的？他的店里有个小鸭牌的大冰柜，热天摆在当街，寒天就给弄屋里，他说，怕冻坏了。听听，冰柜怕冻。嗯，小鸭岂不怕冻？

她还碰上了卖酱菜的唐二海。有一种合锦菜，是她爱吃的。她店里也有合锦菜，苤蓝丝儿、榨菜丝儿、干平菇丝儿、石花菜、菊花瓣儿、花生仁儿、杏仁儿、核桃仁儿、瓜子仁儿、芝麻、黄姜，一样不缺，但没有唐二海家的味道。她走过酱菜店时，自然想起了合锦菜。那种味道，啧，怎么说呢，像是拿鸡汁儿细细收过的。目光朝酱菜店一扫，就从玻璃上影绰看到了自己的一张脸。

错不了，她是满面春色，就忙叫道：

“二海，二海，拿瓶合锦菜！”

唐二海应声出来，手上有只三寸来高的小黑瓷瓶。

“回头给钱。”

“这话让我生气。”

“看不白吃你的！”

她拿着合锦菜从酱菜店前走了过去。

5

高杰又来了老实街！一趟一趟地来，好像又让我们看到了那个嚼着半截熟藕或含着一个小苹果的皮脸小子。

他来老实街，也跟我们搭话，但没一个人真心实意对他，我们相信鹅也是。他来了鹅的小卖店，小卖店的两扇门能开多大就开多大。从外面看，他乖乖坐在墙边一张竹椅上，就像被五花大绑在了那里。他说什么，我们当然听不到。对他们小卖店的交谈，我们有个简单的想象。

“盐多少钱一斤？”

“四毛五。”

“毛巾多少钱？”

“两块二。”

“茶叶好卖不？”

“贵的老百姓喝不起，也就喝这块儿八毛的末末儿。”

“噢。这打火机用不住吧。”

“一次性的。”

“酥锅还好卖吧？”

“整条老实街都吃老赵家的！”

酥锅里最重要的成分是熟藕，也就是高杰小时候嗜嚼的那种。他应该知道老赵家的酥锅好卖。既如此，他还问。

鹅给了他面子，有问必有答。我们知道，鹅本不刻薄。

他终于要走开了，从竹椅站起时打了个趔趄，我们都相信他坐麻了腿。下一次他再来小卖店，还是会问洋火多少钱一盒，盐多少钱一斤，毛巾多少钱一块，茶叶好不好喝……好像全忘了。再说，不问这个，还能问什么呢？

你会说，该让他连问的机会都没有！其实我们做到过。

刘家大院的老王家煤球炉灭了，火柴盒里只剩一根，划断了，老王就去左门鼻杂货铺买。左门鼻去了闺女家，他就转身来到鹅的小卖店。买了火柴正要走，忽然察觉高杰坐在竹椅上不作声，便下意识地停下，与鹅闲聊。可高杰还不作声，他想到为时尚早，就索性跟鹅多聊两句。

接下来，金柱大门九号院的调皮鬼小耳朵，像闻到了什么气味，也突然蹦进了店门。小耳朵生性爱闹，他不想买东西，故意让鹅给他拿这个，拿那个。鹅拿了几次，他不要，鹅烦了，就说自己拿。鹅有一句话，他就有千百句跟着。他们叮当的时候，来了个素爱听闲话的邻居马二奶奶，还有九号院的曹构，他是帆布厂的购销员，刚刚出差回来路过，捎带踅了进去。马二奶奶坐在另张竹椅上，正与高杰相对，但她只顾听人说话，视线没在高杰身上，眼神本又不好，直到对面竹椅空了，才与别人一起发现不知何时高杰已经悄然而去。

这一招奇妙，我们用过了七八次，其实是非常令人生厌的，一旦我们意识到这个，也就立马打住，然而，对高杰与鹅在小卖店的猜测，如何也不能停息。

炎热的夏季来临，又是一个百年不遇。有一严冬，必有一炎夏嘛。虽然我们可汲来清泉在家中冲澡，或者去到黑虎泉、王府池子游泳，但是，心里的炎热犹不可解。整个老实街，都有股焦煳的味道，连小耳朵都发蔫。

所以，有一天，高杰从外面带来三个小伙子，用一些我们叫不出名来的仪器，对鹅的家前后勘察起来，我们简直觉得没有脚力跟过去。他们比比画画，就像她家地基下，隐藏着一座神秘的地宫。等有人两脚绵软走过去，人家也收拾了家伙。

孰知，救了我们的，是老常。

王家大院死了个老人，是老常的旧相知。老常不顾酷暑，前来吊唁。老常就是街道办的那个常主任，后来做到历下区建委主任，退了休还威风八面，因为他将两个儿女安排得实在好，一个进了省政府，一个进了济南市委。

老常一来老实街，必去鹅家。这次没去，是怕自己身上有死人气，玷污了别人。他只去了前街口一棵老皂角树下站了一会儿，手中摇着一把仿唐伯虎画意的纸扇。我们围拢过来，目的是要打听高杰的消息。这个高杰要买下泉城路，并三番五次踏足我们老实街，欲将何为？

第一个答案，泉城路改造，国外商业机构即将进驻，板上钉钉。即便老常没正面回答我们的疑问，我们也似乎跟着松了口气。谅高杰所服务的机构怎样财大气粗，一条泉城路他也是吞不下的，可见老高家的女儿们向人吹了牛。

第二个答案，出乎我们意料。我们的良好愿望，是高杰在向鹅求亲，而不是这样无休无止地莫名骚扰。事实上，高杰是要改造鹅的小卖店，从而把它纳入他们庞大的连锁经营之中，但他遭到了鹅的拒绝。

这跟我们老实街有干系么？老常并不多言。老常把纸扇这么一收，八字步一撇，向旧军门巷走了去。

莫家大院的左门鼻，前街口的张瘸子、李蝌蚪，后街口的老朱、唐二海，开小五金店的汪德林，他们心里最明白的。当天晚上，唐二海就来鹅家送合锦菜。鹅刚汲了水回来，正要烧水，抬头看他进门，忙招呼他坐下喝茶。他说自己来送合锦菜，鹅惊道："这是怎么说！"一边将合锦菜接到手中。他虽比鹅大两旬年纪，在老实街论起来却比鹅低一辈，就有些顾忌自己言轻，唧哝着说道："问你，狮子口街高小子，是不是要给你开连锁店？"鹅猝然站直了身子，往后退一步，不认识似的看着他。

“嚼啥舌根子的！”鹅说，“我这一间半屋，连得起来？又是那个死老常，到老也贼多事。”

“他要给你开，你就开，不开白不开。”唐二海说，“一层把墙打通，二层架屋你娘俩儿住，全老实街就得来买……”

“要是你来给我说这些话的，那你这就走！”鹅闪身到门边，“把你酱菜拿着！”

“我那店小本生意，也就仨瓜俩枣……”

“去去去。”鹅不由分说把他往外推。

“我来给你打下手……”唐二海还要辩驳。

“说得好听，不怕我嫌你指头粗！酱菜撑破脑壳的。”

“鹅。”

“叫姑奶奶！”鹅把他推出门去。

“鹅。”

“叫老娘！”鹅两手叉腰，堵在店门中央，背后的灯光把她的身影投到门外的青石板路上。那影子又大又黑，又像在不停生长，终将塞满整个儿老实街的天地。“叫亲老娘也不成！哼，酱菜撑破脑壳的。”

6

我们都相信，高杰未曾在鹅身上占到便宜。他来不来老实街，我们开始感到无所谓。他若被我们看见，我们眼里都会有种幸灾乐祸的意味。你是海归，喝饱了洋墨水，腰缠万贯，即便对鹅死缠烂打，得好处没？在我们心里，老编竹匠的女儿分明有了玉洁冰清的贞女形象。我们老实街的贞女，是永远不能够被玷污的。而且我们也都相信，坚贞的鹅终于以自己的极度寒冷在这年的深冬彻底绝了高杰的念想。

马二奶奶说她有俩月没看见过高杰了。她常坐在自家院门口晒太阳，又是鹅的邻居，哪怕你从鹅家买过一根针，也都瞒不过她的眼。

这个冬天隔三岔五就会有一场大雪。临近年关的一场雪下了一米来厚，早起的人一开门，面前高高一道雪门槛！第二年又多雨，整个济南城遍地泉涌，护城河边的黑虎泉，声震十里。老实街人家，家家得在檐下挖水沟子，不然屋基都得让水给泡喽。涤心泉那儿，常常泉水四溢。黄家大院的一位百岁老人，时不时让五十三岁的孙子扶出家门，立于泉畔，口中念念有词：

“旺啊，旺啊，旺啊。”

他是说泉水旺，像那年的冬寒，百年一遇。也是说老实街旺。老实街遇上了百年盛世，即将焕发青春。

鹅的儿子七月从职业专科学校毕业，十月娶了媳妇。我们老实街的人都说，用不了一年，鹅就能抱上孙子。

但迎来的冬天却无雪。有人说正月会下雪。可是，正月还没见上一片雪花，天气就转了暖。

二月二，龙抬头，柳绽金眼，满街见是炮燥的人换了单衣。

不曾想到了月底，没牙的老太太嘴里还常含着颗陈料豆，细细唆摸，就起了遮天蔽日一场西北风，直刮得鬼叹神愁。到得风止的傍晚，真个是“黑云压城城欲摧”！连着那黑夜，整个的济南城好似坠入了阴曹地府。天未明时，雪就开始下。蒙蒙雪幕中，有个身影从鹅家闪出来，向前街口走了去，显见得不是去汲水的。那雪，棉絮一般，扯天扯地，越下越大，可是下了整整一日。我们心里说，去年一冬的雪都挪到今日来下了。鹅当日回没回，都没看见。第二日雪停，有心问她儿子，恐他怕了羞，再挤对他娘，就都没问。午时已过，才见鹅慢吞吞从后街口踱了来。屋檐上寒雪的清辉，映出了鹅灰暗的面孔。

这是咋回事？我们的心不由一紧，不忍去问，也都装着没看见。她家门前的雪被扫了，堆成了一个雪堆。雪是邻居扫的，她儿子在屋里忙着打游戏，这天还没见个人影儿。鹅开了店门，独自站了一会儿，才走进去。

三天，小卖店没开张。

屋檐一直在滴水。滴答，滴答，滴答，像老实街心跳。

滴答，滴答，滴答……

鹅又从家里出来了。她再次走出了前街口。她换上了鲜艳一点的衣服。走近她的人看清了，耳环、戒指、项链，她都戴上了。路过涤心泉时，她忽然叫住来汲水的张家姑娘，让她提着壶往她手上浇水，她借此洗了脸。她还不好意思地对张家姑娘说：

"吓，大清早的，忘洗脸了！"

屋檐滴水，滴答到傍晚，就不滴答了。寒气上升，雪水开始在屋檐下凝成冰溜子。这场倒春寒！庄稼还不绝了收！

鹅从狮子口街走了来。她走得又很慢，与上次回来不同的是，脚下轻飘飘的，像是踩了云气，舞蹈着。不知怎么，她自个儿情不自禁，在街上咯咯笑了两声，还像个姑娘似的，用手背捂了一下嘴。有什么可乐的呢？我们可猜不出来。

瓦上残雪，消融殆尽，春天的足音又繁响起来。这不，三月三了。三月初三春正长，蟠桃宫里看烧香。人们又开始了结伴出城踏青，省城各大公园皆人满为患，但是一个消息霎时间让我们的心冰冻三尺。

泉城路南的老实街、旧军门巷、狮子口街、榜棚街、十八拐胡同，还有东边那些个宽厚所街、历山顶街、洪字廒街、仓门楼子街、公兴里、武库巷，都在拆迁之列，近郊砚池山下的回迁房也已全面开工。这消息确实。在省发改委上班的张家小子已熬成处长，眼看就能提副主任。向他求证，没有得到否认。他能淡定，但我们不能淡定。

黄家大院的芈芝圃老人，九号院朱缶民先生、老简、老邱，张家大院的锁匠卢大头、鞋匠宋侉子，开馍馍房的苗凤三，摄影师白无敌，莫家大院的老王、左门鼻，还有张瘸子啦，李蝌蚪啦，都表现得非常义愤。苗凤三脖子上青筋暴起，一声声向人质问政府：

“俺就想知道，馍馍房在哪合儿开！”

老实街一出大事，我们都爱往涤心泉那儿凑。一连几天，涤心泉畔，人络绎不绝，却非为汲水。陈述了万般理由后，我们才似乎觉醒，不舍得离开老实街的原因，无过于自己的心千百年前就让这眼清泉拴了个结实！

而且，我们感到了巨大的危险，因为有人说，整体拆迁老实街是要为一家国际大超市腾地方。这家国际超市不光建在地面以上，地下至少还要再挖三层。这老实街，除了涤心泉，屋中泉、墙下泉、楼下泉、灶边泉，起码还有四五眼，他们要建大超市，考虑到会阻断泉脉没有？

要救老实街！要救泉！可是，事件背后显然是有政府支持。我们老实街历来崇尚老实为人，也都知道胳膊拧不过大腿，我们目光如炬，一眼看到了政府的背后还隐藏着一个人。

一旦我们醒悟过来，我们就去找鹅。有病乱投医嘛。能救老实街的，或许只有那个编竹匠的女儿。

我们迟了。老实街祸到临头，我们才觉察到其实鹅早就对我们冷淡起来。在她面前，我们每个人都像一个摆脱不掉的地痞无赖。她对我们不招呼，不让座，冷心冷面，不管眼前有没有人，目光平直向店门外看。

事已至此，我们也顾不了长幼尊卑，男女有别，在她面前大讲老实街的美德、传统，讲老实街辉煌的历史，哪套院住过名人大官，有过什么不凡的来历，哪套院建得如何好，全国绝无仅有，我们还讲老编竹匠在世时的佳话，目的是唤起鹅对老实街的热情。虽然我们都刻意回避高杰的名字，但我们相信鹅明白我们的所指。

不料，鹅终于从柜台后面慢慢站了起来，一句话打断了我们："都家去吧。"接着，又不咸不淡地说："回家算算能得多少补偿费，能分多大房才是正经。"

"你把咱看扁了！"我们惊呼。

"扁么，扁不过一张纸。"鹅说，"拆迁有协议的，要签字画押，可不就是一张纸么。"

"老实街毁了！"

"不在这合儿就在那合儿，没啥能毁！"鹅说，"家去吧。"

"涤心泉……"

鹅眼里碎碎地闪过一丝光亮，我们随之把话咽了回去。她又坐下来，缓缓向前俯身趴伏在柜台上，几乎让我们看到了这个女人一生中全部的柔弱。求助鹅的此举，同时也让我们内心的虚妄暴露无遗。离开鹅的小卖店时，我们就像是惶然而逃了。

7

尽管付出了一番艰苦抗争，老实街的拆迁也已成定局。后来这些老邻居，大部分搬进了砚池山下的友谊苑小区。也有只拿拆迁费，自行购房的，那就算是彻底失散了，鹅就是其中之一。我们都不知道她跟儿子去了哪里。直到十年后摄影师白无敌从一张照片上发现，她出现在环山路一个农贸市场，就去环山路守候了六七天，才得以见到她。

原来，鹅在这里的一个小区买了房子，那算是当年的一个富人区。白无敌不由赞叹她的识见。她还跟她儿子住一起，儿子在一家公司上班，没听她说哪家公司。得知了她的住处，就有老邻居从友谊苑赶来看她，向她倾诉在友谊苑居住的苦楚，常断电，水压不够，小区卫生脏、乱、差，下水道排泄不畅，污水遍地，一到雨天，整个小区就大闹水灾。最重要的，喝不上清泉水。鹅听了依旧神情冷淡，大家渐渐就不来了。

但这并没有影响到我们对她的敬意，特别从这里那里了解到更多有关拆迁的秘密之后。

在我们与区政府拆迁办签订协议的前一天，我们记得鹅急匆匆再次走出老实街，却不知她先去珍珠泉宾馆，扑了空，就又去舜耕山庄。高杰在这两个地方都有办公室。可又没见他人影。后来就去了当时济南最为豪华的索菲特银座大酒店。在这座酒店的四十九层上，设有旋转餐厅，大快朵颐之时，即可浏览济南城全貌。

“你是个骗子。”鹅指着高杰，咬牙道，“我答应了你，可你啥也没做。”

高杰住在这里，他有些时日没去狮子口街住了。“你要我做甚？”他明知故问，“别激动，待会儿跟我去旋转餐厅，吃法式大餐。”

“吃你娘屎！”

“这不是鹅的口气。”高杰笑道，“鹅能说得比这娇媚。”

“我看不清你……”鹅在他眼前像瞎了一样，一下一下地摇头，“我看不清你。”

“看不清的，还有很多嘛。”他笑道，伸手要扶鹅坐下来，可他又道，“你试试往远处看，万古齐州九点烟。世界很大么，又很小，很细小。”

鹅却只顾低头找座位，找来找去，才坐下来。她茫然地坐在那里，像筛糠一样发抖，嘴里呜呜了两声，终没有说出话来。

“你是来原谅我的吧。”高杰走过去紧挨她坐下，两手温存地搂住她的肩头，“好了，今晚去吃法式大餐。”

她不停地摇头，不停地喃喃着：“我怎么变笨了，高杰？”她说：“我脑子不灵光了。我不招人待见了。”

“原谅我，我带你去吃法式大餐。”

在高杰的搀扶下，鹅去了四十九层的旋转餐厅。

“看万家灯火。”高杰说。

鹅依旧默默垂首而坐。这年阴历二月底，济南城突降大雪，她来过这里，还在高杰豪华的客房睡过一夜。同样的餐厅，吃的却是日式大餐。她一口没吃，半夜里被饿醒。高杰还在沙发上睡着，她怕惊醒他，就忍到天亮。想来想去，她还是不能答应高杰去狮子口街，去那个只能像狗一样爬进去的小阁楼。她说在山窝子，在菜园子，在索菲特，怎么都行，可高杰没动她一指头。后来她想通了，她准备满足他的所有要求。在小阁楼上，在他两个姐姐的窃窃私语中，她第三次温驯地向他打开了自己不再年轻的身体。然后，他心满意足地盘腿坐在床垫上，唤她一起从窗口往外看。当时她一点儿力气也没有，只能躺着。他往外看，她不知道他看到了什么，但他主动告诉她，整个青少年时期，他就是这样，往远看是心灵，往下看是生活。大杂院里的一切，贪食，淫欲，争吵，残害，偷窃，陷阱，全在他的眼皮底下。那时候，他时时幻想能够在这样的高度，并以如此的角度，与一个自己喜爱的女人，静静俯视这道尘世沟壑。他非常之确定，这个女人就是老实街编竹匠的女儿。在他成年以后，低狭的小阁楼里，距红尘十尺，鹅果真与他同在。毫无疑问，鹅深受感动。她像舞蹈着一步步走回老实街，并不仅仅是因她自以为刚刚从一个人手中救下了老实街，更因为她心中真实的欢乐。

“你骗了我……”她呻吟似的小声说。

“来块鹅肝。”高杰说，“哦，对不起。我犯了忌讳。”他招呼服务生：“撤了，换炒虾球！”他对鹅说：“喝口红酒。”他自己喝了。“我没忘本，我还把火柴叫‘洋火’。”他忽然忍俊不禁：“狮子口街，老实街，很快就都不在了。”

“你不讲信义。”鹅说。

他一动不动地看了她一会儿。“你不是原谅我了么？”他说，“为了未来，干！”他喝了一大口。“胜利的酒。”他抿了下红红的嘴唇。“我会记住你的小卖店。”他说，“我会记住你在小卖店里称盐的模样。”

“我没称盐！”鹅不由得抬头纠正他，“我称的是红糖。你不该记不清楚，盐是白的，红糖是红的。”

他接着又喝了一口，以掩饰自己的尴尬。他喝了一杯又一杯，渐渐有了浓浓醉意。他一次次向鹅探长身子，一次次无端地发笑。他摇晃着叉起一块半生带血的牛排，放进嘴里，大嚼一阵，不管烂不烂，一口吞咽下去。

“不要那样看着我。”他朝鹅瞪大着失去神采的眼睛，口中酒气熏人，“其实我是爱你的……从掉进你家茅厕的那刻起，我就成了一个怪物……小孩子见我会死。我吃死尸。独行的人会被我掐断脖子。……毁掉老实街，让老实街生不如死。得，就这么做！呶，我做到了。别怕，我还爱你。——鹅，别走！”他向她伸出胳膊，像是哀求：“别把我扔下。听我说，鹅……在澳洲，有种野人，叫幽微。”他胡乱比画着，醉眼难睁：“三米多高，浑身长毛，吃腐烂的尸体……鹅，我就是……幽微。”他重新瞪起血红的眼来，竭力地瞪着：“走，走，你去告诉每个人，幽微来了，谁也躲不掉。世界的……幽微，来了……哦，红糖……是红的。”头猛一沉，脸就“噗”一声埋在了炒虾球、牛排、蜗牛、青蛙腿、牛角面包、黄油、冰激凌和刀叉里面。

那次鹅何时回家，无人得见，因为我们正心系老实街存亡，顾不了许多。她一个人以自己的柔弱之躯，去跟巨大的怪物战了一役。

在我们看来，早年身遭不幸的编竹匠女儿，虽败犹荣。

曲水亭街
hanjun 2018

第五章　阿基米德的一天

1

我们老实街最大的名人，既非张树，也非左老先生，而是一对兄弟。他们都有爹娘给起的名字，老大穆泽宽，老二穆泽厚。老实街居民提起别人一般不称大号，人小时称小号，成年叫穆大穆二，至于老了，先看结了多少善缘，穆老先生也并非随便就叫的。

穆大穆二被叫成穆老先生的可能性愈见渺茫之际，就在那样的一天——

张树至死都不会承认，那时候他还不是省发改委的副主任，他大学毕业分配到济南市二轻局，基本上还是一名学生。他下班回来，放下自行车，拎了水桶，就要去街口涤心泉汲水。这一天有无特别之处呢？

有。不光有，还不少。

大明湖里的蛤蟆畏冷，历来不叫的。这一天，有人听见，叫了。

杜福胡琴店里吹进一股清风，所有胡琴，挂在墙上的，摆在桌上的，还有那些半成品，轻轻发出一阵悦耳的合鸣。杜琴匠耳朵好，能够辨听弦上细微的声音，但从没像这一天印象深刻。关键是，每把胡琴都有了振动，商量好了似的，也像冥冥中得了统一的号令。

左老先生怀里的一只猫，突然蹿到窗台上，回头对左老先生凝望起来，完全是一种不知何来的眼神。

还有的说，张树出门时，南边千佛山头隐隐打了个花闪。

这些都是异象。

张树对自己的工作挺满意，在单位常常受到领导表扬，所以他心里每天都很乐的，见人笑口常开。去涤心泉，点了一路头，说了一路好。“刘大爷，好。”“李大嫂，好。”“王二哥，好。”“赵奶奶，好。”

涤心泉那里，聚了三五街坊，或等着汲水，或汲了水也不走，无不神色悠闲，慢条斯理的。张树也喜在泉边耽搁。他像所有的老城居民，生来爱闻的就是泉水散发出来的那股子清气。恰是初夏时节，清泉的气息更是爽入心脾。小时他爹带他汲水，等他拎得动水桶，他就自己去汲。他考上了响当当的山东大学，学校在历城区洪家楼那块儿，得住校，这就中断了几年，但周末他是能够回来的。从学校回老实街，好像就是为了来汲水。

跟汲水的人打了招呼，张树似有觉察，自己那张口从一出家门就没住。他人生得意，又年轻嘛，还不是十分晓得慎言。他在三十岁调到省计划委，就老成多了。等当上省发改委的副主任，言行举止滴水不漏。饶你奸似鬼，也挑不出一丝儿的错处。

悠悠汲了水，又立在泉边青石板上说了会儿闲话，才松松爽爽往家走。他家住苗家大院，他得路过许多人家。

那时候社会上小看个体户，所以老实街开店的，大多是祖传的手艺，纸扎、卤煮之类。王家大院的白无敌白辟疆祖上开过照相馆，他也在北边泉城路上的国营店里当摄影师，有心出来单干，还没打定主意，处在观望阶段。

社会风气就这样，满大街都是穿喇叭裤的。那些无所事事的待业青年，都以裤腿宽大为美。如果能再搞来一台四喇叭录音机，配副大耳机，街上拎着走一圈，“噗嗒噗嗒”，能美过二郎神！

张树与人不同。他在机关工作，不能穿奇装异服。同事怎么穿，他就怎么穿。哪怕心痒难耐，弄一条喇叭裤下班来穿，说像扫帚，也只是两把小扫帚。所以啊，张树走在街上，反倒很突出。那时候他没觉得街上很奇怪，也没看到什么异象。他跟人点头，打招呼，直到停在了纸扎店前。

街上有了很多人。夕阳西下，但天光还很明亮。人们从家里走出来，好像就是为了听到张树的一句话。

挨着纸扎店的院墙，有个一米来宽的死胡同，里面住着两三户人家，其中一家就是穆氏兄弟。

张树到的时候，人们在朝胡同里望，但胡同深处静悄悄的，就像那里会有隐秘的故事发生。

纸扎店屋顶上兀地滑落一片青瓦，碎在地上，却没人注意。一切异象都在表明，这时正该张树出场。张树拎着满溢的水桶，口气好像拂过琴弦的微风，轻轻说了句：

“这俩老兄弟，阿基米德啊。”

2

穆大叫了阿基，穆二叫了米德，就从这天始。

阿基米德何许人也？济南开埠近百年。西有纬六路上老银号，北有将军庙街天主堂，南有广智院街广智院。大明湖畔的正谊中学，老济南也都记得。当年由于收费低廉，城内大批贫寒子弟就读正谊。有教无类的正谊，正其谊而不谋其利，名其道而不谋其功。阿基米德嘛，连瞎了只眼的马二奶奶都知道，外国牛人儿，一头鬈弯毛儿。给他个支点，他能撬动地球，就他阿基米德说的。这个，马二奶奶知否，不好妄加揣测，反正马二奶奶会念绿肥黄瘦。

马二奶奶曾在街道小食品店帮卖过酱油，给人打酱油时张口就来。人家告诉她，是红。她说，是黄。笑得人家能把酱油弄洒，但她一本正经，还说：“我眼神不差。”

她总说眼神不差，后来，瞎了只眼。

在以后极为漫长的光阴里，张树显然从不认为穆氏兄弟绰号因自己而起。那么短的一句话，好像泉眼里冒出的小泡，虽晶莹如珍珠，但略微地一摇，就破碎消失了。小小水泡消失在水中，无迹可寻，也好像从没有存在过。

张树暗自做过假设——假设自己曾经出言不慎，穆氏兄弟也应该属于居里夫人、门捷列夫之类。卡文迪什、卢瑟福、阿尔费德森、罗蒙诺索夫、拉瓦锡、贝采里乌斯，这样的名字他可以说出一大串，还有中国那些真真假假的炼术家，比如西晋葛洪。总而言之，张树认为自己绝对说不到阿基米德那里。

但是，街坊们却没有张树的这种心思。

世上再没有比把穆氏兄弟叫成阿基、米德更合适的了。海右此亭古，济南名士多。这不，又多了个阿基米德。

众所周知，我们老实街的好名声由来已久。

民国年间南门外后营坊街有个行医的艾小脚。《清史稿·烈女传》载：“光绪间，济阳艾紫东。”这艾紫东即艾小脚的父亲，曾以剿捻匪功授通奉大夫。艾小脚自幼习医，医术高明，四十岁时携家人从济阳搬至后营坊街，人称艾大姐、艾大姑、艾太太，却实为男子，说来也是一段异人异事，在济南坊间流传甚广，我们老实街却是从不讲他的。

这艾小脚平日裹得一双好小脚，又爱扮女相。

穆氏兄弟住的小院落，青砖小瓦，不过正屋三间，且屋檐低小。

老人们恍惚记得，小院建成约与艾小脚事迹在济南的滥觞同期。

小院里住进个妖娆女子，不姓穆。

姓什么，好像不用知道。

女子平时不出门，院里养了个老妈子，买菜汲水浆洗，一应粗活儿俱是老妈子的事。

老妈子姓什么，人们倒是知道了。姓勾，长清崮山人。勾妈不多言，与人打招呼不过是轻轻点头笑笑。

女子出门会有车来接送。车开不进小胡同，女子就自己走出来，回来时自己在街上下来，自己走进去，都不用司机给开车门的。这样的场景惹人遐想，那一转身的风情也曾是老石板街上抹不去的一道绮媚旧影，但街坊们不得不承认女子倒守规矩。

自那女子住进那小院，从来没发生什么事。一年之后，生了。勾妈抱出来，说是叫穆泽宽。老实街的人仔细辨认那面相，断定会是个斯文人。孩子眼睛清亮，骨碌碌转，宛如香油碗里浸着一枚黑玻璃珠。

又过一年，又生了，勾妈抱出来，人们一看，心里咯噔一声，糟，面相倒还清秀，眼睛却像直的，只盯着一个地方看。

勾妈说，这个叫穆泽厚。

穆大一岁半会说话，穿着打扮像个西洋小绅士。诞下二子的穆太太已不像过去一样总把自己关在家里。周末，穆太太会带着孩子和勾妈去天主堂望弥撒，老实街的人就知道她是信了天主的。但自始至终，那位神秘的穆先生都没露面。传言穆先生是济南的某军政要员，不过，在老街曲巷包养外室的商贾巨擘并不稀罕。旧军门巷有个姓赵的营长，往小处说才是个兵，租了个破旧小院，却一院养了俩，每日出出进进，从不避讳，可见穆先生谨慎。

天主堂在北边将军庙街上。从老实街到将军庙街，穆太太带领的小队列，缓缓走了五六年，勾妈终于把穆二从怀里放下来。那样瘦弱的一个孩子，人们以前还没看到过。不光瘦，还走不稳，风中细草，需要勾妈和穆大两人一左一右扶持着。穆太太只看，好像一点不着急，即使再慢，也耽搁不了去天主堂的路。

那年重阳节，城里人纷纷出城，去千佛山赶山会，勾妈也往城外走，却是要回长清乡下。九月过了，却没见回来。

冬十一月，穆太太亲自雇了车，将院门一锁，带上二子离开了老实街。

车子辚辚轧过，一街的青石板都似乎轻轻吁了口气。可是，三天后，穆太太又回来了。

过去勾妈做的活，现在穆太太做。买菜汲水浆洗。她跟街坊偶有交谈，似乎说自己姓秦。好奇的人终于开口打问穆先生的底细，她当时汲了一桶水，钟摆一样往家走着，头也不回地说：

“死了。”

从她说话的口气和神色上，人们不能相信穆先生会是真的“死了”。综合济南时局，人们擅自断定，应是，“跑了”。

“跑了”的穆先生，已给够金银细软，饿不着他们母子。只是过了些年，才显出拮据来。典当已尽，就送穆大去齐鲁大学当了校工。据说齐鲁大学的一座女生楼，就是接受其父捐助而建。

穆大在大学当了一辈子校工，人们却忘记了其母是何时故去。

二轻局年轻干部张树跟老实街居民一同注视穆大踅进他家随墙门的那一天，穆大刚刚办完退休手续。

3

千佛山东南望，有佛慧山，俗称橛子山。山间开元寺，毁于战火，寺旁有一“徐夫人墓”，至今尚存。有好古者言此墓主即为那位爱裹小脚的艾小脚，然终无定论。

艾小脚生前声名隆盛之极，事迹亦不免漫漶不可考。老实街人遗忘了穆太太，那是自然的。

这么说吧，多少人来这个世上一遭，都像被大风刮去，影子都不留一丝一毫，穆太太不论姓秦姓张，都不是唯一的一个。但是，我们老实街人却几乎旧事重提起来。

艾小脚医术为人所称道，却有大怪癖。自己爱裹小脚倒罢，还常以抚摸女性小脚为乐。那些请其医病的妇人，多有被其轻薄者，尤其是一些以卖笑为业的娼妓之流。这就很有些像是“三言两拍”里的故事了。言其奇人，实际上市井之间，自古便是三言两拍，奇无奇处。所谓市井之奇，也不过家常便饭。反过来看，愈见我们老实街之奇。我们老实街就像一根过滤嘴的香烟，即便绝无仅有的芳香也还不够，必经了这过滤嘴，滤去微乎其微的杂物异味，使其愈臻醇厚。

在那缭绕的奇幻香烟中，我们看到了一个女子，朴素淡雅，静静地爱着天主和圣母，却有一个令老实街人感到颇为难堪的身份。非妻非妾，只能称之“外室”。被包养的女人，上不得台面，连小妾都不如。难听的说法，姘头。现在叫“第三者”“二奶”“小三”，不一而足。

显然，穆太太被我们老实街的过滤嘴过滤了出去。跟穆太太一同过滤出去的，还有她的两个儿子，一个命运蹇劣的女人遗于尘世的两道痕，穆大，穆二。

他们是我们老实街的两个老光棍。穆二不娶，我们理解。

穆二说话晚，走路晚。我们老实街没有任何一个孩子跟他玩过，因为他几乎没有出过家门。人们能够看到他，也都是在他和他妈一起去天主堂或从天主堂返回的路上。那位勤谨的勾妈说，他只让自己抱，也只牵自己的手。后来人们才明白，在勾妈离开老实街的那一天，穆二是怎样在院子里号叫了。在他的一只手里，也总抓着一把土。勾妈说，别想让他把土放下来。他抓着一把土，像是抓着生命一样的宝贝，时时像街头刘三魁嗅一块觊觎多日的猪头肉一样地拿在鼻孔下嗅。他妈送他去西箭道街的兰志小学上学，与穆大同去同回，一路兴致勃勃的样子，看不出与寻常的小孩子有二，但只上了半年，就辍学在家里。

穆大一个人上学的时候，走得很急，回来的时候也是这样。小小年纪，就已能代替他妈去汲水。

他有个特点，就是他身上总不脏。他穿的西服，按说没我国人穿的便利，但他从没有弄脏过。他还穿皮鞋。在泉边站，总免不了沾些水。常在河边走，哪得不湿鞋嘛。这话在他身上没用。他没弄湿过鞋子。

有一天，他带回家一只形状古怪的蒸馏瓶。多数人不认识这玩意儿，更不知做什么用。能炖？能煮？能汲水？莫家大院莫律师看到了，问他从哪里弄到的，他说在泺源公馆门口遇到一个日本太君，就给了他这个。

后来他读的就是正谊中学，接触到了化学。人们就总见他往家里买仪器。量筒、烧杯、试管、漏斗、蒸发皿，大多是些玻璃制品。如今中学教育普及，没有不认得的，当时认得的人少，叫不出名儿，都用古怪的目光看他，像看小巫师。

他到齐鲁大学当校工，具体是在化学实验室。

白烟从他家冒出来，气体从他家冒出来，气味也从他家冒出来。

因为一个日本太君，穆二迷恋上了那些稀奇古怪的玻璃器皿。

很多年里，人们常见的景象是，穆大一次次往返于他家和齐鲁大学之间，随身携带着一件化学仪器，几乎没有岔路。而且，穆大最终没有结婚。此非老实街人所期，但它却是一种现实。

回头想来，确实不记得有人给穆大提过亲，但这不是说穆大一辈子都是童子身。他二十岁那年，与他同回的是个穿长袍的女人。从走路的步态和神情上看，人们断定是他学校里的同事。

当时齐鲁大学撤销不久，旧址上坐落的是山东医学院，穆大依然是学校的校工。

大街上的人俱已是短衣打扮，这个长袍女人在老实街上一出现，人们就觉得十分别致。但是，跟西装革履的穆大走在一起，却又显得很般配。

女同事在穆大家里住了三天三夜。长袍不过是外表，包裹的其实是个新式人物。晚上她能睡在谁的床上呢？跟穆大睡在一起，没人觉得不正常，而三天后这女人也像勾妈一样永远地在老实街消失了。

穆大竟然独身到现在，我们老实街人都觉得好像说不过去，但他不独身又会怎样！

遗落在世事烟尘里的人和事，恒河沙数，人们已经想不起在这漫长的岁月里，到底发生了什么。比如说，穆大究竟有过什么样的遭遇。反正人们看到的穆大，像在几十年前一样，跟随母亲走在去天主堂的路上，依旧一副西装革履的行头，只不过那时少年朱颜，如今日薄桑榆。

再比如说，穆太太死于何年，怎么死的。偶有人想到佛慧山下查无来历的徐夫人墓，莫非……不想也罢。

4

穆大与兄弟相依为命，尽管他们家在老实街，实际上却跟老实街没有关系。穆氏小院地处偏僻，选择这个地方的初衷，不过是为避着人。他妈妈的身份，老实街的人心照不宣。老实街人厚道，不提这个。他们虽在老实街住着，却又像是住在老实街之外。与街坊少交往，哪怕不理人，也似乎情有可原，老实街人不计较。人各有志，难以强求。这么说来，穆氏兄弟倒有些名士的风范。市井中人，多爱扎堆嘛。说穆二米德扎堆那是一笑话。不知多少年了，老实街人总共见不到穆二几次。穆大阿基，算是常见。阿基见人，也打招呼。街上这些人，他好像也都认识。但他跟人向无交往，不像市井中人，相互纠缠。打个比方，阿基就好比一把利刃，薄到没有，从这壅塞的人世间，从人群里，从人身上，极锋利地穿割而过，可这人世，这人群，这人，还都一无知觉，而那刃的两面，绝无沾染。

阿基走向他家的小院落，那就是走到了世外。小院落朴素得像件旧衣，洗了多少水，真是不起眼。

院里有什么，倒有人窥探过。能看到一架紫藤，生得极繁茂。这怎么叫窥探？逾过墙头，也能看到。每逢春夏之交，紫藤怒放，堆在院墙之上，好像云山崩落。

除了这架紫藤，就是藤下一个石桌和两个石礅。两个石礅？好嘛，兄弟俩一人坐一个。一桌，双礅，双人，空得很。穆大阿基如不出门，你会感到他家没人。

穆二呢？

老实街人开始想了，什么时候没见过这个穆二了？都说不出。开小卖店的左老先生记性好，左老先生也说不出。那么，这个穆二是不是死了？开玩笑，穆二死了，哪个来叫米德？

米德不会死，他得活着弄他的那些瓶瓶罐罐。

这么巧呢，北边高都司巷的裘家，是早年历城县里数一数二的名门望族，也出过这么个人，爱摆弄瓶瓶罐罐，人唤裘七郎。这裘七郎不光交游不广，连自家亲友也无往来，冷心冷面，每日携了三五小童泛舟大明湖。小童也有长大的时候，大则遣散，因之身边小童不断。以现在来看，是有些恋童癖的。那时却没这说法。

曾子之志："暮春者，春服既成，冠者五六人，童子六七人，浴乎沂，风乎舞雩，咏而归。"夫子赞之。裘七郎虽无意效法先贤，又岂容俗人置喙？后来他嫌高都司巷热闹窄逼，在大明湖东岸买了块地，临水另造一院，搬家时瓶瓶罐罐装了几马车。怪的是，等他百年之后，家中徒有四壁，据说全被他沉到湖底去了。

大名士终于虚无。

米德会到哪里去？他的灵魂将会来到天主面前，并亲手向天主奉献丹精，或者什么珍贵稀有的晶体。当然，荣耀也同归阿基。

那一天，还很远。他们必须一步步谨慎地靠近。

也就是在穆大穆二被叫作阿基米德的第五个年头，老实街上来了个陌生人。说他陌生却又不怎么陌生，为什么呢？我们老实街人都刹那间惊住了，这不又一个阿基吗！不同之处在于，一样的相貌，却不一样的精神。我们搭眼就看了出来，他是我们俗世中人，骨头、肉、发，行动、言语，都是俗世中的。同时，也再次验证，阿基米德不属于我们这个世界。

后来我们知道，陌生人姓斯，来自上海。斯先生首先打问的人就是一直纠结于要不要单干的白无敌。

这白无敌有句讨厌的口头禅。按动快门，或开口说话，必先来一句"试看天下谁能敌？"然后自答："无敌。"

白无敌是照相的嘛，对人相貌敏感，所以先于旁人兴奋了起来，甚至斯先生没开口，阿基的名字就自动跳到了他的脑中。

斯先生要找一对姓穆的兄弟。这能是谁呢？白无敌像只兔子，登时跑在了斯先生前头。这是多大的事情！老实街任何人家都有亲朋往来，唯独阿基米德家没有。

"试看天下谁能敌？——无敌。"白无敌边走边说，"您算是问着了。"

几乎可以说，来人引起了轰动。白无敌才走了几步远，就有不少人聚拢过来。不瞒您说，我们除了老实街人惯有的热心，还有去阿基米德家一探究竟的好奇。那个埋藏在世界深处的小院，早已在我们心目中成了神秘的化身。哪位说阿基米德拒绝你们走进小院里去啦？当然，阿基米德从未拒绝。但你要知道，即使穆太太在世的时候，我们老实街人也无不自觉止步于他家门外的。如果不这么做，我们老实街居民历来的优良德行就得大大打了下折扣了。阿基米德没有拒绝，而我们老实街人也从未提出。喏！两清着。

在陪伴陌生访客走向穆宅的人群中，就有那位马二奶奶。你看，马二奶奶两眼都像探照灯了。不仅如此，马二奶奶两腿哆嗦着，磕磕绊绊。马二奶奶还哑巴了，嘴皮子像被马蜂蜇了。其实我们每个人的心情，都跟马二奶奶差不多。

待到穆宅跟前，我们才似乎第一次发现，那小小卷棚随墙门，瓦当滴水，毫无残损，檐下墀头的“盘长”图案，简简单单，左右两块门枕石，清晰雕着“鹿衔草”。整个青砖黛瓦的小院，就像建成后从没人住过，也像一个露天沉睡的人，铺着地，盖着天，枕着清泉水。

我们的脚步已不由放轻了，但是，我们谁也没想到白无敌慢慢旋过身来，对着陌生访客，镇定自若地当众撒了个弥天大谎：

“这里没有人。”

实话说，我们当时也都惊了一霎，但诧异随之烟消云灭。

5

尽管我们无比厌烦白无敌，我们也都觉得这回他做得很对。那天在场的几乎每个人，都不约而同地附和了这位了不起的摄影师。白无敌，你这人真是的！眼前明明不是穆家嘛。我们的嗓门都很大，好像根本不怕惊动了穆宅里的人。那时候，我们也几乎都忘了自已要去穆宅一探究竟的初衷。

即便没有任何统一号令，我们也仍旧呼呼隆隆地向胡同外面齐步开拔。在我们的裹挟，而不是我们的引领下，那位上海访客重新投身在老实街上。这点我们看得出，上海访客晕头转向了起来。他走向了来时的路，但我们不由分说，把他领到了旧军门巷。那时候我们好像根本不怕谎言被识破，也不担忧真相大白之日会遭到旧军门巷的人大肆攻讦。我们甚至自作主张，请求旧军门巷的人给这位远方来客找到一家舒适又便宜的旅社。

在我们异乎寻常的热情感染下，旧军门巷的人丝毫没有对我们的行为发生怀疑。他们耐心向斯先生提供了多种可能。十五号院有家个体旅社，七号院老赵家新近也开了旅社，卫生条件比十五号院要好，这都便宜。当然啦，如不怕花钱，还是去北边泉城路上，那里的国营旅社一家挨一家，有的选。要再讲究呢，可以去省人大院内的珍珠泉宾馆，既住了，又能顺便临泉观鱼。一个有门路的人还自诩认识那里的某部门领导，可以免收介绍信。

我们看不出斯先生是否听得懂或者已被感动，但他的确是在一步步地从我们跟前走开。他暗暗向前走去，好像在试图逃离我们。我们哪里容得了这个？撇下旧军门巷的人，再次将他团团围住。这回他看我们的目光，让人可怜，好像出自一只孱弱的小猎物。自然，我们就是猎人啦，个个威武雄壮。

“侬噶事体（你做事），阿拉有住处啦。”斯先生张皇地说。

我们这才收住了脚步。其实并不是因为斯先生说了什么，而是他那小猎物般的眼神。哪怕我们再跟上去一步，他就会被蹂躏至死。

他急匆匆地向前走了，无头苍蝇一样，不管面前是南是北。但愿他会顺利走到前面的黑虎泉北路，然后返回他已入住的旅社。

街上沉静下来，一直到我们看不见斯先生。

这时候，我们才似乎发觉自己究竟做了什么。

白无敌没能掩饰住自己心底的不安。面对众人，他的脸上甚至流露出了羞惭的神色。当然，旧军门巷的人暂时还蒙在鼓里。老济南人热心嘛，旧军门巷、老实街、鞭指巷、西公界街、将军庙街、宽厚所街，概莫能外。但热心到老实街今天这个份儿上的，绝无仅有。盛情俨然化为巨大的威胁，这阵势，哪个招架得住！客人又是南方来的，据说在南方的城市指个路都有收钱的。脾气孬的济南人，提起来骂过。

指路收钱，济南人做不出来！

忽然发现，白无敌默默往老实街走了，佝偻着背，哈着腰，一根霜打的秋草一般。

对于斯先生与穆氏兄弟的关系，老实街没人说出口。明摆着，老实街人想到了三十多年前在穆宅淹留数日的那位长袍女人。穆大阿基没那么老实，他让长袍女人怀上了自己的种。终有一天，遗落世间的儿子循着蛛丝马迹，来认亲了。这么说吧，穆大阿基可不是那种无妻无子之人。

可是，问题来了。在我们长久形成的意识中，穆大阿基绝对不该与人世有着过多的纠缠！他过去是那样的人，遗世独立，西装革履，一尘不染，而且还将保持下去，直至生命终了。我们不是没想过他跟我们称兄道弟，勾肩搭背，喝酒吃肉，划拳猜枚，煎饼卷大葱，端碗甜沫喝得呼噜噜山响，可是，再想想，成什么样子呢？

所以，斯先生的从天而降，几乎将我们所有老实街人打了个措手不及。好在白无敌力挽狂澜，为我们争取了应对的时间。实际上，即便有了时间，我们也没啥好招儿，不过是给了我们的心灵一些缓冲罢了。入夜不久，就有不少人无声走出家门口，立在檐下朝街上无意似的打量。

目光最终飘悠悠落在了王家大院方向。那里住着一个人，平时死讨厌的。“试看天下谁能敌？——无敌。”今夜不讨厌了，而是成了老实街的英雄。

显然，静悄悄的王家大院里，白英雄自责着呢。

过去有出老戏，叫《赵氏孤儿》。戏中有个负辱育孤的老程婴。白英雄岂能跟老程婴搭得上边儿，但我们仍然想到了他。熟知这出戏的老戏迷，甚至在心中默默温习了义士腔调：

韩大人打得我心欢意满，
方知他是忠臣并非奸谗。

渐渐地，有人开始走向王家大院。朝门里看看，又走开，但也有人走了进去。王家大院原主人是一家王姓的盐商。现在里面住着四五家人，分属几家单位。白无敌在家做了什么，谁也瞒不住。

几乎整整一夜，白无敌就坐在灯底下摆弄他的一架海鸥牌照相机。

我魏绛闻此言如梦方醒，
却原来这内中还有隐情。
公孙兄为救孤丧了性命，
老程婴为救孤你舍了亲生。
似这样大义人理当尊敬，
反落得晋国上下留骂名。

次日一早，我们看到了白无敌，都以微笑示之。打水路过的人，还有意在他家的如意门前停留一下，跟人闲聊一会儿。

不小心溅出的水，湿了门前抱鼓石。

6

当时白无敌仍在国营照相馆当摄影师，这一天他专门请了假，端了相机在街上四处拍照。他不拍街景，镜头一次次对准那些老房子。其实老房子也都新旧杂陈。比如说王家大院吧，住着他家和郜、陈、花、祁几家，每家人都在老房子外面加盖了大小不一的卧室和厨房。这些附属物掩盖了老房子的原貌，看着丑，拍下来也丑。白无敌拍的最多的是保持原样的屋顶和门楼。从早上起，拍完了两卷胶卷。马二奶奶要他给自己来一张，他二话不说，咔嚓给拍了。马二奶奶说，自己还没换身衣裳。他并不答话，镜头随之转到别处。

但他凝住不动了，因为镜头里出现了那位上海访客。通过镜头，他发现上海访客小心翼翼的，一副无意中走进老实街的样子，但他眼角的余光暴露了他来老实街的目的。

果然不出所料，上海访客不会轻易返回。

白无敌今天要等的不是别人，正是他。

待他走近，白无敌慢慢放下照相机，文质彬彬的样子简直换了一个人。

“试看天下谁能敌？——无敌。”他说，“请先生家中一坐。”

访客并不能一下子认出他来，同时他要遮掩自己的目的，也就迟疑了一下。

“您贵姓？”白无敌依旧彬彬有礼地问道。

“姓斯。”

“哦，斯先生。”白无敌诚恳地做出了有请的手势。

这样的请求难以推却。斯先生和白无敌主客分明，一同走进王家大院。

斯先生在白无敌家中坐下。

“请吃茶。”白无敌给斯先生泡了自己最喜欢的信阳毛尖。

话音未落，就听门窗哐啷一响，原来是一些街坊尾随而至。左老先生从自家小卖部拿来了花生、瓜子、果脯，马二奶奶送了自己炸的馓子，刘三魁随便拎来一桶新汲的泉水，倒在白无敌家厨房的水缸里，同院老陈的女人洗了一盘子山里红也端了来，说是南山里的乡下亲戚上城给送的，绿叶子还都支棱着呢。显见的，街坊们都没把斯先生当外人。我们老实街任何时代都是古风犹存，一家来客，都当自家来客，礼节上不会出差。

街坊退去，白无敌开门见山：

“老实街从来就没有姓穆的。”

白无敌心平气和，眼睛里带着温柔，直望着斯先生。

“老实街老何家是大家，当年五套院，如今只剩一套院。”白无敌说，“有老张家，老赵家，老黄家，老苗家，老金家，就没老穆家。南门外后营坊街有家姓穆的，早年做典当生意，子孙里出过民国政府的高官，也早就流散了。我说的句句是实。”

斯先生张了张嘴，什么也没说出来。

白无敌在说谎呀！

斯先生如何应对？瞧，斯先生出汗了。白无敌不出汗。他又给斯先生斟了杯茶水。他还问一句：“斯先生觉得这茶——怎么样呢？”

斯先生掏出小手绢，在额上搌了搌汗。

“老实街没有姓穆的。”白无敌又轻轻补充道。“斯先生很可能弄错了。”他兀自点点头：“唔，您是弄错了。您敢说不是后营坊街，或是狮子口街？”

斯先生的声音从身体深处发出来：“阿拉找到了家母生前写的一封信。老鼠咬了……但能看出来信中提到了老实街的穆先生。阿拉要来看看这个人。”他有些嘶哑地说：“济南的老实街。”

“他叫什么？”

斯先生摇头。

"您不相信我。"白无敌说。

斯先生又要摇头，却止住了。"侬带阿拉去过。"他说，"那就是穆家。"

一根筷子啪嗒掉在地上，白无敌俯下身子，捡了半天才捡起来。放下筷子，头却没有抬起，垂着。屋子里很静。这个时辰，他家屋子总像是照相馆的暗房。

"阿拉不知侬为什么又把阿拉从穆家门前领开了。"斯先生提出了自己的疑问。

"那是一座鬼屋。"白无敌声音轻得好像耳语。

"鬼屋？"

"从没人住过。"白无敌说，"里面死过人。死过一个女人。一个大官盖那宅子养小的，小的没住进来，大官随国民党逃走了，宅子就空着。十几年前关过老市委的一个女人，在里面疯了。闹。不闹了，也就死了。没人敢靠近那个宅子。"

斯先生站起来。

"虾虾侬（谢谢你）。"

"深更半夜的时候，人会听到一个女人在哭。"白无敌继续说。

眼前没人了，只有茶几上的瓜子、果脯、山里红，静静笼在屋内的阴影里。

"她该有多大的冤屈啊。她的老革命丈夫被人打死了，小革命儿子也被人打死了。那一年，相互打啊，大炮都用上了。英雄山上各占一个山头，双方用炮轰。这就像昨天的事。"他说，"谁被关在小黑屋里两三个月都会疯。我也会疯。"

忽然，他提起照相机冲出门去。

街上没有了斯先生的影子，白无敌继续拍照。他拍那些走马板，走马板下的花牙子雀替，生铁门钹子，戗檐砖上的花纹。斯先生去哪儿了，他没问。

日过正午，家住苗家大院去西门外制锦市街找朋友聊天的老周回来告诉白无敌，自己在狮子口街见到了那个上海访客。

斯先生怎么去了狮子口街？白无敌听了，忍不住莞尔一笑。

对一个初来乍到的外来人说，老实街、狮子口街不亚于一个个迷宫。这些老街上，有多少小胡同呀！相连的不相连的，直的弯的，宽窄长短，谁也说不清。就拿老实街说吧，从北往南数一数，麻绳胡同，水胡同，扁担钩儿胡同，蚰蜒胡同，轱辘把儿胡同，丝线儿胡同，水瓢胡同，耳朵眼儿胡同……显而易见，斯先生是在老实街迷了路。

白无敌的得意劲儿不加掩饰地流露出来。他活了四十二三年纪，长了百十来斤一身肉，脸上也颇有几根胡须，可从来没有像现在一样，根本不怕会有人说自己做人不厚道。

7

就在白无敌要去泉城路上的照相馆冲洗胶卷的时候，一眼看到迷路的斯先生出现在了杜福胡琴店旁的麻绳胡同口。他已经不准备再跟这个执拗的访客打招呼，因为他觉得自己完全不必担心。一个外来人，缺少我们老实街人的指引，要在老实街盘根错节迷宫一样的小胡同里找到一个姓穆的，纯属妄想。话说我们老实街，就是一个八卦阵，还是姜子牙摆下的。

斯先生东张西望的样子看上去很滑稽。白无敌心想，假如自己直直地走到斯先生跟前，斯先生会是一副什么表情？他是慌张呢，还是很羞愧？但可以肯定，白无敌既不慌张，也不羞愧。

无他，白无敌内心坚定。白无敌可以装着不认识他，从容自若地从他跟前走开，去冲洗那些满满记录着老实街历史风物的胶卷。

可是，不好了。我们所有人心里的弦都绷了起来。

穆大阿基走出他家的黑漆木门，来到街上。又是多日不见，他有什么改变吗？没有。他还是那样。想想吧，一个几乎没有户外活动的人，能是什么样的肤色形容？不过，我们也都觉得，那正是一个生活在天主庇荫下的人该有的样子。当然，他还是西装革履，半旧不新的，但很洁净。他照常不理人，这老实街就像没有。在他眼前、身边，没有姓刘的，姓张的，姓王的。一个人儿没有。有的只是一片蔚然之气，但哪怕是气，也没有被他惊动。

不知为什么，此时我们老实街人只想哭。

他是那样一个苍白、瘦弱、洁净的人！哪里是他来人间走一遭，分明是让我们老实街的这些肉体凡胎能够有幸看一眼世外。

白无敌哑立着，像一架照相机，坏掉在了老实街上。同时，斯先生也看到了正向自己这边缓缓走来的穆大阿基。

我们全都屏住了呼吸。

穆大阿基越走越近。

斯先生并没有特别的表情。

我们敢肯定穆大阿基根本没有注意到这位上海访客，他与上海访客擦肩而过。倒是上海访客，浑然不觉地装了一下，似乎要把自己装成一个无意走进老实街的没事人。

望着穆大阿基远去的背影，我们每个人都悄悄地吁了口长气。

突然，白无敌抬腿向斯先生走过去。

“请跟我来。”白无敌诚恳地发出邀请。

斯先生果然不出所料，神色既慌张又羞愧。

“请跟我来。”

我们看到斯先生尾随白无敌而去，当时我们心里还一闪念，误以为白无敌要带领斯先生去追赶穆大阿基，但我们马上予以纠正。我们断定白无敌有了好招儿！这个后来成了我们老济南优秀摄影师的家伙，到底怎样出奇制胜的，我们现在想来，也仍旧佩服得五体投地。

在泉城路上，白无敌叫了辆摩托三轮，与斯先生一同坐上去了郊外黄石崖下。隔着山岭，北边的济南城区已然不见。南边山坡上，零散分布着一块块收割过的农田。山路坎坷，三轮车无法行驶，白无敌遂付出了车资，两人徒步而行。秋高气爽，天是一抹儿蓝。田埂上黄花点缀，半山腰丹枫如屏。白无敌顺便向斯先生介绍四周湮灭已久的历史名胜，斯先生听得很专心，好似所有疑虑都已抛到九霄云外，也似忘了本意。一路翻沟过涧，迤迤逦逦，来到佛慧山下的开元寺遗址。

泠泠不绝的山泉声中，白无敌指着断崖北侧一面斑驳石壁，脸不红心不跳地说：

“这就是那个女人的坟墓。”

斯先生闻言，顺他手势，抬头用目一观，从上至下，“徐夫人桂馨之”几个大字赫然在目，余字淹于土石中。眼角余光只一扫，又似看到“民国”二字。一旁石壁上，另镌有他字，斯先生却像看不到了。

“有人把那女人弄出来，埋在了这里。”白无敌说着，轻轻抚摸了一下石壁。“但凡历史，假冒的多了，也不多徐夫人一个。”

“要西（要死）……”斯先生轻声说。

“什么？”

“要西。……切自巴达（胡扯）。”

“这是一个谜。”

“躺伐老（受不了）。”斯先生虚弱似的摇着头。

“任何人也解不开的谜。”

斯先生看着白无敌，勾着腰，像是在喘。“侬……侬……阿拉上海拧（人）。”他说。

白无敌神情肃穆。“佛在这里。”他说。断崖上那些残缺不全的佛像一如既往地静默着。“佛在这里看护这些谜。”他端起手中的相机，但是斯先生猛地直起身子。

“阿拉上海拧！”他低吼一声，然后一扭头，骨碌碌向着来时的山路跑去。

白无敌却一动也没动，禅定说法般。

“阿拉上海拧！阿拉上海拧……”

渐渐地，斯先生在山谷中化作了一个难以辨识的小黑点儿。夕阳从对面山顶漫溢过来，长长的山谷里泛起团团金光，好像涌动着一条金色的河流。

白无敌按动快门。

8

始自此日，白无敌再没去泉城路那家国营照相馆上班，而是每天游走在济南的街头巷尾，热衷拍摄那些尚存世间的老街巷和老建筑。这些照片，后来成了研究济南民俗民居的珍贵资料。至二〇一三年春，作为一位优秀的摄影家，已移居砚池山下友谊苑小区的白辟疆先生还被推选为济南市摄影家协会副主席，可谓功德圆满，但老实街的古朴风貌，也只能从褪色的老照片上领略一二了。在翻阅这些老照片时，副主席先生会一次次出神地辨认老实街上的街坊。遗憾，所有照片上都没有穆大阿基。他甚至想不出穆大阿基的具体模样。

最后一次见到穆大阿基，是那年初春。历下区有个叫爱泉协会的民间组织，自行勘察城区内的泉况，按图索骥来到老实街，敲响了穆氏小院寂然已久的门板。两男两女，大声聒噪着。

“是这里是这里！”鼓眼泡的女人欣喜地连声说，“浮桴泉，错不了！”

其中一年长的男子，还在低头审看一张灰黄的济南老地图。“民间叫了谐音，‘呼呼泉’。”这老教授模样的男子边看边卖弄，“宋淳化年间《历城水治考》有载，极言其神妙，人立泉边，嘘气即可喷涌，可惜竟湮灭百年！”

“家有人吗？”女人用力拍着门扇。

“以汝之声，大水滔天。”

“去你的！”

“开门来，开门来。”老教授模样的男人柔声慢语地叫，宛若京戏中的小生。

我们终于看到穆大阿基站在了两扇门板之间。

“浮桴……”女人说，然而她把话咽了下去。

事实就是，这伙爱泉协会的人自动从穆氏小院门前掉头走开了。他们没跟穆大阿基交谈过一句，不过是在穆大阿基身上看了一眼就默默结束了这次访问。

穆大阿基没有立刻转身回去。他望着那条空无一人的胡同，在那门内站了好大一会儿，才轻轻将门板掩上。我们都没想到，这是穆大阿基跟人世的告别。

穆氏小院紫藤怒放，却源源不断地散发出一种很不好闻的气味。别说前后邻居受不了，即便走在老实街上也受不了。征得老实街居委会的同意，刘三魁自告奋勇，捂着鼻子翻墙而入，但他很快惊叫起来，同时我们听到屋子里传出一片瓶瓶罐罐破碎的声音。

穆氏两兄弟一个死在椅子上，一个死在那些玻璃器皿之间，不知已死几天。

我们老实街人感到难过，但一点也不意外，好像这样安静地死亡理应就是两兄弟终生的结局。一天一天地活，只是为了抵达这一天的死。

将军庙街天主堂的谭士琅主教为两兄弟主持了葬礼。据说在清理遗物时谭主教发现了穆二米德耗尽自己的一生炼化出的稀有晶体，遂收归教堂所有，这无不妥。而在穆氏正屋西南角，有一眼脸盆大的活泉，却是千真万确。显然此泉最先出自床下，后将床移于北墙。近来的十多年，人们没见过穆大阿基再去涤心泉汲水，现在得到了很好的解释。

穆氏兄弟阿基米德就这样与世长辞了。每每路过将军庙街天主堂，看到天主堂拱券门上衬着长天闪烁光泽的十字架，我们都会想到一对兄弟的灵魂是如何轻逸。能够这样轻轻完成自己一生，阿基米德做到了。

对此，我们没有疑问。

唯一迷惑的，是穆太太确凿的下落。我们根本想不起来。在那些瓶瓶罐罐的碎片里，并没有躺着一具枯骨。如今，老实街人经年流转，纵使相逢，亦未必相识，更无从去想个首尾。不得不承认，非要把一个人从时光中抹掉，似乎也并不很难。但很多人也还记得，在发现穆氏兄弟故去的当天晚上，一个孤独的身影，在暗黑的巷道里幽灵般来回闪现。

那是已调入省计委的青年干部张树。有人听到张树突然对脚下的青石板低低地说了句很令人费解的话：

“你们封杀了阿基米德。”

阿基米德在天，青石板在地，千人跨万人踏，早被磨得光滑可鉴。再者说啦，石头不长耳朵。

第六章　歪脖子病不好治

1

我们老实街黄家大院的芈芝圃老先生，总共活了一百单三岁，名副其实的长寿星，同时也是位智慧佬，宛如老实街的一根定海神针。

芈老先生生前最荣耀的还是临去世前几年，家门槛都险被踏破。来拜访的，既有个人，也有组织。在济南市广播电台工作的朱小葵曾带人来给他做过一期节目，就讲了沏茶，很受欢迎。节目播出后，数位江浙茶商频频上门，欲以重金聘老先生站台，做形象代言，俱被一口回绝。见到小葵，老先生就叹："何曾想人到这把岁数，又叫你弄出去，做这现世宝！"

小葵也是老实街的，住黄家大院对门，刘家大院朱大头的女儿。小可怜见儿的，从小不像亲爹亲妈。聪明伶俐，又爱笑，小嘴儿又甜，整条老街没有不喜欢的。偏她又与芈老先生投缘，只要得空就爱往老先生身边凑。老先生本育有二子，都已过世。其中老二早些年被孙子带到了青岛，这一支就算在青岛扎了根。老大留下两个孙子，也都在黄家大院，如今这俩孙子也都上了年纪。人对芈老先生说，认了小葵当重孙女吧，老先生说：“哪成！整个济南府，我就听说过有认干妈干爹，干女干儿的。”

聪明人意会得，也是，认了来，往哪儿搁？重重孙女堆儿里，都不显年轻。

至于小葵有什么好，芈老先生就向人提她小时候一件事。别个小妮儿满街踢毽儿、抓子儿，不是噘嘴就是偷嘴，偏这小妮儿从西箭道街放了学噔噔噔跑来，在老先生跟前一板一眼说：“劳驾，问个问题，咋着才能当好济南市市长？”老先生惊定道：“小乖乖说来看？”她却一扭身，丢一句“不告诉你”，又噔噔噔往家跑了。看那架势，天下大事心中自有一本明细账哩！旁人便道，人小志大，莫不老实街将来出个女市长？那可真给老实街添了荣耀了，朱大头两口子做梦都得笑醒。嗯，这老济南还就得济南人来治，外边儿指派的跟老济南有啥感情，瞎整几年，高升了，济南不过是人家的一脚跳板。

小葵在省艺术学院学了个播音专业，广播电台的台长去艺术学院要人，见了她岂有不中意的？就让朱大头一个大子儿没花，乐得每天端着脸盆去涤心泉边洗他那张驴脸，眼瞅着就能脱胎换骨似的。小葵顺利安排了工作，上班报到前一天晚上去黄家大院见芈老先生，这一老一少到底谈了什么，我们不好妄撰，但肯定少不了一番人生的嘱咐。

既经芈老先生面授机宜，人又灵透，小葵暴得领导赏识，本在意料之中。

那个台长姓王，本省金乡人，曾在她的陪同下来过一次老实街，见了朱大头两口子，还见了芈老先生，足见对她的看重。台长的年纪与朱大头差不多，我们老实街人并没别的想法。

过去老实街眼前的小葵是个大活人，而今，说她是仙女也好，是小妖也罢，反正不大像是凡间的了。街前头吆喝一声，街尾听得到，那是驴嗓门，但是，小葵嗓门大过没有？燕语莺声随着神秘的电波传进了千家万户，那可不仅仅是在老实街。话匣子一打开，就像小葵居身其间。你能听到，看不到。你看不到，却又与你近在咫尺，像在你耳朵边儿上。

自从参加工作没几年，小葵就成了电台的台柱子，要不王台长也不会跟她到老实街来。小葵的节目我们都爱听。小葵不光声音好，说话还在理儿，我们都认为是芈老先生教的。

提及西箭道街上的兰志小学，最让人怀念的校长莫过于芈老先生的大儿子。“文革”结束那年，芈老大退休。虽到老也只是个小学校长，但终归毫发无损。去中学当校长，或去教育部门当个半大不小的行政干部，都有机会，芈老大不为所动，安于小学校长职位大半辈子，退下来时，红光满面，皱纹也没几道。每与在“文革”中遭逢困厄的同窗故交谈及往事，都会不由得颔首而叹：一动不如一静，果然。

我们不用多问，也猜得出这曾是芈老先生对儿子的忠告。惜乎七十岁查出绝症，又只活了三年，就过世了。可以想见芈老先生的悲恸，芈老二要从青岛回来陪伴老父，老先生却不允。老先生对老二说，一动不如一静，我很好，你放心。在场有很多人，这回都听在了耳里。老二只得忍泪作别。

日子风平浪静，若不刻意提起，俨然芈老大在世。芈老先生细斟着清泉泡出的茶水，或随便写上几笔小楷，难为他眼神还好，或合目躺在竹椅上打发静好时光，有时也走到街头，略站站，与人聊几句闲话。

多年了，老先生不大走远。磕着，碰着，都是大事儿。我们敢说，他出了老实街就得迷路。

小葵不是芈老先生的血亲，但胜似血亲。除了疼闺女，在教养上，能指望朱大头两口子说出一二三？小时候不说了，自小葵进了电台，两口子在闺女跟前，也就只会嘿嘿笑。小葵啊，真是鸡窝里飞出的金凤凰。

我们老实街居民无一不看好小葵，大有道理。

2

事实上，我们老实街从来就非世外桃源。若总翻旧账，这日子过不下去。就说眼下吧，谁家没本难念的经？后代的学业、就业，大人工作上的繁难、生意的赔赚，各种的幸与不幸，如影随形。老实街不少人在一些厂子上班，起先尚可，不比机关干部差，不知什么时候就不行了。厂子挣不到钱，就发不出工资。朱大头工作的厂子生产热水壶，好像因为闺女争气，热水壶好不好卖他倒不放心上，但大多数人就没这心态。能人也有，早些年听说倒买倒卖，弄了不少钱，可忽然就赔了进去。举例，李家大院的李汉轩、李汉堂兄弟俩倒汽车、倒钢材，又去俄罗斯倒飞机，倒来倒去，各自腰里还是只剩下一部砖头来大的手机。别人手机都小了几号，兄弟俩的手机就没小过，只要让人看一眼那部夯货，就会悄悄自动成为别人眼中的笑料。当然，也有做得好的，有一家就在房上起了三间楼子，比过去住的大一倍。老实街确非世外桃源，但我们老实街居民有把老实街过成世外桃源的本事。

济南很大，我们都觉得很小，小得只剩下老实街。这里民风淳厚，邻里和睦，街头那眼常年不涸的涤心泉，千百年来仁慈地滋养着每个老实街人。别说芈老先生不喜走远，大伙儿也都不喜。走得再远，也总要想法回来。

即便外来人，又怎样？一广东富商来济南游玩，迷失在老实街，被苗家大院的几个热心小孩儿给领了出去。回广东不久，富商便给老实街所在居委会寄来一篇三千言长赋，颂歌老实街之美，并随寄五万块钱，要求勒石以表。现碑石放置在居委会，也是老实街上一些老人的主意。

人杰地灵，不虚。老时候的那些雅士名流，暂且不表，咱就单表当今吧。

芈老大一生清正，算不算得名流？芈老二的儿子，“哈军工”毕业，现在是国内船舶制造业的顶级专家。苗家大院的张树，在省发改委已官至副厅。王家大院郈靖棻的小儿子在市公安局当排爆警察，刚入职就立下大功，上了报纸电视。朱小葵也不负众望，节目越做越好，影响越来越大，随之被推举为济南市政协委员，据说还是最年轻的。

瞧吧，政协委员哩！现在小葵还比不得张树、芈家孙子，但不少人都为她设计好了晋升的步骤：再过几年，不见得做不到常委，有了这道身份，在电台提个副台长，理所应当。莫家大院开杂货铺的左老头子对人说，既有了政治才干，做副台长小菜一碟，得另有大用。可不，等不到张树那个年纪，处级也干上了，再以后副厅、正厅，都在前面招手。老实街出个女市长，指日可待哩！

不得不说，我们的梦想挺美。尽管社会上有种议论，人大举举手，政协拍拍手，但我们都不以为意。看那小葵，比看见了市长都亲。还有那些等在小葵下班路上，索要签名的小年轻儿，我们看着都挺顺眼。小葵骑了辆红色木兰，谣传是济南轻骑厂的张老总送的，我们也都不信。我们把它想成天上飞下来的一匹神鹿，驮着我们的小仙子，来痛饮涤心泉的水。

是的，老实街非世外桃源，我们从来都不予回避。来找小葵的，也不光是些小年轻儿索要签名。还有找她来反映问题的，好像她比那省报省台的都管用。有一回，还来个喊冤的，是个老嬷嬷，穿了一身孝，在老实街头徘徊了三四天。问她话她也不答，就有群众上报给了派出所。恰巧郜家的小儿子休班，看到就说，该不是来找小葵的吧。只见那老嬷嬷连连点头，泪水立时流了一脸。郜家小儿子忙把老嬷嬷领到小葵家。

正是饭时，小葵中午没回，朱大头两口子招待了老嬷嬷，邻居也都送来了吃的。让老嬷嬷吃，老嬷嬷只顾默默地哭。在场的都叹道，这是大冤屈了。再问她家住何处，年岁多大，又有何冤。仍旧不说。郜家小儿子忽然醒觉，自动走开了，她才将自己的冤屈一五一十地讲来。

怎么着？这老嬷嬷姓余，家住火车站后的官扎营街，以卖纸扎、香火为生。偏偏邻家开了娱乐厅，要扩门面，就相中了这余大娘的两间屋。余大娘与老伴因恋旧窠，坚持不售。一觉醒来，屋顶没了，屋墙也没了。回想昨晚来过一个客人，不买东西，白白纠缠了一回，方明白被人不知不觉中下了蒙汗药。一气之下，老伴得了重病，不治身亡。余大娘上访求告，终无结果，偶听人传说小葵大名，正所谓有病乱投医，才将信将疑一步步寻来……

大家听过，最先气愤的是朱大头，马上就给说要给台里打电话。不料小葵临时跟王台长一起去了潍坊，回不得甚早。那余大娘见有人为自己应承下来，方吃了些东西，千恩万谢，暂且别过。

官扎营街出了此等恶人，我们老实街居民俱以为老济南之辱。当时我们都没想到这是朱大头在为小葵招惹是非，但我们却由此看到了世之乱象。

发生在老火车站附近的坑蒙拐骗之事，不管是从新闻媒体，还是从人们口中，我们听到的不少。官扎营街距老火车站不远，也是历来的穷街，人员混杂。光天化日之下，良民被欺，古已有之，区别在于多少而已。而除官扎营街以外，名声不好的街巷，细数数，十个指头不够用。

问题是，天底下有没有主持公道的地方！不是被逼无奈，怎会有人来老实街找一个小女子。

这天晚上，我们竟没能留意小葵何时从潍坊到家，但我们次日听说芈老先生一夜没睡好，半夜里还非要起来去院内海棠树下坐坐，也不要人陪。正是乍暖还寒天气，着实让芈家孙子们担心了一回。

3

不久，小葵就把官扎营街的余大娘请到了演播室，在场嘉宾既有政法学院和律师事务所的法律专家，也有小葵所在政协活动小组的几个成员，而且还连线了余大娘最早报案的街道派出所民警。大家一起对余大娘的遭遇进行分析，呼吁有关单位予以解决。节目产生的效用本在意料之中，余大娘得了补偿，另寻了住处，我们也都替她庆幸，朱大头更是得意，仿佛是为女儿做了件大好事。酒喝得多了，晚上睡觉落枕。原指望一两天就好，不料过了四五天脖子还直不起来。自己怕难看，就躲在家里，给小葵说没事。小葵一走，马上让老婆代他去看医生。他老婆去鞭指巷诊所一趟又一趟，拿回药，按照大夫吩咐给他治。治不好，就怪老婆不用心，难为得她出了门就在街头踌躇不前。到底还是小葵在齐鲁医院找了专家，把朱大头带过去给看了。

此前朱大头从没住过院，依他说打出娘胎起，连颗感冒药都很少吃，却为了歪脖子在医院住了五六天！回来对人感叹，没想到歪脖子也是大病呢，歪久了颈椎都保不住。

朱大头脖子不歪了，颈椎也保住了，他就更爱上街了，暗暗指望能再遇上类似官扎营街发生的事情，以求有助小葵名声。

他的厂子是热水壶厂，正改制，暴露的问题很多。有一天与工友交流，忽发奇想，自己家有小葵，等于守着个威力无边的广播电台，竟然灯下黑！为什么不通过广播电台，把工友的心声公之于众？大家既有了共识，热水壶厂搞的这个改制，骗工友买断工龄，就是把国有资产想方设法弄进个人腰包，如果通过广播，制止了国有资产流失，不光对于热水壶厂，对锅厂、针织厂、帆布厂，以至对整个国家，善莫大焉！

主意拿定，就急于回家，路上心思却一点点细致起来。不为别的，就为自己也是热水壶厂的职工，这样要小葵为热水壶厂做事，略有些徇私的嫌疑。到了老实街口，顺手从杂货店里买了煮蚕豆和酥锅，闷头往家走，一抬头，竟走进了黄家大院。

芈老先生家有客人，朱大头立在门外等着。客人走了，朱大头就进屋把煮蚕豆和酥锅拿出来，放在桌上，说买多了，这些酥烂的吃食，送芈老先生下酒。芈老先生就问，脖子好了？他说好了，还说歪脖子的初级阶段，也没费多少事。芈老先生“嗯”一声，他就不响了。

半晌，芈老先生说：“大头，今年五十几了？”

“属狗的，今年五十一。”朱大头答道，“也不小了。”

“哦。”

芈老先生的孙子走过来，说：“大头，怎么一来就买东西？”

“买多了的。”朱大头解释。

“可不要再这样了。”芈老先生的孙子说。

“芈老先生能吃后辈的东西，是后辈的福。”朱大头诚恳说，“我托了芈老先生福，也长命百岁。”

他站起来告辞。芈老先生的孙子送他到了院里，他出了黄家大院的门，进了刘家大院的门，坐在屋中椅子上，出起神来。

吃饭时他老婆见他心不在焉，就问他厂子里的事。他淡淡说拖着呗。他老婆说，要破快破，再不破家里热水壶放不下了。他说人没前后眼，不知能看到哪儿，我是越往前看，越黑乌乌的。他老婆愣了愣，问他是不是去芈老先生家了。他说去了。本来他老婆开始埋头吃饭了，他却又慢慢回想着开口：

“芈老先生就给我说了两句话，一是问我脖子好了没，二是问我今年多大。”

“你脖子好了，你今年五十一，属狗。”

“对。”

“再没说别的？”

“没有。”

“吃饭吧。”

“嗯。”

朱大头没向小葵提一字热水壶厂。

自此之后，朱大头意外发现，自己言行举止大大地稳当起来，看门前事，似乎有了冷的意思。当然，离那种绝情酷冷还远，是门内门外略微有了分别。也不能说是恰恰好，算是保持在常态之内。

他自己也说不清，到底是不是因为听了芈老先生两句平常话。反正他是在浑然不觉间，就至于此，而且暗暗打算服从国企改革大势，提前退休，用积余的钱做点小生意，不给国家添难，所以，厂子也就很少再去。

在家里闲得难受，有时会去居委会无偿帮忙。其实居委会能有什么忙的？那里的人知道他是小葵的爹，都高看他。也有人当面夸奖小葵有出息，他会说：“工作嘛。”有一次他在小院子里扫地，扫到院墙下的那块石碑，盯着看了半天。

老实街东有旧军门巷，西有狮子口街，老人们将这赞颂的石碑寄在此处，的确自有老人们的道理。

曾经的一介莽夫粗人看着看着，不禁莞尔。

“工作嘛。”朱大头说。既不是轻描淡写，当然更不是浓墨重彩。

“工作嘛。”声音不高也不低，不硬也不软，像是一块高粱饴轻轻含在了嘴里，要说甜也不是太甜。即使他不咬，高粱饴也会自个儿化掉。既然自个儿会化掉，何劳操心使力？随它自个儿化掉好了。“工作嘛。”

不得不说，这仨字儿，让朱大头平添了一段气定神闲的风度，那是过去从没有的。我们都觉得这才像小葵爹的风度。粗陋的面相改不掉，将就着吧，但有了这段风度，总算让人相信他和小葵是一家人。

“工作嘛。”

4

我们从不否认，在老实街的荣耀之下，也常掩盖着诸多的人生悲哀。

王家大院的老祁家是剪纸世家，“文革”时，年方十六岁的小儿子被分派到鲁西嘉祥县当下乡知青，一年后死在那里。开山时炸死的，尸骨无存。如今老祁夫妇俱已年届七旬，每提及往事，都止不住老泪纵横。

这王家大院还有个郜靖棻，儿子当警察，略大朱小葵两岁，虽比不得苗家大院的张树，但也算给郜家光了门楣。一年大，二年小，老郜开始愁了。愁小郜不找对象。问他原因，说自己是排爆警察，生死一线，不想害了人家女孩。这风格够高尚。老郜不甘，问他别的排爆警察是否全无妻小。他说不是。还说他不管别人，反正他不想找，要独身主义。老郜岂能愿意！自己排遣不开，免不了跟街邻叨叨，也找过芈老先生。

在公安部门工作，常常身不由己。小郜闲时不多，闲着也不定在什么时间。回到家不过是在屋中坐坐，就会出门在街上来回逛。时间一长，我们都看出了门道，他总是在小葵家附近晃荡，目光就像被刘家大院的小小如意门牵着。

果然，一次小葵回来得晚，正要进院门，小郜突然就从一个角落走过来。大概半个小时之前，小郜走过去的。他叫住了小葵。接着，两人就在院门口聊了几句。小葵走进院门，小郜转过脸来。

这时候，我们发现小郜脸上光芒四射，像是脑袋里装了个几百瓦的大灯泡，整个人都通了电。

很远，我们就能感受到他的喜悦。他跳起来，接着，飞快地从院门口走开，脚步充满了弹性。前去涤心泉汲水的李蝌蚪问他在做什么，他临时起意说跑步，真的就向着街口跑了起来。

老郜不知是忧是喜，他本心是要儿子找个家庭条件更好的，比如亲家都是国家干部、大学老师，或在大型国企上班，不像朱大头，热水壶厂工人，厂子还将要被国家甩包袱，同时呢，女的也不能差。小葵的确不差，他又觉得够不上。所以，他不看好，就装着不知道小郜恋上了小葵。再有人打听小郜的个人问题，他就三文钱不管五文钱地说，歪脖子病，不好治。

什么意思？朱大头前段时间不是治好了么？那是还没得上！不过是落枕，颈肌拉伤。真要得了，头搁在肩膀上，你偏要给他扶直了，嘎嘣，要他命！

老郜就这意思，爱咋地咋地。老郜决定撒手不管了。找上七仙女，是他造化。一辈子打光棍，煎熬是自己的。

我们都小看了爱情的力量。一旦点了题，那就是火山揭了盖子。

小郜原先暗恋小葵，在小葵家附近犹豫徘徊，终于到了这一天，鼓足勇气从暗处走到小葵跟前，其实也没说什么特别的，就是说“小葵你停一下”，小葵就停下了。但在一个怀藏爱情的人看来，自己的举动说明了一切。后来他回想了一下，自己当时就光讲自己了。讲自己上班纪律严格，还不规律，忙起来常常一两天不得睡觉。小葵讲了什么，他竟不记得，但他记住了小葵的笑容。他不是大小葵两岁么？儿时将小葵当小妹，再大些反而不能在一起玩了，好像年龄有了差距。刘家大院如意门下，两人之间所有的障碍都消失了。淡话淡不？不淡。

有话说，于无声处听惊雷。

被爱情冲昏头脑的小郜，很快就成了小葵和我们老实街的桥梁。

小葵去芈老先生那里，我们得不到更多信息，因为芈老先生修炼到家，不会朝外乱说。小郜既然视己为小葵的恋人，他有理由也有能力弄清小葵在广播电台的所有底细。

如今广播电台叫得最响的，就是小葵每周一、周三、周五主持的《民生直播间》栏目。小郜逐渐跟小葵亲密起来。因他是警察，还可以给小葵的采访活动提供便利。直播节目安排在晚上九点，时长一个小时。小葵离台，基本都是十点多。虽说济南治安良好，但一个女孩子走夜路还是得注意安全。再说，制作这种直面现实、针砭时弊的节目，难免会伤及一些人的利益。主持人遭到报复，不是没有先例。

从电台所在的千佛山下，到老实街，走起来得有七八里。

小郜去电台接小葵回家，第一次见到王台长的时候，王台长说："这样好，安全。"就像头一次想到安全问题。

小葵问他：

"以前你怎么不说？"

王台长也不隐瞒，说：

"怕吓住你。"

小葵说：

"我吓住了，你安排台里的人送我！"

王台长说："也是我多虑。"他想确认一下，就问小郜："你是警察？"

小郜老老实实地点点头。

骑上摩托车，小郜不说话。一直到了南门大街，才突然说道：

“小葵，我想过了，我要改行。”

小葵由不得问他：

“你改什么行？”

“我不当排爆警察了。”小郜说。

“你学的这一行……”

“我不想当警察了。”小郜又说。

“为什么？”

“当警察很不安全。”小郜竭力让自己的语调保持平静，“我要找一个能够正常上下班的工作。”

小葵不吭声。又往前开了十多米，小葵就说：“下来。”

小郜停了车，两腿叉开踩地。护城河里云雾缭绕，黑虎泉幽沉的啸声清晰地穿过云雾传过来。小葵向前走去，小郜迟疑了一下才跟上她。

月华溶溶，小郜一时搞不清是不是街灯夜里要熄，反正他感到前后一百米，没一盏街灯是亮的，也没有第三个人。整个济南睡着一般，贴心地配合他的爱情。不知怎么着，手中的摩托车也哑了。这让他心里不由得涌起了激动。小葵不说话，他也用不着说话。

从天地坛街，到榜棚街，又到旧军门巷，他们默默走着，脚步声也没有。

走进老实街，路过涤心泉时，小郜一眼瞥见明晃晃一池，就知道这晚至少接近满月。周五的满月，前不过阴历十三，后不过阴历十七。如果小葵能在泉边停下就好了。静夜，满月，泉水，都应该是爱情里有的。

小葵果真在泉边停下了。一阵清风吹过，轻轻吹动小葵的裙裾。

小郃想都没想就放下摩托车，走到泉池边上，无声地蹲下。他仰望着小葵，那个角度非常适合。月光不足以使他看清小葵的模样，却让他感到小葵是从月亮上下来的。

他们两个，一个是嫦娥，一个就是捣药的小白兔。

小郃从来没有像现在一样，心思细腻如一匹精美的锦缎。小葵在电台工作，说话够多，他就有意在她跟前保持沉默，以让她得到休息。

后来，他们从涤心泉边走开了，仍旧没有说话。走到刘家大院门外，小葵才开口："我喜欢警察。"说着，侧身走进黑漆门扇之间。

小郃一抬头，看见了屋脊上的月亮，是在将圆未圆之时。阴历十四吧。

5

我们都知道小葵在广播电台受宠，要不王台长也不会屈尊纡贵到老实街来。实话说，我们老实街虽崇尚本土固有的道德传统，但并不说明我们是不通世故的井底之蛙。如今混世，混出名堂来的，哪个不寻靠山？单凭自己本事，难。王台长在我们眼中，就是小葵的靠山。

王台长来过老实街，张家大院的鞋匠宋侉子对朱大头的老婆说："哎呀，王台长也是你家贵人了，还不供着？"朱大头的老婆如实说："三月三俺可是去兴国寺上过香的。"这个我们信。官扎营街的余大娘为感激小葵襄助，专来老实街拜谢，朱大头要退礼品，在余大娘的坚持下，就留了两把檀香。

小葵跟小郃好，除了老郃，我们也都认为很合适。小郃还不是公安局长，但将来未必不能混个一官半职。即便只是个普通干警，哪个敢小觑？王台长算外，小郃算里，这里里外外，依我们看，妥帖得很。

本以为好事将近，但一年多过去，就没见两家家长提起。朱大头不提，因为朱大头收着了。老郃不提，是还看不上朱大头家。

朱大头办理了提前退休，被居委会推荐，在西门外大路口当了交通协管。老郃心里有气，好像他儿是警察，朱大头就不能再跟警察沾边儿。

总是有人爱管闲事的。

九号院老简一日上门，明确撮合两家。

老郃说，婚姻大事急不得，当事人做主。很公式化。

老简笑说："你不急，好，万一鸡飞蛋打，莫怪老兄弟没提醒你。"

没出俩星期，小郃下班回来了，摩托车一放，在院子里转圈子。老郃叫他三声，他听见一声。他愣愣地看着老郃，老郃说："还不进来，饭都凉了。"他却走了出去，半天不回来。老郃上街找他，也不好去到朱大头家问。有人让他打小灵通，他说也传呼过了。嗯，可能有紧急任务。

再过一星期，回家来，二话不说，倒头便睡。

这可把老郃给急坏了。别问了，是让小葵给蹬了。老郃后背一阵发凉。人都有这贱脾气，得到了吧，不觉得怎么好，失去了才觉可惜。

再想那小葵，那就是天仙一样的人物，前程不用说了，政协委员哩，配小郃足够。小郃有什么好？个子大点儿。当警察，可这警察却是全公安局最危险的。哪里危险哪里去，就说的排爆警察。朱大头又怎么着？好歹年纪赶在点儿上，成了退休工人，比那下岗失业的，算强了。退休也没闲着，又干上交通协管。袖箍一戴，蛮像回事儿。人家有了小葵这样的女儿，交通协管又当着，也没怎么骄傲。倒是老郃自己，觉得儿子当警察，眼里就装不下别人。

不提老郜心里怎样，那小郜却是丧魂落魄，每日话都懒得说，眼见得越来越瘦。

大约是在十月里的晚上，老郜接到一个电话，说小郜被人打了，正在中心医院。他吓得腿都软了。急忙跑到泉城路上，拦了辆出租，直奔解放桥。下车时，这个历下区供销社的老会计，账都不会算了，把兜里的钱掏出来往车座上一丢，扭头就走。

小郜被打伤了脑袋，缠了一头绷带。单位的领导也在场，见了老郜就说，查出来饶不了他们！

过了两个月也没听说查出袭击小郜的凶手，倒叫老郜反思起来。当初只管嫌弃朱大头粗莽，原来小郜的工作并不真的很占优势，危险不说，不定什么时候就将人得罪了。这期间他询问过小郜遭袭的情景，小郜说他在回家的路上，忽被一个人叫住，还没看清是谁，脑袋上就挨了一下。老郜说："你想想，平时与什么人有过节？"

他很不耐烦，说："别问了，死了又能怎样！"

老郜闻言，心如刀绞。

过去他多看电视，很少收听广播。得知小郜和小葵交往，更不听广播了。等他连着听了两天广播，竟然没有听到小葵的只言片语。

这一发现非同小可。

老郜没有耽搁，从家里走出来。站在街上，没有感到与往日有什么不同，也好像从古至今，漫长光阴凝成了他看到的一幅画片：青石板路上，分列着那些百年老屋。他已经从这些宅屋上分辨了出来，黄家大院的蛮子门，刘家大院的如意门，蛮子门上雕着一朵莲花的博风头，如意门上的元宝脊。

那黄家大院前后两进院落，原住着一户黄姓盐商，已不知去往何处；如意门内到底是姓刘姓马，也还说不准，管它叫刘家大院，不过是约定俗成。而那黄刘子孙，如今安否？万贯家财，难抵流落他方。纵然一世显赫，终归泯灭无考。

老郜恍恍惚惚，只觉天地悠悠，胸中竟起怆然之意，及至黄家大院门前，竟踟蹰不入起来。方欲转身回返，就见墙体粉白的影壁下，款款走过来了一个人，却正是小葵。

那小葵落落大方，朝着老郜抿嘴儿一笑，也没说什么，就与老郜擦身而过。

老郜到得芈老先生房里，一时间不知从何说起。

芈老先生俯身在案，在静静写字。

老郜探头一望，见他写的是两句诗：

微风小院花香合，
淡月空阶绿影浮。

待要问出处，却赞道："芈老先生的字，越发精到了！"

"字写大了。"芈老先生轻轻搁了笔，自谦道。

"难为老先生耳不聋眼不花的。"

"只是手颤。"芈老先生说，指了指座位，"你坐吧。"

"刚才看到小葵了。"老郜开口道，眼前忽地掠过小葵朝自己抿嘴一笑的样子，心想，本是一门好姻缘，怨自己小气，看不上人家爹娘，弄得一两年都像生人，这时候反过来要向别人打问小葵的事，怎么有脸？况且芈老先生风烛残年，若问出歹好来，岂不给人添堵？便忙又说道，"等老先生手上有力些，劳请给我写幅'四面荷花三面柳，一城山色半城湖'。这联虽常见，我却越琢磨越着迷，真真有趣！"

"好。"芈老先生捋一把胡子，应道，"你要有趣，比这有趣的还有。郑板桥题曲水亭'几株垂杨，一湾流水；三椽茅屋，两道小桥'，你想这景，可不可爱？"

老郜想一想，便道：

"果然。"

6

广播电台听不到小葵的声音了，我们老实街也就不再谈论小葵。应该说，这也是疼爱小葵的一种方式。朱大头倒是照常去当他的交通协管，你看看，我们做对了吧，朱大头像个没事人。当然，他没机会再对人说："工作嘛。"

一日又一日，一月又一月，生活的脚步从没休止，历史巨轮依旧在滚动，可是小郃一直振作不起来，脸都像比过去黄了。班照上，回来后将自家房门一关，很少跟父母说话。老郃急在心里，但也无可奈何。

突然有一天，小葵走到老郃家中来。老郃本想避开，但他又很想听她跟小郃谈什么，就坐在屋中，悄悄支起耳朵。小郃房间里的声音有高有低，三句能听见一句也就不错。听不到的，他也顾不得长幼之礼，擅自加以想象。

"你怎么不好了？"小葵开口问小郃。

不知小郃说了什么。依老郃想，小郃会说，哪里不好？老郃家的人，个个得争气！他想象不到，小郃将嘴唇一咬，眼里扑簌簌掉下几颗泪来。

"你是男子汉！"小葵走过去，要给他擦着眼泪，"你是真的男人。"

小郃挡了她一下。"小葵，我没出息的。"他低头说，"不用再理我。是我配不上你。"

"可我有什么好？"小葵自问。又肯定地说："我不好。"她沉默了一下，缓缓在小郃身旁坐下来。她看着一个墙角，喃喃着："我不听人的话。我固执。我很傻。很傻的。"她又猛地朝小郃转过脸来，脸上似笑非笑："我也不会听你的，你会很累。我会成为你的麻烦。你们老郃家需要一个好媳妇，又勤谨，又贤惠。我觉得，我不是。"她摇了摇头，然后，就紧紧地盯着小郃的眼睛："你这回看清我了。那好，我想让你高兴起来。”她抓住小郜的手，郑重地恳求他：“答应我，浩。”

过了好大一会儿，小郜才支吾了一声。

“你答应了！你真好！”小葵欣喜道，“我会祝福你。”

“没事了，你走吧。”小郜哑哑地说，“我送你。”

但是，小葵突然站起身，飞快地走到门口，然后背靠房门，一只手悄悄拨上背后的门闩。

“我得告诉你，”她面对小郜说，“我要离开老实街。我是来跟你告别的。你永远永远也不要再找我。”

“为什么？”小郜不由问道。

“我不过是先走一步。”她说。她重新向小郜走过来，可是，跟她刚进门时不大一样，好像力气用完了。她软绵绵地依偎在小郜的怀里，小郜不得不伸手搂住她，以免她滑到地上。“老实街早晚会完。都会完。一定，一定还有新的生活。”她说，语调里开始充满悲伤和茫然，“只有像朱小葵这样的蠢人才会想象改变这一切，而她终于发现什么也改变不了。我说多了，郜浩。你让我歇会儿。”

“你一定有什么事瞒着我。”小郜说，“你受到了威胁！”

“别说话。”

“我去找王台长。他不能……”

“听话。”

“他砍了你的节目。”

“没啥了不起。我愿意的。”小葵轻声说，“我不想再当个讨人厌的话篓子。你想多了。”

“为啥要离开老实街？你去哪儿？”小郜止不住两手颤抖。他捧起她的脸来。她半闭着眼，眼神蒙眬。“去省台？”

“不，我要留下。”

小郜愣了愣。

“把我放床上。”小葵说，“哼，还这么笨。”

小葵躺在了床上。小郜站在床下。小葵泛起了满脸红晕。

“也躺着。”小葵说。小葵附在小郜耳朵边儿上：“我先是你的，我的小郜浩。”

门外的老郜早坐不住了。他没想到事情还会往下发展，要出门回避，却又起了顾虑。小葵到他家来，老实街上多少眼睛看着？即便在同院，也有张王李赵。他倒是避出去了，可把年轻的一男一女留在屋里，人们会想什么？不能。他不能把嫌疑交给别人！在老实街活了大半辈子，哪个不知道名声重要？他行将就木的人了，可小郜的人生才开始。他的大儿也有儿子。这子子孙孙的日子，还长着呢。

老郜狠狠心，决定原地不动，恨不得自己耳朵聋了。他硬是一声不响地在椅子上坐了半天，小葵从小郜房间出来的时候，他还佯装睡着了。小葵跨出门槛，他才动弹一下，发现屁股下面全是汗，身子也麻了半边。

小葵不见了！

从黄家大院离开后，小葵就回了家。见了父母，说有事，骑了木兰就出了门。当晚没回，以后再怎么联系也联系不上。问了她的单位，说她请了假。我们老实街居民从来没见过还有比此单位更冷淡的事物。这里大活人没了，它说声“请假”了事，连个来老实街问问的都没有，想想真为小葵寒心。

找不着小葵，小郜疯了一样。他有便利，去派出所报案，立案，可是依旧杳无消息。

与小郜不同的是朱大头。

人们不断向朱大头打问小葵离家时跟他们夫妇说了啥，朱大头淡淡地说啥也没说，好像他早就料到了这一天。不久，他的交通协管就给撸了。交还了袖章，慢慢从西门踱回老实街，神色如常，令人称奇。过了一星期，又去居委会扫地，发现地已经很干净了。

站在居委会院子里，他显得有些尴尬。

7

小葵的预言得到了验证，不过是在两三年后，老实街就被拆了个精光。

纸里终归包不住火，我们都知道了底细。千不该万不该，小葵在政协谈论会上就济南旧城改造问题，当面质问了本市高官。高官倒是和颜悦色，但她的政协委员也就干到头了。当时还有王台长安慰她，说这种事并不需要受谁指使。她倒是像她爹一样，没放心里去。更大的考验接踵而来，台里抵抗不住外来压力，中止了她的节目。她忽然发现，即便王台长那里，也再寻不来支持。王台长在躲她！她明白，自己已被完全抛弃。而且，到后来，像小部猜测的一样，她受到了某种社会势力的威胁。那时候，她腹背受敌，孤立无援。接着，她选择了让自己成为一个不解之谜。

你会说，朱大头夫妇不能给予女儿足够的人生教益，难道老实街上的智多星们，就眼睁睁看着他们共同的女儿，跌入万劫不复的深渊么？都说小葵与芈老先生有缘法，倘若也不得芈老先生指点迷津，岂不白要好一场？冤哉枉也！芈老先生苦口婆心劝过多少次，歪脖子病，不好治！偏她就当耳旁风。形势就这么个形势，你治试试？凭你，你治不了。反过来治你，瞧好喽，治你的歪脖子，一治一个死！

小葵下落不明，芈老先生那叫一个伤心，反复对人哀叹：“小葵啊，小葵啊。”

我们明白芈老先生是在说，小丫头子，怎么就不听老人话呢？

在拆迁之前，大伙儿忙搬家。芈老先生让人把小郜唤到家中来，在一张素笺上录了首清董芸《广齐音》中的七言绝句给他，只说是做个念想。

嗯，老实街人将作鸟兽散，聚首之日在哪里？

看那笺上端正写道：

绛唇玉貌紫罗襦，
金谷园中十斛珠。
解道无双同国士，
佳人只有李苏苏。

字是小楷，圆润，秀丽，望之若涤心泉里一股脑儿冒出的水泡也似。如是外边儿人来看，哪想得到会出自一位百岁老人？小郜双手捧了诗笺，看了又看，出门后才小心折了，藏在怀里。更深夜静，有人发现他一个人坐于涤心泉畔，不知已坐多久。其足下，清泉汩汩流。

第七章　弃的烟火

1

我们老实街居民从不恐惧。有句老话，既非芈老先生也非左老先生，而是孔夫子说的。子曰，君子坦荡荡。老实街人生来坦荡，所以不恐惧。可是那段时间，我们很害怕。

真的，我们很怕在街上遇到郜靖棻的儿子小郜浩。他在公安上当排爆警察，跟炸药打交道，但他不会把炸药带回老实街。不长不短，整三年，我们很怕看到他的眼睛。在我们每个老实街人面前，他的眼睛里时刻都要流出泪来。不要说我们心软，我们很害怕他流泪。

小郜丧魂失魄。让他丢魂的就是朱大头的女儿朱小葵。至于他们交往深到什么程度，老实街上说法不一，但显然这桩恋情还没得到各自家长的承认。朱大头那方面，是要高攀的。鸡窝里飞出金凤凰，不能再落到鸡窝里。也不知是谁放了风，小葵自从分配到广播电台当主持人，追求者甚众，不乏高官子弟。王家大院的老郜看不上刘家大院的朱大头，不想让儿子跟朱家有瓜葛。但小郜、小葵都没公开恋情，家长也不便发表意见。你要问朱大头，小葵是不是跟小郜要好，朱大头就会说：

“没那撇！”

同样去问老郜，老郜就说一个字：

“吓！”

我们老实街人一直认为这老郜平时有些自视甚高。一是爱下棋，暗把自己当下棋高手，二是跟他闲聊，他总爱讲他老祖宗。说起他姓氏的来历，头头是道。你问一般人，都对自己的姓氏不甚了了。不是忘祖，是觉得没必要放在心上。他却能从三皇五帝说起。这郜字，本生僻，相对张王李赵，是一小姓。听他一说，却大有来历。郜，姓氏属地，平卢郡，曾在河北省阳县。不得了，源于姜姓呢。后稷为尧的大司农，因有功封于郜，其子孙便以国名为姓。

但实际上，小葵生得出息，利用在电台工作的便利，为民请命，有侠气，不能让人不敬。

及至小葵莫名失踪，有关小葵仗义执言的事迹一桩桩传出来，这老郜朝刘家大院望去的目光也都柔了许多。他倒没去慰问，怎么问？

朱大头原在西门大街当交通协管。有一天，不让干了。朱大头交还了袖章，神情如常地走回老实街来，被坐在街头晒暖的马二奶奶看到，马二奶奶就给她的邻居说，看大头过来，心里很不是滋味。一边说，一边揉着她的独眼。没人不相信她的真情。别以为马二奶奶年纪老大，且只有一只眼，就对世事看不真切。

我们每个老实街人，心里透亮。但我们看不透小郜。

按理说你是警察，街邻失踪，还不跟你警察要人？现在公安上什么高科技手段没有，找个大活人，不易如反掌？可是，没见他在公安有什么作为，他就只会在老实街走来走去，见了人就是那种想哭的样子，好像是人家把小葵藏了起来。

老实街的儿女找不见了，我们岂能甘心？也不忘四处打听着。倒是那朱大头两口子，像是被这突然的变故击毁了，不怎么急切。我们就猜小葵临别是给他们留了话儿的。不然，见不了人，急也急死了。或者，他们本就知道小葵的去向。他们也去报案，也去小葵原单位查问，也求人，但总归不过是遮人眼目。这都是我们心里的猜疑，并不说出来。说出来就是小人。

看小郃没头苍蝇一样在街上走，我们就断定小葵没给他留话儿。他是警察，也这么束手无策，其实有让人小看的意思。老郃还以他为傲呢，看看！哪里都有三六九等，这警察当的。

小郃若在我们面前哭出来，那就是真的绝望了。

连小郃都绝望，一介草民又能怎样！所以我们怕。小葵活不见人，死不见尸，倒好，就像天高，但还在。小葵死了，那是没了天理。没了天理的世界，还不让人恐怖？事实上，我们老实街已被围城。

2

那段时间，总有一些不三不四的人到老实街来。要说在别的街上，光膀子、趿拉拖鞋大大咧咧地走，那很寻常。光背党三五成群聚在街边小摊，就着炸花生米痛饮扎啤，算得上济南一景，但在老实街不是这样。我们老实街有讲究。不说别的，单说这穿戴，无论罗、纱、皮、布，那都是要一个齐整的。老实街文的人有，粗的也有。即便是粗人，也不像这些不成体统的流寇。

但是，并非一个两个人，而是成群结队的光背党开始占据我们的街巷。谁也说不清他们是从哪里来，因为他们不跟我们交谈。这些人袒胸露腹，将那些从娘胎里带出来的雀痣瘢痕在我们面前一一展现，连我们老实街的狗都避之唯恐不及。不是我们吹，我们老实街的狗哪见过这个！

这帮光背党，简直就是野人。他们咬人我们都不会惊奇。起初我们都为朱大头捏把汗。朱大头不当协管了，他的原单位热水壶厂贱价卖给了一个浙江人，他没事可做，也在街上溜达。这都年过半百的人了，遇上这样一连串的大事，人能挺住就算好的。他从家里出来，有时候是去居委会。过去他很勤快，给人家扫地，偏偏每次去都看到院子里很干净了。他走在街上，你叫他一声，他听不到。叫他两声，他听到一声。蓦地回头，眼里却茫然，像不晓得谁在叫。他与那些光背党擦肩而过，也像意识不到危险。他从老实街走出去，或去大观园方向，或去青龙桥方向。走了多远，不得而知。每次看他出去，我们都会不由得想到，他会回不来。丧生在僻静的山野濠涧，是我们对他隐秘的想象。所幸，他总能回来，不论辰光早晚。

有一次，本已来到家门外，却站住了。

一伙光背党从街口走近，每个人的脸膛都红通通的，每个人手里都拎着一只绿色趵突泉牌啤酒瓶子。

此刻，哪个不盼望朱大头立马闪入院门？可他偏像一块静默的石头，对光背党的到来浑然不知。我们想到，糟了！他分明在像石头一样，以最大的蔑视对这伙光背党反戈一击。我们老实街的老实人，忍耐也是有限的。

事实却是，朱大头转身从这伙横冲直撞的光背党中间穿插了过去，他毫毛无损地来到了对门芈芝圃老先生家院门前，哑声对芈老先生说：

“我回来了。”

芈老先生在院门内。“好。”芈老先生忙说。

朱大头摇晃起来，一手扶在头上，好像不堪其重。“头晕。”他说，却又站直了。然后，对芈老先生笑笑，口里说着“没事”，走回家去。

一连几天，没见他出门。他老婆说，他晚上落枕，头歪在肩膀上，自己嫌难看，不想出来。

街上不见了朱大头，光背党却没有消失。你不知道，这帮光背党啊，其实就是哑巴。我们除了见他们在街头喝酒，硬颈斜楞眼，就没听过他们说一句话。我们不知道他们姓甚名谁，是不是本地人。

不久就出了件看似好笑的事。你还记得那年官扎营余大娘家被强拆的事吧。余大娘走投无路来老实街求助小葵，今又有槐荫区岔路街的一个上访户也来碰运气。可他消息不灵通，来晚了，小葵已是生死不明。他找到小葵的家，见到的也只能是歪脖子的朱大头。还没进刘家大院的院门，一转头就瞅着了那伙光背党。

“亮亮！”这人猛地大叫一声，奔跑过去。

光背党里有个生着死鱼眼的小子，见状一愣，也是拔腿就跑。连同那些光背党，我们都没明白发生了什么事，眼睁睁看着死鱼眼小子一溜烟儿向街口跑去。上访户口里叫着“亮亮”，紧追不舍，完全是死不要命的样子，谁都没想到拦他。

“亮亮！”

上访户的呼叫声一直在我们老实街回响，提醒我们这伙光背党并不是纸糊的钟馗，石头缝里蹦出来的孙猴子，也是娘生爷管的，不定是叫“涛子”“宝宝”，也不定是长在官扎营，还是剪子巷。可是，唯其吃人食，唤人名，才更让我们觉得是一帮凶残的虎狼。

后来我们知道了，这上访户原是火车司机，因夫妻二人散步时无辜遭人殴打，上告无门，连工作都给弄丢了。张家大院老桂的儿子在济南铁路局当列车长，那天正该他休班，就把这场追逐看在了眼里。老桂的儿子说，上访户姓吴，办案机关因他叫不出暴徒的真实姓名，就拖着不给处理。偏这人犟得出奇，你越不给处理，他越要寻个说法。

从此，亮亮没再出现在老实街，而我们再看这伙光背党，止不住脚底生寒。真不是耍的，这伙人姓赵姓王，独狼、蝎子、青面兽、九纹龙、鬼脸儿、金钱豹，难说手上不沾血，名下没命案。

朱大头闭门不出，这伙光背党从刘家大院门口经过，好像并不知道朱大头家住这里。

刘家大院素朴的如意门在老实街上从来就不起眼，檐下两个门簪也只余其一，大院里的人家，除了朱大头家，还有老郑家、老马家、老牛家，总共七八家，都极寻常，若不是朱大头养下小葵这么个女儿，平时闲聊也少有扯到这里的。刘家大院本在时光的暗处，历经一段时间的喧嚣之后，又回归到沉寂的暗处。我们不无落寞地想到，小葵的故事或许早已落幕。可是，这伙光背党欲将何为？他们依然占据着我们的街道，光天化日之下，嚣张的气势有增无减。

炎热的夏季过去，秋天来了，一转眼又是天寒地冻，不三不四的人仍然没从老实街绝迹。惹不起，躲得起。但我们渐渐看出了名堂，因为我们也像刘家大院一样，悄悄隐身到了暗处。从暗处往外看，就会有不一般的眼力。

除了这伙流寇，还有谁在老实街好像鬼魂一样游荡？

显然，只有小郃。

过去我们大意了，现在认真打量他一下，不得不吃一惊。

3

远远看着小郃从街口走过来，谁还会想到这是一个年轻人！摇摇然步履迟缓，风烛残年的老者也不过如此。

待到近前，那才叫吓人一跳，完全像是刚从大火过后的废墟里爬出来的。面容焦黑，枯槁支离，休说失去了年轻人应有的神采，已经不能说是一个人了。面前有物没物，有人没人，对他来说，都不是问题。很多次，我们发现他跟那伙不三不四的人交叉而过，相互没有避让。甚至我们发现，他慢慢来到王家大院门前，门扇纹丝未动，但他已不见了。

谁能做到穿墙破壁？且莫答。反正一想那情景，我们身上就森然地起了层鸡皮疙瘩。再不能说他是气体，或者他有特异功能，他只能是一个鬼魂！他走进王家大院，郜靖棻抬头看见他，招呼他一声，他既没答话，也没在父亲面前避让，就那样轻轻穿过父亲的身体，走进他家屋门内，连他父亲都不相信他刚刚从街上回来。他的房间悄无声息，就像空无一人。

这个幽灵一直身着警服，哦，对了，那警服也是另一个世界里的，既不褪色，也不沾染一丝尘埃。

我们老实街并非孤悬世外，旧军门巷在东，狮子口街在西，北边泉城路就是老济南过去最为繁华的西门内大街，南边不消说了。城市上空，电线纵横交错，像蜘蛛网。大街上电线杆林立，跑着各色汽车。一二十层的高楼不鲜见。买东西有“百大”。看电影也都不大去电影院，家里有电视呢。电话已普及，时髦的人开始用起手机。千百年来，街口涤心泉汩汩长流，即便干旱的年份，也从没枯涸过。我们居住的老房子上面，雀替、走马板、墀头、瓦当、滴水，青砖黛瓦，无不真而美。偏小郜走过，一切就都成了幻影，满眼的颓垣断壁，人烟阜盛的老实街不过是一道鼪鼬之径，蓬断草折，鬼鸣啾啾。

果然，马二奶奶对她邻居说自己夜半听到了一女子细长的哀哭，还说要去千佛山兴国禅寺烧超生香，儿孙们不送她，她就自个儿去。

如果老实街果真变成鬼蜮，我们想，小葵的冤魂也该回来看看了。她爹头歪总不好，她娘病体难支，她不来看会不安宁。那么，这就好说了，魂魄鸡鸣即散，我们是遇不上的，我们身上生人气重，但小郜应该遇得上。小郜早已灵魂出窍，应该无所不知，即便小葵没有死。

没见马二奶奶走出老实街，另一种传言却又悄悄在老实街扩散。

莫家大院的左门鼻老先生夜溺，见窗外月明，心头一动，遂披衣至庭中。屋影、树影间，月色澄澈如银水，左老先生颇觉欣然，不顾夜凉，坐于庭中一小马扎之上。耳朵忽地一跳，就警觉起来。细听却并无一丝声息。到底还是心有疑惑，便起身走到院门口，扒门缝儿往外一瞧，呀！

你道老先生瞧着了谁？

朱小葵！

只是这小葵与失踪前有别，一袭宽薄的白纱衣，脚不沾地，从莫家大院门外飘然而过。左老先生一时间忘了害怕，从门内闪身出来就追。但见这白色的人影像御了月光，一径地往街口飘去。左老先生紧追慢赶，口像被封了一样，唤也唤不得。转眼工夫，白影子就到了涤心泉那儿。左老先生暗想，她或许要在泉边停留一下，也便悄悄避于物后，不料她身子倏然一转，却向旧军门巷飘了去。待左老先生赶到，街巷空空，除了泉水在月光下的潜涌，一切都是静止的，早不见那影子消散在了哪里。左老先生家里就他一个人和一只猫，他也不想就此返回，而是也去了旧军门巷。按着自己的揣度，兜兜转转，从旧军门巷到了黑虎泉西路。已经听得着黑虎泉低沉凝咽的喷吐声了，不知不觉就来到南门桥上，抬眼望见前面黑黑地立着个人，倚着桥栏，正向桥下护城河垂着头。这人该不会是想不开吧。略走近几步，左老先生也就驻足不前。他已辨了出来，人是小郜。

没过三天，就下了入冬以来的第一场雪。依左老先生描绘，小葵衣衫单薄，近若纱罗。由此可见，小葵已断乎异类！

这晚的事情左老先生并没说给朱大头。我们也都没说，不想让他再不安生。

不管我们自己信否，我们也没向那伙不三不四的人透露半个字。不管小葵是人非人，小葵都是属于我们老实街的。我们这样做，实际上是对那些粗莽无礼的外人保有了我们老实街居民鄙视的权利。

幽沉的哀伤在我们心里，像涤心泉水一样止不住地往外翻涌。

我们又有所欣幸。神魄既能交通阴阳两界，一切为我们所不甚知的秘密已便不再成为秘密。冤有头，债有主。小葵若死，那就是天大的冤屈。所以，我们认为小葵有理由化为索命的厉鬼。而且我们也想到，如果她愿意，是可以与小郜自由相聚的。既是一对有情人，就总会走到一起。

这不是民国，不是清朝、唐宋，不是古时候，这是当代！那位说啦，也就你们老实街人才念念不忘旧时代，有事没事自己吓自己。旧时代要好，怎不见你们裹小脚，扎小辫儿？

头顶三尺有神明，不畏人知畏己知。没听过嘛，信则有，不信则无。我们信了，又咋着吧。

实际上，我们不指望会有哪里作恶的权贵暴毙。距老实街不远，有省府。苗家大院的张树就在省发改委工作，全省的重大事件没他不知道的。可是我们不能断定哪个高官事发会与我们老实街的小葵有联系。我们先顾眼前的，只要那伙不三不四的人不再出现在我们老实街，就足以让我们额手称庆。

得！他们好像从来没受惊吓。他们还很强壮，大的不超过三十，小的一个少说也有十八九。有脖子上缠了金链的，有手上戴大戒指的，但每个人身上都硬邦邦，看上去力大如牛。每个人都面无表情，也都像不会死，不会得病。没听过嘛，鬼怕恶人。小葵小郜奈何！

这些人的后台如何强硬，用脚趾都想得出来。

4

我们老实街居民向以宽厚老实著称，从这伙不三不四的人出现在我们老实街的那天起，我们就没想过要怎么样。我们该上班的上班，该开铺子的开铺子，该吃的吃，该喝的喝。张树的权力不算小吧，他说过什么没有？朱大头不算是无关的人吧，指不定小葵的命就丢在这伙人手上，他拦过他们一次没有？你要说我们窝囊，胆小怕事，那你们错也。我们这样做，其实是要让他们的示威落空。

信不信由你，在我们老实街居民的观念中，老实人的武器，强大莫过于老实。老实街不是白叫的。

现在的情况是，我们依然老实过着日子，朱大头有恙，轻易不到街上站站，小葵依然音讯渺茫，老部城府颇深，忧喜从不形于色，那么，就只有警察小部，游魂一样，时常面对着这伙流寇走过来，容色黯淡，瘦骨嶙峋，早失了一个年轻人的丰润秀拔。

约在元旦前后，老部的同院邻居，老实街摄影师白辟疆拍出了一张怪异的照片。白辟疆临街开了小照相馆，名唤“无敌”。那天白辟疆店内枯坐，无意将镜头一扫，就将窗外相向而来的小部和流寇拍入画框内。洗出相片，不见人脸，只见一团模糊缭乱的影子，但我们能认出小部的衣服。

也不是非得以白无敌的照片来证明，那伙流寇就是冲着小部而来的。事实上我们眼前的叆叇已经一扫而光。

临近过年的一天，我们看见老部急急地从王家大院跑出来，竟一下子让我们想到那年十月，也是这样子的。不是遇上大事，老部不会如此慌张。那回是小部遭遇蒙头棒，人给打进了医院，也没找到凶手，虽有单位领导支持，最后仍不了了之。果然，这回也相当严重。不是被打，是出了事故。省长途汽车总站候车室发现一不明包裹，小部奉命前去排险，包裹爆炸。

有种感觉我们不想说出口。我们虽为小部惋惜，但是，出事的第二天我们发现，一切全变了。你明白我们在说什么。人民警察为了公共安全差点搭上性命，不错，可是，从朝至暮，在我们老实街，那伙不三不四的人不见了。真的不见了。街口，墙角，青石板道上，没他们的影子。哦，就像一个漫长的郁闷时代终于结束，我们忍不住暗舒一口长气。看天，天蓝。看云，云白。日头，明亮。空气，不像是严冬，失去了凛冽，有了春的暖意。流泉，淙淙悦耳。我们还看见左门鼻老先生家的猫跟宋侉子家的大花狗一起慵懒地偎在石阶上晒太阳，好像是特意来为我们展示老实街的宁静祥和。不知不觉中，我们回到久违的往昔。往哪儿看，都好。我们老实街是老济南的心脏，青砖黛瓦，那些屋脊、山墙、影壁、斗拱、挂落，哪一样都让人看不够，哪一样都有讲究。

还好，那包裹里是爆竹，不是炸药。小郜伤了两手和半边脸，医生说是二度烧伤。在医院住了四五天回到老实街，又过七天就是年后。这期间也一直没见那伙不三不四的人，我们都猜他们是回家过年了。

有一个发现，令我们欣慰。不管是在医院，还是在家，小郜都显得安静了。也许这身体上的炸伤会让他从此走出心灵的创伤。这就像大夫看病，有时要下猛药。汽车总站的爆竹，就起了猛药的作用。

当然，在小郜面前，我们不会提及小葵。

年后各家亲朋携了礼物相互走动，满街响着寒暄之声。各家有哪些亲戚，我们是知道一些的，但还有些不知道。

王家大院走出一个客人，身后没人相送。我们原以为是白无敌家的，白无敌说不是，他也没见他去了谁家。同院的老陈说，是老郜家的。老郜这人也是，客人告辞，怎么也不出门送送？看，失了礼数吧。客人出老实街而去，我们心里都不禁有了歉意。

嗯，我们有很多的眼睛，但是百密一疏，竟没看到客人是怎么来的，这让我们心有不甘地不住回想，也终于让我们想起来，这人不就是那年来老实街意图向小葵求助的火车司机吗？他在老实街只露了一面就不见了，我们也便把他忘在了脑后，何曾想又与老郜家有了关联。

我们油然起了一股烦恼。我们相信这也是老郜的感受。设身处地想想，就能猜得出，不用老郜多说。小郜烧伤还未好，心灵的伤也难说已治愈，从老郜家到老实街，也才消停了几日？闹不好，波澜又将复生。

直说了吧，那伙不三不四的人，实在让我们受够了！当然，我们没忘小葵的冤屈，我们有准备……这不是我们胆小怕事。不是说嘛，善有善报，恶有恶报，不是不报，时候未到。很多时候，我们需要拼毅力。得，顺天应命，骑驴看唱本，走着瞧罢咧。

这个吴司机来到王家大院，问着小郜在哪儿，直接就踅进小郜的房间。老郜虽不知他是谁，一见小郜与他相熟，又看他们不想让自己多知道什么，也就顿觉不妙。哪还有心偷听他们说什么，索性往门枕石上一坐，恨不得自己就是个聋子。吴司机欲走，他早去了左门鼻杂货铺买酱油。

老陈倒是听着了一句话，口气有些像戏谑。那吴司机走到门槛外，回身对屋里的小郜说：

"别忘穿上老虎皮。"

5

从张家大院老桂的儿子口中，我们得知了一些吴司机的遭遇，对他的同情从没有疑问。他像皮球一样，被人从这个部门到那个部门踢来踢去。滋味嘛，肯定不好受。

世间万事，都有两条路，忍，或不忍。忍忍，或许就过去了。常言道，退一步海阔天空。不忍，那是另一种结果。看他如今的境况，便知一二。明知山有虎，偏向虎山行。但也有一说法，该放手时须放手，得饶人处便饶人。人生一世，哪个不曾受过委屈？一点委屈受不得，怎么样？听他对小部说“老虎皮”，我们都想到了一个字：

“癫”。

老虎皮是什么？警服也。这俚语我们也不是没说过，可是偏偏从吴癫子口中出来让我们觉得莫名地不入耳。别问什么原因，反正不光是因他不够严肃。我们不禁琢磨，他什么意思，老虎皮穿上是要威风的么？同时，我们又有了担心。这吴癫子来小部家，也许就是来约小部的……一道闪电从我们心中掣过，显而易见，他们是早就混在了一起！

我们的排爆警察小部，与火车司机吴癫子成了同伙，这么久了我们还被蒙在鼓里，事情远比我们想象的要复杂。不祥的预感随之强烈，就像又有重重乌云开始在头顶集结。

正月底的一天早上，伤好了的小部一身老虎皮走出家门。因工伤在家休养了一个月，也没养白，不像过去那样丧魂落魄。街坊跟他打招呼，问他是不是要去上班，他也只是笑笑。走到街口，站了站又回来了，不怕石凉，弯腰在院门口的门枕石上坐下，眼里还是含着笑。阳光把门洞照得很亮，他全身都沐在阳光里。我们看得很清楚，他的两手疤痕明显，从脸颊到脖子，也有一连串的疤痕，略浅而已。大半个上午，他就那么坐着不动，微微地笑着，我们看了不由心疼。跟他说话，仍旧是点点头，或嗯嗯两声。

两三天后，小部就真的去上班了。老部跟在身后。他走出院门，老部停下来。他走远了，白无敌就过来跟老部说，不妨碍的。

毕竟还是未成家的小伙子，若毁了颜面，如何是好。既不妨碍，就值得庆幸。

可是，还没到日落，又有一些不三不四的人从老实街冒出来，使人想到他们一直隐匿在地下。因刚刚过去一个年节，脸色无一不比年前红润，也并没有明确向我们发出挑衅的信号，却无法让我们消除内心的紧张。如果不是碍于自尊，我们会在他们走来之前悄悄掩上院门。事实上，我们仍旧让那些院门敞开着。

小郜回来的时候，路灯已经亮起。

幢幢灯影里，小郜与那伙不三不四的人相遇的情景重现，验证了我们极不愿承认的猜测：郜靖棻的儿子小郜浩，误入火车司机吴癫子走过的绝路。

很难讲小郜受没受吴癫子的教唆。看吴癫子面相，年纪五十以上。歪脖子病不好治，小郜年轻，不领会。吴癫子经历多，再不懂，说不过去；懂了，再去教唆小郜，就是存心害人。

这一回，我们注意到那伙不三不四的人竟然在小郜面前慌了一下。无疑，昏暗不明的光线让小郜落下疤痕的脸上露出了一份狰狞。小郜甚至有意停下了脚步。那一刻，我们真有些相信他就是一个鬼了，而且从此不再隐藏自己的凶恶。那伙不三不四的人走了过去，而他礁石一样，就站在原地。我们知道，开弓没有回头箭，小郜在吴癫子的绝路上已越走越远。

一时间，我们心里乱糟糟的，都有出面让老郜阻止小郜的念头。可是，一旦想到小葵，心里又很惭愧。

出人所料，大约是在二月初八的晚上，朱大头的老婆从家出来，径直来到老郜家，张口就说让小郜去自己家一趟。要知道，过去很长时间两家总是避免交往。老郜略尴尬，不语。小郜从饭桌前站起来，迟疑了一下，也便跟她走到街上。

朱大头坐在家里等他，一只手托着自己的脑袋，眼睛却只看着墙角。“你坐，小郜。”朱大头低声说。

小郜坐下来。

“谢谢你了，小郜。”朱大头又说。

小郜不响。

“我是你长辈，听话。”朱大头说，“惹不起他们，不惹。好好上班，嗯，过来。”他看着墙角，视线直直的：“扶扶我的头。”

小郜没动。朱大头等着。小郜慢慢走过去，略停，伸手在他脑袋上触了一下。巨大的脑袋，暖暖的，沉甸甸的，像一个动物。他垂了手。

“扶起来。”朱大头声音沙哑地催促。接着，凄然一笑，“没用的，还得歪。”

小郜退后一步，往下看着沉在椅子里的身躯。

“小葵不会死。”朱大头说，“你去好好上班，等她回来。我替她谢谢你，爷们儿。小葵还会回来。”

他转动着眼珠，不知是信，还是不信。

6

我们显然都低估了小郜的坚定。那个见人就泪光闪烁的小郜早不见了，甚至对熟悉的街邻都开始视若无睹。每天都是一早出去，很晚才回来。至于行踪，我们做过揣测。没谁相信他每天都会守在岗位上。疑问又来了，对于他这样只有平民背景的警察，位子是如何保住的？而且在他受伤后，单位还及时给了他一个“优秀警察”的称号。再想一想，就很有意思了。那肯定就是大济南有人要跟小郜玩一玩。小郜不是警察就不值得玩了，那路人要的就是这风格。就说吴癞子，他认出了殴打自己的“死鱼眼”亮亮，亮亮就再没露面。何故？吴癞子不过是岔路街一个普通的火车司机。嗯，就这么回事。我们想了很多，总有一条符合逻辑。

朱大头已代我们说出了心里话，只可惜小郜不听。他所选择的不归路会有多长，我们难以想象。讼则终凶，吴癞子活生生摆在那里，小部看不见，我们看得见。差不多，我们已预见到了小部将来的狼狈。一想起老实街的子孙行将鸠形鹄面，令人见之欲呕，我们心里不免又急又痛，而且，我们还不愿再看到那些不三不四的人。不是说我们面对他们的示威败下阵来，而实在是有大人不计小人过之成分。

这么一来，与年前相比，我们觉得日子愈加难熬。即便春和景明的天气，也不觉畅快。转眼又到了炎夏，光背党随处可见。天热，异乎往年，电扇吹出的风都像扑火，扒层皮都不觉凉意，何况我们不能像光背党那样放诞，热也得忍着。家里倒有安空调的，但老人受不了，人也不能总在空调屋里待着。那伙光背党占据了涤心泉，开始的时候还是立于泉畔，借用别人的盛器，汲了水兜头倒下，但有一天，他们纷纷跳进了池水里。

你知道涤心泉在我们老实街居民心目中的位置。我们吃它，用它……它的神魄联系着我们老实街每一户人家。在这伙光背党跳进涤心泉那一刻，我们感到老实街的天都塌了。你会说，若有血性，上啊，管叫他们有来无还！但是你知道的，此非突然。早在这伙光背党从老实街口走来的那天起，这样的结果就似乎被我们预料到了。坦白说吧，我们老实街的元气在过去的时日里消耗甚多，接近崩溃的心灵无法应对如此沉重的打击。十四万人齐解甲，宁无一人是男儿……我们是得承认，不知什么时候，我们老实街人变成了一包软蛋。

那个日子，只能用黯淡无光来形容。被玷污的涤心泉，映照出了我们心底的懦弱，我们就像一个倒栽葱，跌进了万劫不复的深渊。夜来了，老实街是哑默的，只剩下疲惫的喘息。

有啥说啥，我们终会反击。

第二天，老实街出奇地平静。我们忐忑不安地注视着前后显得空旷的街口。太阳照亮了每家的屋顶，炎热的迹象却没有出现。

人们开始出门上班，或步行，或骑车。那些店铺也都陆续打开了店门。但这一切都是在悄无声息中进行的。苗家大院的张树走出了街口。小部到了街口却停下脚步，好像迎头碰到了什么人。我们自然想到了那伙光背党。没人走过来，小部还站着，站了半天也没走开，我们渐渐看烦了，就做自己的事。再一抬头，他不见了，出现在我们视野里的，是一个被用轮椅推着的人。我们马上看清楚了，这人衣着齐整，月白绸褂闪闪发亮，下身是一条黑色绸裤，脚上蹬着双圆口布鞋，手里是一把大大的黑折扇。这号打扮我们可老早没见过了，也便不由得屏住了呼吸。

从那街口往街巷深处来，这老古董被人推着，慢慢经过了杂货店、酱菜店、小五金店、杜福胡琴店、无敌照相馆，对两旁街景说不上是看还是不看，折扇也没怎么摇。脸是白的，也和善。走过左门鼻家杂货铺时，一只猫突然跳起来，落到他两腿之间，而他并未受惊，好像这是他家的猫。

那猫乖顺地蜷缩在他腿间，他用一只手轻轻抚摸它的头颅。轮椅停在街当心，他就那么摸啊，摸啊……那猫蛮享受地眯起了眼睛。过了好大一会儿，不知他给猫发了什么信号，这猫就站起来伸伸懒腰跳到地上，若无其事走回莫家大院。

我们从各个角度看着，都看呆了，等这个外来客走了很远才醒过神。涤心泉那里无人汲水，他经过的时候也没停。

此人不见了，而那伙光背党一个也没来，我们凭直觉断定绝非偶然。究竟会发生什么，说不清，但傻瓜也能看出来，此人来者不善。

莫名的担心再次袭上我们心头。

老实街又意外地清静下来。自从那伙光背党在涤心泉洗澡之后，一两天也没人再去汲水。第三天，才有零星几个人拎了盛器往那里走。不用怀疑，常涌常新的涤心泉早把那些光背党留下的污浊冲刷尽了，可是，我们的担忧并没有随着光背党的离去而消失。

其实这些年里，我们老实街一直就不安生。就从民国说起，兵乱，匪祸，说不完。政变，风潮，没一样躲得过。我们不问招谁惹谁，问也没用。有首歌里怎么唱的？“不是我不明白，这世界变化快。”对老实街却不是这样。这世界压根儿用不着我明白！大家说，是不是一种大明白？古人云大智若愚，是不是正跟我们老实街对号？要变你就变，反正你把老实街搬不走。老实街在这儿，东有旧军门巷，西有狮子口街。涤心泉流了千百年，说不流就不流了？事实上，我们真错了。这些年那种让老实街搬走的传言不断被我们听到。而且，在我们的视野中，无数的传言也已经变成事实。

就在一个燠热的午后，我们老实街又走来了那位已引起我们反感的吴癫子。不过是半年不见，这吴癫子满头白发，长乱地披在肩上，像个老乞丐了。开馍馍房的苗凤三正坐在店门口打盹，他走过去，没头没脑叫一声：

“老实街爷们儿，得反抗！”

苗凤三一激灵，醒过来，挓挲着两手，看他一眼，就又下意识地看屉里的馍馍。

“老实街要拆迁了，你们的家眼看要没了，你们还在睡大觉！”

“你饿吧。”苗凤三轻声说。

“得反抗！”

苗凤三笑了。

“你们得联合起来，得帮帮小部。”吴癫子说。

苗凤三不笑了。“谁要拆老实街？”他问。

吴癫子说出一个名字。“他就是黑社会！”吴癫子说。

苗凤三郑重起来：“不要瞎说。”

“打我的就是他的手下。”吴癫子说，“他们拿着长刀、匕首、管钳、铁棍，把我往死里打。看，我的伤！”他敞开胸脯：“可他开公司势力大，上边有人护着。我调查清楚了，害朱小葵的也是这一伙。”

苗凤三觳觫不安起来。吴癞子走开了。发烫的街上除了吴癞子没有别人。苗凤三看见他往左门鼻的杂货铺里探了探头又走开了。他站在了汪德林的小五金店门口。苗凤三揭开屉上的笼布，晾了晾，又搭上了。他再没往外看。

7

你信不信，我们老实街人的心，深有千万丈，涤心泉通哪儿，我们的心就通哪儿。你丢下一颗石子儿，看似古井无波。寂然已久，方听得幽幽的破水声传来。

吴癞子离开了老实街，午后的困倦解除，老实街好像什么也没发生过。这一天如此，第二天也是如此。我们见到小郜，好像他对此一无所知。我们甚至感到他有些滑稽。看得出来，小郜根本不认识那些小喽啰的主子。就是说，小郜跟人较量了如许多的时日，竟连人的面都没能见上一次。到第四天，我们听到的可不是从古井传来的小石子击起的清越之声，而是真正的担忧好像巨石投进了深潭，訇然一声巨响。

我们惊呆了。老实街什么也不剩了，那些房屋，王家大院、张家大院、黄家大院、苗家大院；那些杂货铺、酱菜店、小五金店、馍馍房；那些院门，金柱大门、蛮子门、如意门；那些花墙、影壁，涤心泉、屋中泉、墙下泉，都已无影无踪。我们好像正生活在光秃秃的白地上，被毒烈的日头无遮无拦地烤炙着。

谁能救老实街？我们暗暗相互打量。老实说吧，我们经历了多少事，从民国起，兵乱、匪祸、政变，上溯五十年，各种的运动，朝秦暮楚，翻云覆雨，走马灯般，就没个定盘星，可我们心里明白。吴司机成了癫子，不就因为颟顸？

越是到了生死存亡的时刻，越得好好斟酌。刚从吴癫子口中听到那个绸衣男子的名字时，我们就知道了对手的强大，因为我们对此人也早有耳闻。那是个在济南天桥区跺下脚地皮颤三颤的人物。别说我们惹不起，即便做过历下区招工干部、爱来老实街走动的老常，又能如何？张树在省发改委工作，人家还有大前程，咱不可给人添不自在。我们原以为小葵惹了麻烦，哪想到麻烦会这么大。

这些日子，我们看见前街口张瘸子去过后街口唐二海家，后街口老朱去过前街口李蝌蚪家，莫家大院老王去过张家大院宋侉子家，左老先生去过黄家大院芈老先生家，开小五金店的汪德林去过白无敌家，苗凤三家天天有人来。林家大院的陈东风和胡家大院的张小三，平时就常在一块。九号院朱缶民先生、老简、老邱，抬头不见低头见。

没哭，没叫，没吵，没闹，而且我们越来越感到理智。

那天晚上，我们一大帮人静静会聚在黄家大院门口，有唐二海、苗凤三、左老先生、宋侉子、李蝌蚪、汪德林、朱缶民、陈东风、老简、老桂、老王等。白昼的暑热渐渐退去，涤心泉漾出的清气弥漫了一街。抬头看，又见月亮，一弯如钩，映在幽蓝的夜空。从哪家院子里，飘来一丝石榴花的馨香。

在儿子的搀扶下，芈芝圃老先生摇然而出。接着，我们一起默默无声地向王家大院走去。路过莫家大院的时候，谁也没想到朱大头已经等在了那里。

显然，这么多人的到来惊住了老郜。他腾地从椅子上站起身，两眼东张西望了一阵，才认出了人群里的芈老先生。

“您这是……”他说，“您坐。有事您老吩咐，怎能劳动您……”

芈老先生坐下来。其他人也有坐的，也有站的。

“给小郜说，罢了。”芈老先生恳切道。

朱大头朝着老郜使劲地点点头。

老郜看看这个，看看那个。最后，他说：

“罢了好。”

我们都没发现小郜一声不响地站在了我们后面。等看见他，我们霎时冒了一身汗。在灯光下，小郜的脸黑得像口深洞，但我们仍能分辨出那些疤痕。

“小郜，苦了你。”芈老先生说，“你就忍下一口气。”

过了半天，我们才附和：

“就是就是。”

小郜忽然露出一副想哭的样子。我们好久没见他这样了。这一刻，我们又怕了。怕他绝望。事实上，也怕自己绝望。

在我们世代生活的老实街，我们绝望了，这断乎是老实街之耻。还好，他只是举了一下满是疤痕的手，就无力地垂了下来。他嘴里嘟嘟囔囔的，我们好不容易才听明白。

“我不是老实街的了。”他低着头，寻找什么似的，反复小声嘟囔着，“我不是老实街的了。”

我们身上的汗在悄悄变冷。但是，他慢慢把头抬了起来。

“从此，我做的一切，与老实街无关。”他说。

8

有啥说啥，我们一直都在试图忘记老实街的这段历史。老实街到底没能躲过灭顶之灾，但不是毁在天桥区开发商手里。望着老实街废墟上一堆堆破木头烂瓦，我们不禁想到自己的抗争值不值。为了保全老实街，我们对自己的子孙如此无情。不过，虽有万不得已的成分在内，我们也只是偶尔感到怪委屈。

在那个夏末，对我们老实街虎视眈眈的天桥区开发商就被政府作为黑社会打掉了，案件牵扯出了一大批人，老实街也再次获得短暂的平安。

小郃在外面住了一个多月，回来了，可还是没有小葵的音讯。小郃回来的当天，我们都不好意思见他，看上去他倒不介意。我们都认为他扳倒不法集团有功，是个好警察，是他老郃家的骄傲，不亚于他的老祖宗。说给老郃，老郃却反对。老郃说，歪脖子病不好治，上边没包公这事想也白想！要他说详细些，他就说，下棋，下棋。

我们觉得老郃的精神好了许多，闲聊时又会时不时提起他的老祖宗。你道这农官后稷又有何名，有甚来历？原来单名曰弃……二十四孝之一，就是弃的子孙，明代孝子郃茂质。说起来一本正经，着实无趣。

这年入秋，犯了秋老虎，国庆节后还热得受不了。一天下午，隐隐听得北边什么地方响起一声沉闷的爆炸声，脚下也有震感。消息很快传了过来，历黄路一辆本田汽车爆炸，伤及两位行人，车上有人被炸个稀烂，现场惨不忍睹。目击者称，车上仅有司机一人，而且是位女司机。

三日之内，凶案告破。万万没想到幕后指使竟是济南市一副省级曹姓高官，被炸死的女司机则是他的秘密情妇！据高官主动交代，他与情妇相识于东方大厦的一次宴会上。以后两情炽热，交往频繁，一年前又于金鸡岭下租了套小别墅，作为两人约会场所。情妇起初对他并无过多要求，使他认为自己得到了人生真爱。住进别墅后，情妇却开始一再怂恿他搞掉天桥区那个开发商，并历数开发商的恶行。不料这却成为他落马前的最后一桩政绩，可是，情妇突然提出就此而别，而且去意已决。一则用情颇深，二则担忧情妇知情甚多，恼恨中便生杀意，以绝后患。虽经过了与市直某单位亲信细致的谋划，却仍旧难逃法网。根据他所提供的信息，死者的真实身份查无可查。案件轰动全国。

小部作为排爆警察参与了破案。检测结果彻底推翻了炎热天气里汽车自燃的揣测。造成爆炸的是严格管制的烈性 TNT 炸药！

大明湖北的历黄路旁，一个颊上微微有疤的年轻警察长久仰望苍穹。或言其如渴盼甘霖。是年雨水少，城外庄稼不旺，城里泉不旺。或言其如观烟火。古老的穹顶，烟火怒放，花雨乱坠。

我们老实街的小部，大名部浩。一旦获悉案件来龙去脉，即刻朝历黄路狂奔而去。数日前，于此地，其曾与一无名女子委弃一地的残肢断体、血和肉那么近，亦曾不慎践于履下。而今漫天起烟火，如同是在盛大的节日，整个济南城都看得到。

黑虎泉
2018

第八章　八百米下水声大作

1

我们老实街公认的异人，是小耳朵。他能听到地下八百米。你尽管认为传说不实，但信信无妨。他住九号院，姓周。他爹也是小耳朵，这没什么稀奇。同样的小耳朵，却没他耳朵尖。他招呼小伙伴去打野猫，从街上走一趟，将耳一仄，就能探知野猫藏身何处。这样疯，显见的不利养成老实宽厚之品格，但那几年，我们老实街上，野猫泛滥成灾，也不知从哪儿来的，若非此故，谁家大人都会阻止。看这小孩支棱着一对小耳朵，在街上跑来跑去，兴致勃勃地察访野猫踪迹，大人们就觉得特别逗，“小耳朵”的外号也就叫了起来。

那年，他上初一，大旱。从初春到芒种，滴雨未下。护城河那儿的黑虎泉，三个石兽头，只剩一个喷水，还有丝气无丝气的。趵突泉公园没一眼泉在冒泡，省人大院内的珍珠泉，也成了一潭死水。

老实街人都在为街口半死不活的涤心泉担忧。那些上岁数的人，一遇异常天气，就联系人间世道。

“破四旧”才过六七个月，从院前街古籍书店搜出来的古书，在马路上一烧就好几天，沥青都烤化了。大明湖北极庙的泥塑，也都被推到了湖里……

在老实街，小耳朵有个特别要好的伙伴，就是王家大院老祁头的小儿子，比他大两岁，却与他无话不谈。小耳朵郑重其事地告诉小祁，水要来了，他能听到八百米之下，地下大水在翻腾。小祁并不以为他在发烧，还说他将来能到气象台或水利局。

小祁的意思是，有他那样尖的耳朵，可以到气象台或水利局测量地下水位。

涤心泉没断流，几天后，暴雨骤降。当夜，满城的泉就都旺了。

后来他也没能去测水位，而是要求插队去了嘉祥。小祁早他三年，一次开山时被乱石崩死在了那里。

小祁死讯传来，小耳朵失声号啕。

在几百里外的穷乡僻壤，小耳朵一共住了九年，回城时却还是光棍一条。我们常见他一个人低着头在街上默默地走，都认为他在寻找故去的小祁。他既与小祁交好，按理会去王家大院探望小祁的父母，但他走遍了老实街的人家，唯独不去小祁家。在街上碰见老祁夫妇，也没有多少亲近的表示。

老实街上不可能再有一个与小耳朵情投意合的小祁被他找到，我们便故意问他是不是在倾听地下的水声。他不否认。再看他阴郁的样子，果然更像是在凝神探听。他在苗家大院的墙下听听，在张公馆的墙下听听，也像我们听到了来自地层深处的大水在喧响。这让我们感到有趣。

但这样的一个小耳朵，是让父母担心的。好在他很顺利地被安排在了街道劳保厂当仓库保管员。他薄相，不好找老婆，偏偏去了劳保厂就被一个女工看上。因是本厂双职工，还在九号院分了间职工宿舍。

那女工近于全盲，他不在意。女工漂亮，脸儿粉嘟嘟的，像个洋娃娃，只是左边耳垂下面有小块暗疤，搭眼一看像戴了只天然的耳坠，偏她小名儿叫坠儿！她眼神不好，不爱说话，却又爱听人说话。不管听别人说了什么，脸上总是带着一抹甜甜的笑意。要不多嘴的人惹人嫌呢。坠儿认真听人说话的样子，极让人喜欢。

小耳朵得了心爱的女人，脸上阴云一扫而光，像小时候一样快活起来。即便生下的儿子在一岁半被发现了异常，也没影响到他的快乐。

儿子没有学说话的迹象。眼珠也黑，也亮，却发直，眼前的人不论是谁，都好像看不到。这使人想到了街上的穆二米德，小时候也是这样。果然，去齐鲁医院做了检查，被诊断为自闭症。等他长大些，就只爱蹲墙角，像在凝听墙后的声音。与小耳朵不同，随妈，是大耳朵。

这样，一家人中，有两个大耳朵，和一个小耳朵，妈是福相，跟了小耳朵，没受过一天气，儿子也应当是有福的。所以，从小耳朵脸上，才看不到一丝愁容。

九号院是金柱大门，三步台阶，有前、中、后三进院落，只有老实街上的李家大院可比，李家大院为民国时期一李姓旅长的私家宅院。小耳朵一家，住九号院中院西的一个辅院，原是马夫和用人的住房。他的那间房子又在这辅院的西北角，门前还有一架邻居搭建的木棚，就像深藏在了世界的背后，难以被找到。在这个僻静的角落里，从没超过二十瓦的白炽灯下，一家人常常饶有兴味地侧耳倾听。

听着听着，女人就温柔地低声问道：

“他爸，听到什么了？”

“李汉轩回来了。”

李家大院的李汉轩在济南第一机床厂上班，每天下班很晚才能回到老实街。第一机床厂是济南市一家大型老国企，远在城区西南，可不如历下区的小厂近便。小耳朵夫妇吃罢饭出了门，走不了几步路就能到隔壁的单位，一年下来省了多少颠簸。每想到这个，小耳朵就倍感知足。小耳朵微微一笑。

“还听到什么？”过了一会儿，女人又问。

“桂小林去上班。”

张家大院老桂的儿子桂小林上个月退伍转业，分配到济南铁路局当列车员，隔三岔五要上夜班。

“猫。”儿子说。

“可不，左门鼻的猫捉了一只小鼠子。”女人说，语气里是有欣慰的，因为这是儿子所听到的，而且也是她自己所听到的。

他们又一起静静地倾听。

“听没听到银钱儿响？克啷克啷，小鼠子在大搬运哩。”小耳朵神秘兮兮起来，慢悠悠地说，“那年在嘉祥梁宝寺有个快死的老道士，要教我五行遁法，我没学。吾奉太上老君急急如律令……我要学了呀，不愁几辈子没有银钱儿花，可轮不到小鼠子们。是吧，乖儿子。”他伸手把儿子搂在怀里，过了一会儿，又轻轻把女人搂在怀里：“银钱儿都在水上漂，白花花，像没摘的棉花……天灵灵，地灵灵，老子君在上……老实街，宝地，地下有的是银钱儿。”

2

儿子长到五六岁，小耳朵被允许生了二胎，是个女儿，还是像妈。女儿没毛病，小耳朵的爹很喜欢，有空就抱孙女坐院门口，玩几粒黄花梨木算盘珠子。这老周原是苗家南货店的伙计，娶的是苗家大院烧茶送水的丫头。他自己对人说，他从苗家得了两大宝，一把算盘珠子，一个听话的老婆。在他心目中，他不想一辈子当伙计，但还没等熬成出关、账房，苗家就变卖产业，举家迁回浙江祖地。一架算盘散了，主人不屑带走，算盘珠子也就沦落到了他的手里。他一直认为自己没能升职皆因自己天生薄相，老婆也薄相。他名字叫雀儿，老婆叫浅儿。小孙女酷肖她妈，粉嘟嘟，看着都香。小孙女的馨香，光在老实街飘荡还不成，他要让小孙女的馨香飘到全中国去，就给取名国香。

——周国香！啧，这名儿，谁也不能说小气。小耳朵觉得像上一代妇女叫的，但仍旧依他。

忽然有一天，我们听说老祁头要收小耳朵的儿子当学徒。等看到小耳朵把儿子领到王家大院，就都觉得这是桩皆大欢喜的事情。老祁头出身剪纸世家，幼习剪纸，练就了一手剪纸本领。你说要剪个什么，不用给画稿，他只消默想一下，瞬间可成。剪百狮，剪百虎、百龙、百凤、百鸡、百猴、百狗、百羊、百马，栩栩如生。当年还剪过天安门城楼上的伟人像，一张大红纸，长三米，宽两米，被省“革委会”大张旗鼓送去北京，做了国庆十七周年献礼。老祁头的“剪毛功”可谓独门绝技，一厘米宽的纸上，足能剪出三十九根细毛。不论剪人，剪物，竟有毛茸茸之感。小祁一死，剪子就丢在了一边。屈指算来，已过一十五载。现老祁头重拾故技，且有心收徒，我们也都替他欣喜。

小耳朵从王家大院出来，神情很美。

对过张家大院的锁匠卢大头，正要去街口摆摊，抬头看见了他，就随口笑问道：

“今年水头不小吧，小耳朵？”

不管谁问，小耳朵都一贯地逢问必答。他蛮认真的，仄了一下脑袋，伸手扯起耳朵来，倾听着。“不小。”他言之凿凿，“水头冲上来了……”

“那依着你，”卢大头笑说，“涤心泉不会停喷喽。”

“不光涤心泉不会停喷，趵突泉、琵琶泉、珍珠泉、黑虎泉，都不会。”

“借你吉言，我卢忠信有的泉水喝了。”卢大头说，“我呀，可是一天不喝口泉水就浑身不自在，——你还在听什么？”

“穆大家会有一眼泉，”他说，“水头顶着了我的脚心。”

谁都知道，穆大阿基、穆二米德两兄弟生性孤僻，从不与人往来。很多年都没人能走进他家紧闭的小院。

卢大头要去摆摊，说话一多，觉得耽搁了工夫，就慌了起来。“水头是什么？”他不由得小声嘀咕一句。

“水头就像一条条大蛇。”小耳朵说，“大蛇在地下冲撞，滑溜溜。蛇头冲撞到谁家，谁家就会冒出一眼泉来。”

“那是。”卢大头胡乱应一声，慌慌地走掉了。

小耳朵一脸迷醉的表情。他浑然忘了眼前的一切，忘了自己也要去上班，看上去就像又身处在几年前。那时他刚刚返城，面色黧黑，在老实街上举止笨拙，若有所失，像个外人。实际上此刻不同，脚步所至，每个角落，幽深的地下，岂止八百米，都会有清晰悦耳的流水声被悄悄唤醒。妙处在于，这水声还只被他一个人听到。六合八荒，往古来今，就他一个。你说他是一个，可他又是全宇宙；你说他在老实街，他却又在城南，在城北，在地宫，在云霄；你说他是小耳朵，是坠儿她男人，周国香她爸，劳保厂仓库管理员，可他又是脚下一块青石板，是房上瓦当滴水，墀头雀替，从房脊上掠过的一只野鸽子，一丝云气，一片天，还是院子里的石榴树，窗台上摆的月季花，土里的石头、碎瓦，祖先遗失的财宝，铜钱、金锭、银锞子，草棵里的小虫儿，是远逝的光阴，也是眼前的一霎，是那些还没过的无穷的日子。这么说吧，有的无的，看得见看不见的，摸得着摸不着的，他都是。他是天上的星辰，也是唯他的耳朵才能听到的水声，它们犹如大大小小的玉片，洁白圆润，闪闪烁烁，在他一个人的世界里簇拥着他，像簇拥一位承平日久的天子。

就这样，小耳朵在老实街上好像天子出游，从每家院门前走过，走到前街口又走回来，来来回回，走走停停，满耳朵水声叮咚。直到劳保厂的厂长亲自来叫他，他还沉溺在水声的欢呼里。从天上回到人间，眨巴了几次眼，才看清面前的厂长。

“一厂子人都在等你开工！”厂长不无怨气。

这一天，注定在小耳朵的一生中像宝石一样熠熠闪亮。天气前所未有的晴朗，万里无云，阳光至纯，给整个世界镀了薄薄一层银粉儿，和风拂面，微微含着奇花异卉的芬芳，好像今后再也不会碰上这么好的天气。

小耳朵一咧嘴，无声笑了。

厂长生气不得。

我们好像忘了，仓库保管员蛮重要的。小耳朵尽职尽责，反正仓库里有的，就不会从他家找到。他比别的职工有更爱劳保厂的理由，因为两口子都在劳保厂上班。为了避嫌，他也从不使劳保厂的产品。厂子生产手套、口罩、工作服、安全鞋、安全帽，有时会将产品作为福利发给职工，他从来不要。他老婆要不要他说不管，他只要管住自己。因为他的天赋异禀，厂子几年来就没丢失过什么东西！剪子找不到了，问他。螺丝扳手找不到了，问他。不过是侧耳一听的事。在我们老实街，谁家丢了东西也找他。独眼马二奶奶有只收藏多年的银顶针，被她看重，突然不见了，来问他。他说，在屋东北角床下的一道砖缝里。马二奶奶当初还不信，非要把他叫到家里去。他直接走到床边，趴下身子，就从床下的砖缝把顶针找了出来。马二奶奶疑他会梅花卦。“通观三卦与时令，时令人卦定发生”，他却是从没听说过的。

厂长信任小耳朵，不是没来由。厂长不可能真的跟小耳朵生气。

他们一起往劳保厂走去。不知不觉中，厂长的脚步竟落在了小耳朵后面。小耳朵比他略高些，虽然耳朵小，但还不至于像他那样尖嘴缩腮，一头黄毛，头上一撮，两耳上又各架一撮，像个土里钻出来的黄毛怪。

常言道，不比不知道，一比吓一跳。看此情此景，我们不能不联想到劳保厂的未来。

从小耳朵娶了劳保厂女工坠儿，他年年是模范，得了奖状就挂墙上。再说，厂长不是我们老实街的，而且患有慢性肠炎，迁延不愈，一天能上五十趟厕所。每天下班后，厂长还要走回北边他家住的洋楼西街。看到他抢命般，从老实街急急忙忙往洋楼西街赶，我们就知道，他又快忍不住了。传言他跟历下区管招工的常主任有些亲戚关系，不然也到不了劳保厂当厂长。既然能到老实街上的劳保厂来，距洋楼西街近的厂子，自然也能进的。

我们老实街向来崇尚忠厚老实，任何有违忠厚老实之原则的闪念，都会让我们神经悚惧，脊梁骨发冷。当时，尽管并没多作深想，看着与劳保厂厂长一前一后走过的小耳朵，我们心里的敬意仍旧隐隐泛起，觉不出丝毫招笑之处。

3

一厢情愿的事情，历来数不胜数。小耳朵到底没当上荣耀的劳保厂厂长，不仅没当上，劳保厂还没了。别说我们老实街人见不到那个黄毛怪，洋楼西街的人也见不到。他去外国治病，再也没回。可是，小耳朵一直没出老实街。在老周之子、两个孩子之父、国香妈之夫之外，我们已经明确给他加封了一个长长的名号：

“泉城义务地下水位播报员”。

劳保厂厂址原是一家民宅，属于历下房管所的“经租房”，为劳保厂所借用。劳保厂没了，小耳朵只剩下一大串仓库钥匙，开什么门，开什么箱什么柜，足有十把之多，随身带在裤兜里，哗啦作响。

像小耳朵这样需要自谋生路的，老实街可不止他一个，仅在九号院，几乎全是。早办了退休的，倒好，像老简。老简的儿子一没工作，就赖在了父母家。还有一些自以为本事大，作死的。李汉轩就是一个。一机床是大型国企，多少人羡慕，偏他早早办了停薪留职，与弟弟李汉堂倒买倒卖，富了穷，穷了富，折腾个没完。政府不是没管大家，下岗职工再就业的文件，市里发了区里发。从市到区，政府都在出面组织提供就业岗位，对此，小耳朵有看法。再怎么好的工作，都不如他那个劳保厂仓库管理员的职位。也就是说，小耳朵对政府专为“四〇五〇”人员提供的城管、环卫等公益性岗位无动于衷。“四〇五〇”是指四五十岁这个年纪的下岗职工。起初，他曾被历下区园林局录用为泉城广场的综合管理员，只干了一个上午就跑回来，说，泉城广场像块刚出锅的烙饼！看他每天闲着，居委会的干部坐不住，来找他做工作，他云淡风轻：“嗯，钥匙在呢。”说着，就慢条斯理把钥匙掏出来给人看。那意思明白着呢，钥匙在，他的工作就没丢。

小耳朵整日乐呵呵的。看他一眼，你就会想到，生在老实街，即衣食无忧。老实街的空气都能吃。老实街古风犹存，既是棉花，又是食粮。老实街的生活，每时每刻都是喜悦。来人问路，你去热心指点，人家道谢而去，能让你心里美半天。喝了两盅酒，吃了两筷子合适的下酒菜，又能怎样？

从早到晚，小耳朵就喜欢在老实街两头张望，不过是略微觉察到有路人将要问路，一股美妙的战栗就会刹那间袭来，全身都像通了电流。与此同时，两只眼炯炯冒光，两只耳朵也会支棱起来打扑闪。

他丢了劳保厂仓库，实际上呢，又得到了老实街。他就是免费给老实街看大门的！老实街所有的人家，他都了如指掌。那些老宅院，他也了如指掌。他早就断定穆大家有泉，果然在穆氏兄弟去世后，就从正屋角落发现了脸盆大一眼泉，后被历下区爱泉协会命名为“浮桴泉”。谁家丢了东西，也还找他，一找一个准。虽然他依旧不承认跟梁宝寺老道士学过五行遁法，我们确实有所怀疑。

但是，他去黑虎泉读取水位的行为，实令我们有些失落。长久以来，我们都将其视为神异之人，俨然我们老实街上的顺风耳。“文革”中那几年，他哪里是去嘉祥县插队落户！分明被青城山老道收了去，学了星象星命，又学奇门遁甲。辟邪招魂驱鬼，俱不在话下。掐指一算，便知天机人命，生死祸福。老实街的天上地下，过去未来，都瞒不过他。多少老实街的秘密，俱为他看得一清二楚。莫家大院左门鼻老先生的爱猫，半夜被人剃个精光，着实引发了我们老实街人的一番惶恐，且悬疑至今。依小耳朵的灵通，未必不知谁剃的、为何而剃。小耳朵却从未对人透露，无非出于仁义之心。小耳朵也并未表现出更多神异，岂不正应了“真人不露相”也！

如今，小耳朵每天要跑一次黑虎泉，从不间断，因为那里安装了浮子式水位计测量。得到了具体的水位高度，就赶回老实街发布。

小耳朵听觉灵敏，据他说能听地下八百米，但他说不出八百米以内具体的深度，结果异人如小耳朵者，终究还须借助劳什子“浮子式水位计测量”！实在是拉低了我们老实街人对他的想象。

“二十八点零七米。”

“二十八点一一米。”

“二十八点一三米。”

……

得！泉城义务地下水位播报员，而已。

实话说，整条街上，数他家过得最差。他同厂的工友，即便厂子没了，也都好歹找点事做。从前街口到后街口，就他一个人，游手好闲。苦累的，路远的，不体面的，皆不做，一味嫌好道歹。他唯一一次去应聘泉城广场的综合管理员，还是经了居委会和大伙儿的一番好生劝说！这些年里，他的老婆什么活儿没做过？摆摊，卖菜，收破烂，卖报纸……她眼神不好，直到五年前受人指点，才现学了推拿。当时我们见她出门，都不知道她要去天桥区无影山路的一家洗浴中心去上班。问她，她只是笑笑。问小耳朵，也一笑了之。我们还以为她找到了好的工作，责怪小耳朵不去送她，他就满不在乎地说，她看得见。时间一久，大伙儿也就心知肚明。后来她才到了南门外的索菲特银座大酒店。虽然我们都知道做推拿也并不一定见不得人，但还是有所避讳，人前人后装着不知。看得出来，小耳朵也不想让人知道。银座大酒店有白班夜班之分，不管上什么班，就像他老婆在老实街消失了，就像他成了光棍。

他不爱回家。家里常常留着儿子一个人。儿子没能跟老祁头学成剪纸，反而爱上了剪子。手里不能没把剪子。一刻不停地咔嚓着，他爱听那响儿！小耳朵两口子也都放心，因他从没伤着自己。女儿在济南八中，有时放学回来还要给父子俩做饭。喊他吃饭时，他不是在左门鼻家的小百货店，就是在李铨发制笙店。他觉得自己跟这两人最要好。左门鼻惯会夸人，李铨发不知真假常请他听音色，他觉得这是向他求教，自然跟他亲近。杜福胡琴店从没请过他，他就少去。

我们老实街的拆迁，终成定局，也就是说，小耳朵在失去他所热爱的劳保厂仓库之后，即将跟我们一起失去老实街。为了保住这道老街，我们有过抗争，但正如老年人所说，胳膊拧不过大腿。近十年来，济南城消亡的老街巷、老建筑，多了去。从老火车站、八卦楼算起，哪不是政府一句话？陆陆续续，每家都签了动迁协议。树倒猢狲散，食尽鸟投林，老实街拆迁之日，说长不长，说短不短，就在一年之后。为官的，有钱的，自有安排，那无权无财的，也就等着去住东郊燕翅山友谊苑的安置房。

那整个九号院，乱搭乱建的，早看不出当年状元府第模样。前院和中院间的垂花门，十年前就不见了踪迹。房子上那些看似无用的挂罩、格栅、雀替，多被人拆下来生了煤炉子。各家之间，近无容身之地。三个和尚没水吃，我们老实街像九号院的，还没有，因为这里聚集了多家单位的职工。像小耳朵这类人，一家四口守着一间破屋，平心而论，过得也很不成日子。可是，他想在门前搭个棚做饭都是奢望，因为门前就巴掌大一块空隙，放只炉子就占满了。天不下雨，人站外面做饭；天若下雨，人就得躲屋里把勺子伸出去。他家的饭勺，把儿长，是另接了一截竹棍儿！

依我们看，能到友谊苑去住两室一厅的房子，倒好些。

4

说白了，还都是我们世世代代老实街居民的能耐。上溯百年，兵燹天灾，兴亡分合，世变风移，天下有的，济南有的，老实街均未能免。眼看他起朱楼，眼看他宴宾客，眼看他楼塌了！到头来，老实街还是老实街，街口那眼涤心泉，也还在汩汩长流。

说千道万，其实这日子，你想把它过成什么，那它就是什么。我们老实街居民向为济南第一老实，却能把老实街过成熙熙和乐的世外桃源。多少年了，老实街从未弃老实之风，邻里和睦，斯抬斯敬。伤和气的事，不能说没有，也是少见。还是那句话，你信不信的吧。

即便我们顺从政府意志，签下动迁协议，我们也不想走。只是，我们一时还想不出，一年以后迎接我们的究竟是什么。若问有没有改变，只能说似乎相互更客气了一些。小耳朵在我们眼里失去了往日的灵光，我们又怎样？早多了小心。

这样说，你或可理解那天一早当我们听说苗家大院北墙下被盗挖了一个坑洞时的惊愕了。在清晨尚不明朗的光线里，那个坑洞是那样刿心怵目。显见坑洞是在夜里被挖的。很多人都不由得想到了小耳朵。

当年小祁命丧嘉祥澹台山，小耳朵说，他前天下午就听到了爆炸声。长久以来我们都认为他天赋异禀，能听到深远的细微的响动，对，夜阒人静时的盗挖也不可能瞒得了他的听觉。

自然，他得醒着。

大家怪异的反应，很快就被我们感觉到了。坑洞是从墙外挖的，幸好没挖进人家的房子里去。除了最初来看的人发出几声议论，再来的人，几乎没有作声的。

看两眼，就悄悄走了。

连报案都没想到。

天大亮了，老实街上依然静静的，像老猫在瞌睡，也像整个世界的喧嚣都已退去，整个世界像一个巨大的空洞的黑屋子，当中只摆着一块钟表，机械地轻轻地发出指针的转动声。咔嗒，咔嗒，不停数着无意义的数字。

我们知道，那其实是我们在暗暗盘算着老实街上的每一个人，而我们明明知道，这种盘算也毫无意义，因为我即便觉察出哪个人有嫌疑，也不会说出口，最终只能在自己肚子里烂掉。我们没有什么时候比这一天更是老实街人，老实街自古流传的老实之风已浸入我们骨髓，化为我们的血液。

王家大院白无敌、郜靖棻，刘家大院朱大头，莫家大院左门鼻，九号院老简、朱缶民、小耳朵，制笙匠李铨发，鞋匠宋侉子，开馍馍房的苗凤三，前街口张瘸子、李蝌蚪，后街口老朱、唐二海，一一从我们脑海中闪过，几乎没人留下痕迹。

我们当然注意到了那些上下夜班的人，比如老桂的儿子桂小林。他凑巧那天夜里跑车回来。你以为我们会去问他走回家门时发现了什么异常？实话说，不管我们从事哪行哪业，俱得老实街温柔敦厚之教化，哪里再会行莽夫鲁汉之为？记得桂小林在街上露了一次面，只是往苗家大院望了两眼。

他去涤心泉汲水，回来路过左门鼻老先生的小百货店，停下来买了一包烟。左老先生问他不是戒了么，他说戒不了。左老先生说还是戒了吧，他就说下次。

他又说："下次不给你钱。"

左老先生说："不给钱就不卖给你，看你戒不戒。"

这是说着玩的。两人的声音都很小，像怕人听到。

他走了。"出门见喜！"左老先生在店里说。

在街上，他一手提着水壶，一手抽出一根烟来，安嘴上，没点，无声地叼着。

这苗家大院的原主人苗家，当年可是富甲一方，就像王家大院的王姓盐商，张公馆的开典当铺、估衣店的老张家，还有只剩一个后人在济南的老花家，也都富得不得了。别说这些个富户，就是那寻常人家，在院子里莳花弄草，也常能翻检出旧年的玉镯、耳环、银钱儿来。偏偏我们没想到，在这些老宅院的地下，掩埋了多少宝藏！苗家大院究竟被人盗挖出了什么，还实在不好说。

笼罩着老实街的气氛这么微妙，以致有了重量，黑沉沉地压在我们头顶，让我们相互说话都似乎赔着小心，就像左老先生和桂小林那样。

那几天，我们怕是连小铲子都不敢去摸一下的，更不用说去动那些铁锹、镢头、镐。

铁器都长了牙，会咬手。

我们老实街居民向以老实为荣，可如今，一不在意，似乎就能暴露我们的内心。几百年的道德自信，难道就一无用处了？不瞒您讲，没谁生来就是圣人。圣典在先：蓬生麻中，不扶自直；白沙在涅，与之俱黑……我们倒不觉得有多奇怪。

忽然有一天，小耳朵的儿子手拿一把剪子从王家大院飞跑出来，后面跟着弓腰缩背的老祁头。

这些年里，小耳朵的儿子在老祁头家里的时候居多，简直就是老祁头的亲孙子。小耳朵的儿子从来没有跑得这么快过，让我们都看愣了。只见那老祁头一边紧追慢赶，一边扯喉咙大喊：

“看好各家的花！”

我们好生纳闷，花惹谁了？有人偷花不成？

小耳朵的儿子从我们跟前飞奔而过，大剪子的咔嚓声一路相随。他到了苗家大院的门口，正巧他爷爷出来，惊了一跳。他爷爷住苗家大院，要上前拉他去家里，他挥舞了一下剪子，我们只听哎呀一声，他爷爷急忙躲闪了一下脑袋。

老祁头也追过来，一边气喘吁吁地叙说着：“剪纸没学成，倒剪起花来了！”

小耳朵的儿子没停，继续东剪一下，西剪一下，往街口跑去。我们眼看老祁头追过去，就回头问老周被剪子碰着没有。

幸亏老周躲闪得快，不然，脸就被剪子划破了。他立在原地说话的时候，就像小耳朵的儿子不是他亲孙子。这也难怪，老祁头替代了他。况且他的心里，周国香比谁的分量都重。在他对未来的展望中，周国香能上一本。他是富商苗家的伙计，长期耳濡目染，也拨得一手好算盘。他从周国香小时就给她玩算盘珠儿，自然也教她。别看周国香是个女孩儿，历来数学学得好。

不知不觉地，老实街又回到了往日，可以说，像是一个假死的人，又活了过来。

有人从街口搬来个大西瓜，就招呼大伙儿去家里吃西瓜。还有人想起来家里的花草该修剪了，就说，月季花长疯了。

人们渐次散开，老周随后回到他已经住了大半辈子的苗家大院。

5

长久以来，我们习惯于只看眼前，眼前的人、物、事。小耳朵扬言能听地下八百米，我们信则信，实则有些调笑的意思。子不语怪力乱神也，你当世上真有顺风耳、千里眼？发生在苗家大院的盗挖，无疑是个提醒，老实街的地下，也另有乾坤哩。不管你承不承认，我们老实街居民历来都是生活在无尽的财宝之上。这些财宝就是土地，是石头，是水脉，是地下未知的一切。如果没有这件事发生，连同地上的这些老宅院，也许都要被留在原地，或被掩埋，或被损毁。一年以后我们究竟从老实街攫取了多少无主珍宝，只能成为当事人永久的秘密。但是，每逢想到我们留下了一个以各种借口被掘地三尺的老实街，我们都会难掩羞愧。

记得老祁头和小耳朵的儿子从街口慢慢走来时已日近黄昏。小耳朵的儿子怀抱一束即将开败的月季花。当然，一只手还是未离那把大剪子。一块白毛巾缠在花束上，肯定是为防扎手。看得出毛巾很新，那是老祁头现买的。

月季花黄的黄，粉的粉，向黄昏里的空气，散发着最后的馨香。

小耳朵的儿子，神色安宁、满足，走在他后面的老祁头，则是一脸的慈蔼。这一老一少，在青石板路上从容走过，一个古貌古心，一个天真未凿，宛如正在穿越老街巷的百年沧桑，令人怦然心动。

两天以后，来了个收长头发的，自称福建泉州人，骑着辆粗笨破旧的所谓“三大一吊”“大金鹿”自行车。吆喝着收长头发，却又什么都收。驮在车上的竹筐里，有残缺的字画、古书、瓦罐，有旧照相机、旧收音机、旧唱片机，还有些黑乎乎的烂木头，看不出值不值钱。

“收——长头发——！”来回吆喝两遭，没人理他，就支下车子，取出一只旧洗脸盆，举过头顶，敲两敲。

王家大院的老郃汲水经过，这福建人就向他索了半盆清水，放在路边一块上马石上，盖上一张《齐鲁晚报》，然后端肃了形容，微闭双目，念念有词起来。看他古怪，一时就有不少人好奇地走近，而我们也早早联想到了小耳朵。

“吾奉太上老君急急如律令……”只见这福建人将手在半空里抓一把，地下抓一把，东抓一把，西抓一把，倏忽间，手伸到了水盆里，抓出了一块晶莹洁白的鹅卵石。

老郃见过一些世面，当时就看出来这叫“水盆摸钱”的把戏。一块鹅卵石就已经惊起了人们的一片唏嘘，但这福建人又接连从水盆里摸出来一把铜钱板，两块袁大头，一个鼻烟壶，一个翡翠手把件，一只拇指大的玉佛。更让人惊奇的是，他把手放在水中一分多钟，说有高人在场，宝贝吓跑了，却突然摸出一把水淋淋的剪子来！

我们老实街人，岂有认不出这把剪子的道理？瞬息间，我们都屏息住了。可是，在我们眼中，那福建人的身体就像在慢慢凝固，脸上飞扬的神采也在一点一点消失，甚至开始惶悚起来。顺着他的目光，我们看到了不知什么时候站在人群后面的小耳朵。下意识地，我们给他闪开了一圈场地。

人还是那个人，神情却颇令人玩味。说他在看着眼前的人，他却像看着整个世界。说他像看着整个世界，眼里却空洞无一物。说他两眼空空，却又能看出笑，看出哭，看出怜悯，看出嘲讽。说他睥睨一切，他又似仅仅被眼前的一颗生锈的钉子吸引住了。他往人群里看，就像在看这颗钉子——不是钉在门上、墙上，是钉在心里，正钉在心尖尖之上。怪不得那福建人很快就受不住了，匆忙向他深施一礼，把剪子、铜板、袁大头、鼻烟壶、玉佛等物，一股脑儿送还给在场的老祁头，随即收了脸盆，忙不迭骑了“大金鹿”，逃也似的歪歪扭扭向街口走掉了。

别说是老祁头，我们好长时间也都没能缓过神。

剪子固然是老祁头的，但那铜钱等物从何而来？

“二十八点二八米。”小耳朵嘟囔一句，不顾我们的惊诧，旁若无人地从我们中间，向九号院走去。此时我们依然呆如木鸡，竟忘了给他让道。

雷声隐隐，天上乌云齐聚。

周国香从前街口走过来，我们招呼她：“放学了，国香？”她匆匆忙忙的，边走边给我们点点头。我们知道，她还要回家做饭。这个姑娘，真的很像她妈，平时话也不多，很招人喜欢，不怪老周疼她。

到了午后，这场雨才下，好大。

雨住了，老实街上四处都是淙淙的流水声，草木青翠欲滴。

第二天，水位涨了不少。

“二十八点三三米。”

“好么。”

老祁头与小耳朵的儿子走出家门。问他去哪儿，他说要去泉城广场。他们从小耳朵跟前经过，小耳朵没有任何特别的表示，好像老祁头领走的不是他的儿子。他们走了过去。

“这个老祁呀！”过了一会儿，有人叹息一声，没再说什么，可是，我们却觉得灵犀一点，什么话都说过了。说了很长的故事，从他前辈说起，他的剪纸被送往北京，小儿子在嘉祥澹台山被乱石崩死，差点要了老两口的命，大大小小的事，自然少不了那些来历不明的古玩。上年岁的人记得他的剪纸其实是跟他姥爷学的，他娘也甚是精通。本来他家收藏了成千上万幅剪纸样子，“破四旧”交出去一些，因为小祁的死，剩下的也不甚珍惜，至今已所剩无几。

我们看到前街口李蝌蚪的娘蓦地扁了扁嘴。

“俺二闺女出门子，老祁给剪了这么大个团花哩。”她比画了一下，也就说了这一句。

逢年过节，老实街上哪家没请老祁头剪过窗花，剪过春字喜字福字呢？看来，这门剪纸手艺是传不下去了。

嗯，那又怎样？

以后，老祁头每天都会带小耳朵的儿子去泉城广场修剪花草当耍。有去泉城广场散步的，一问才知道，那里有个花匠与他相识，家是南券门巷的。花匠还说将来打点打点，小耳朵的儿子或能进公园混口饭吃。在泉城广场耍个一两个小时，老祁头也会跟着小耳朵的儿子一起，出奇地心平气静。

他们回到老实街，径直向王家大院走去，我们也不是不想把他们叫住，却似乎有些难以启齿。

“祁大爷！”前街口张瘸子的声音让我们一愣。

回头一看，张瘸子平地冒出来的似的，趔趄着追过来，不由分说，捉住小耳朵的儿子的手就往他的家里拉。

“前几天下了场雨，花都长疯了。”张瘸子笑嘻嘻的，“我请周公子给修剪修剪。”

我们知道的，张瘸子爱养花，家里四处摆着花盆，两扇窗前不大的空地也都被他种上了花。他种的月季特别好，有大朵的小朵的，有藤本的非藤本的，颜色更不用说，开起花来，满眼姹紫嫣红。一株杂交大朵黄和平，长了两米来高，根部手腕子粗，是他的最爱。这花奇香，隔道街都能闻得见，泉水都能被它染香喽。我们老实街各家所植的月季花，苗材大多取自张瘸子家。

我们竟眼睁睁看着小耳朵的儿子被张瘸子领到他家去了。

啧！

6

依张瘸子的意思，不就是几枝花么，既然小耳朵的儿子爱剪，就剪去！要么。也别说，这小子有那天分，剪得特别是那回事儿。老祁头也是的，没教会他剪纸，倒教出一个花匠来。

从这天开始，好多人都爱把小耳朵的儿子叫到家里，请他修剪那些花花草草。你说改日住上楼，能把这些月季海棠都带了去？还不都给砸墙底下了？

请了小耳朵的儿子，也没忘老祁头。早早沏上一壶好茶，等他来喝呢。

老祁头到了街上，我们都想跟他说说话，已经再也没有啥不好意思的了。还有人走到王家大院，带上红纸，请他剪福禄寿喜、长命百岁、坐莲娃娃。老祁头人好，来者不拒，手艺也好着呢。来的人看一会儿，就能看迷了，止不住叫起好来。将一个红簇簇大团花拿回家，还不忘告诉人，要请老祁头剪团花，可别忘了自带红纸。你晓得的。

这就引来了一家省报的记者。老祁头埋没已久，终在老实街即将消亡之日被外界发掘，不能不为之庆幸。老祁头向记者展示了他的收藏，说及小祁的死，老两口止不住老泪纵横。记者注意到一旁的小耳朵的儿子有异于常人，问是谁，众人替老祁头答道，是老祁头的孙子，在学剪纸。

采访很快登载出来，我们都看到了那张报纸，上面就有老祁头指导小耳朵的儿子剪纸的照片，"捏"得特别好，老少均专心致志，浑然忘我。

让我们备感意外的，是小耳朵。也许是相对于小耳朵的儿子和老祁头受到的礼遇，小耳朵在我们老实街日益孤独起来。这并不是说我们冷落了他。恰恰相反，从来没有像现在一样，我们喜欢听他向我们播报水位。“二十八点一五米……二十八点二三米……”一度突破黄色警戒线四十五厘米，达到今年最高。可是，尽管我们行事周到，把他叫到家里喝一盅，将家里炸的丸子、茄盒，烙的韭菜饼，腌的小咸菜，交他捎回家吃，而不显得唐突，我们仍旧看得出来，他人在这儿，却魂飘天外，眼前的他不过是一具躯壳。我们与他近在咫尺，却如隔着万重叠嶂，也许是他套了一个金钟罩，刀枪不入。问他一声：“水在响么？”答一句：“在响。”压根儿不像他说的，是潜在他身上的另一个人，我们从不与其相识。说什么耳朵尖？他生来就是聋子！若无“浮子式水位计测量”，他连泉城义务地下水位播报员也当不上。

再问他还听到什么，那似乎就是笑话了。

后来是张家大院老桂的儿子让我们发现了小耳朵的忧愁。我们都没想到，桂小林也会把他请到家去。桂小林有军人素质，工作认真负责，已经升任了列车长，上下班一身列车长服装，齐齐整整，好像大法官，煞是精神。他见小耳朵从张家大院门前经过，突然走出来，问了一句：

“周兄，为何长叹呢？”

你瞧，小耳朵天天见，可我们何曾觉察到一个人的叹息？这桂小林，不愧是侦察兵出身。小耳朵被桂小林拉到家中去了。为防他不安心，桂小林的老婆专门拿了吃的站在院门口，候周国香放学回来。

一杯清酒解千愁。以往我们请小耳朵喝酒，都没想着把他灌醉，就知道我们做事向来囿于我们对老实忠厚之遗风的习与性成，不免有些瞻前顾后，才如此遮遮掩掩。

桂小林可不管这一套，竟与小耳朵同醉。他不去宽释小耳朵的忧叹，三杯酒下肚，竟先向小耳朵倒起苦水来，大讲自己跑车颠簸，工作辛劳，家都顾不上，引得小耳朵扑簌簌掉眼泪。这又让我们看出小耳朵的好。依着常人之见，小耳朵这日子过不下去。但凡有一星法儿，能由着老婆去那种地方讨生活？还有那个儿子，以往求医问药，费过多少事？虽暂有老祁头帮着照顾，或可学得一技之长，到底不类常人家孩子。小耳朵照样乐呵，嗯，当然，果真如我们所作那些猜想，亦可另当别论。在桂小林面前，即便醉着，小耳朵也不讲自家愁烦，他一次次把那串劳保厂仓库的钥匙拿在手中。桂小林起先没能领会他的意思，以为他要回家，就说：

“再喝。”

两人喝得醉眼迷离。小耳朵在沙发上坐不住，就站起来，东倒西歪，手里的钥匙跟着哗啦作响。桂小林忽然就明白了，小耳朵是在迷醉地听那钥匙的响声。他不禁上前，抱住他，两个人就开始在屋子里转来转去。

“好听，好听哩……”桂小林说，“你还听到什么响？小耳朵，你听……有没有‘宝’响？”

时过多年，已不用为桂小林避讳，虽然这一切发生在醉酒中，我们也都曾鬼迷心窍，但我们仍为桂小林欺骗小耳朵在他家“听宝”感到羞耻。

桂小林究竟有无所得，我们当然不得而知，但我们知道他酒醒后两天没出门。

从这天起，我们看到小耳朵好像不大理人了，播报水位的时候像是敷衍，也不像过去那样爱站大街。

不久，小耳朵的儿子竟丢了！

老祁头来九号院叫小耳朵的儿子，小耳朵却以为他去了老祁头家。两人到街上一问，谁也没见。我们都跟着慌了，也忘了让小耳朵侧耳听听，忙着找，有向南去泉城广场的，有向北去泉城路的，有去西门外的，有去护城河的。我们最怕的是他在护城河边失足落水。

街上乱了套，老周却叉着两手，杵在苗家大院门口台阶上，一点不急，不像亲爷爷。

出去找的人陆续回来，一无所获。已经有人报案，大家在等警察到来。小耳朵急得抓耳挠腮，忽然，他定了定神，径直向着苗家大院走去。院门口的老周一愣，本想拦他的，没拦住，也就跟了进去。

当时，我们都意识到了不妙，就都站在了原地。

至于老周父子间发生了怎样的冲突，多为我们的妄揣臆说，既不详细，也很不想公之于众。但可以确定的是，老周对小耳朵早有不满，还不是因为老祁头跟小耳朵的儿子倒像亲的祖孙俩！小耳朵问老周把儿子藏在哪里，他反而装没事人，还责问他眼里只有老祁头，免费给外人“听宝”，却忘了自家老子。小耳朵也恼，不顾阻拦四处寻找，终于在老周那张老旧的榉木雕花架子床后面，找到了像是睡着了的儿子。当时两人都在火头上，说的话自然都不好听。老周还骂他打小听他讲老苗家南迁之前在院子里埋了带不走的财宝，就只顾自己挖出来受用。这话不说倒好，话一出口，小耳朵就怒目圆睁，哑着瞪了他半晌，忽然从儿子手中夺了剪子，高高举过头顶。老周不知他要作甚，他却又把剪子放下来，拉着儿子往外走。老周其实是希望他留下的，如他能留下“听宝”，“天灵灵，地灵灵，太上老君祖师在上”，父子么，自然还是父子。

这些猜想没有真凭实据，但有一点是可以肯定的，小耳朵很快把儿子从苗家大院拉到街上。他委屈得满眼是泪，想哭却哭不出来，一停没停，就带儿子回了九号院自己家里。

7

小耳朵没长出三头六臂，他的老婆给人推拿，女儿上学，儿子跟老祁头学剪纸。这一天在涤心泉边播报完地下水位，忽动了雅兴，要看张瘸子家的月季花。

又一茬月季开得正好。他要摘一朵，张瘸子慷慨地说，别说一朵，摘一篮子都没关系！

张瘸子让他看中哪朵摘哪朵，他捡了最大的一朵摘下来，就拿着这朵花走到街上，众目睽睽之下，还闻了几闻呢。看他的样子，他把喷香的黄月季花插头上，我们都不以为怪。

午后，从九号院小耳朵的家里传来一声尖厉的惨叫。那时候老实街很多人都在午睡，他女儿也已去上学。

接着，我们看到小耳朵捂着半颗脑袋，脸上鲜血淋淋地跑了出来。他倒很明白哪里有诊所，撒腿就往泉城路狂奔。随着他的奔跑，血珠子飞洒。

啪啦！一道白光闪过，是他的那串宝贝钥匙掉落在地。

据说他在午睡时把月季花放在了耳朵上。这就怪不着他的儿子了，一剪子剪下去，两刃相交，欻！耳朵就齐根没了。

儿子的“刀法”，已超经验丰富的老花匠。

小耳朵只剩下了一只耳朵。

一只耳朵能干什么呢？

我们心有不忍地认为，一只耳朵的人，基本上就是沉在无声世界里的聋子。因此，老实街上也就再没人以听闻之事问之。

几年后，我们早已安居在燕翅山下的友谊苑小区。一个租房客，就近去洗浴店做保健，回来说遇上一独耳奇人，却自言能听地下八百米。

其实，那就是小耳朵。他也学了推拿。两口子一起在那家洗浴店上班。

wanjun 2018

第九章　花事了

1

我们老实街的老花头，多少年，说他有就有；说无，也就无，但是，时时地，还总被看到。不是老实街的，就可能小瞧了他。

直说吧，这老花头，身世了得！跟北边高都司巷的老裘家一样，倒退上三四十年，也是历城县的名门望族。瑆记面粉厂、瑆丰面粉厂和瑆大纱厂、瑆通餐馆，都是他家开的。一家就有四五房院。时序频更，流光易换，一来二去给弄得七零八落，一房院也没剩下，从老花头起，搬进王家大院住了，任谁也没听他抱怨过。不是无人撺掇他去历下房产局索回几间，他却从未放在心上。说，老实街，从前往后看，可有空屋场？老花头上辈人儿，多流散各地，然俱得天年，也算是不幸中之大幸。老裘家的人怎样了？祖辈三代，毙了少说四个，一个纵火犯，两个投毒犯，还出过一个国民党间谍。不想吓唬老花头，所以我们都不提。

在老花头上辈人儿当中，唯老花头的爹寿短。当过济南老字号一大食品店的副经理，在公私合营的第二年过世，才活五十三。据说死前跟老花头留过话：“很好了。”

老花头在糖酒站上班，依我们看，也“很好了”，清闲是其一，还有其二。

人这一辈子，能跟吃的打交道，不亏。

老花头祖上若没有西门外那间墅通餐馆，老花头的爹也当不上食品店副经理。民以食为天，吃的不愁，过日子就不愁。又有闲，又得食，你道老花头能做甚勾当？

猜着了，说媒呗。偏他姓花！

说媒可是行善积德的事体。说媒作保，自寻烦恼。老花头说媒，与别个不同。既不依周公六礼，也不行婚姻介绍所那一套。郎有情，妾有意，就隔一层窗户纸。老花头做的，不过是将这层窗户纸轻轻点破，不费吹灰之力。有功是他，没他也成，何来烦恼？因之，有无媒婆嘴、媒婆腿，都不紧要。

紧要的，是一双眼！

人心有多深呢？这双眼总得看到人心深处去，还不能搅得沸反盈天的。事后若念他功德，谢媒钱倒不必奉上，他也不贪酒，只将心佛斋素菜馆的黄蘑鸡拿来一包，就能让他得大欢喜。请他下馆子吃九转大肠、糖醋鲤鱼成不成？不成！老花头就好这一口。

黄蘑鸡非鸡，而胜于鸡。心佛斋素菜选料以豆制品、油皮面筋、山药为主，这黄蘑鸡则以手撕蘑菇过油，鸡的味道完全按配方由中药料调出。

从何时喜吃黄蘑鸡，有说吃过了一二十年，有说从老花的爹在世时，就开始吃。恍惚记得，老花家跟开素菜馆的老张家有来往。也就是说，老花头吃鸡，年深月久，就像骨子里带的。每逢见到有人去王家大院给他送黄蘑鸡，我们就知道，天下又多了桩好姻缘，街口涤心泉也像在欢唱。

张家和李家，赵家和孟家，这亲，怎么就结了呢？我们看着都不像。不能不怪我们眼拙。

比方说吧，前街口李蝌蚪的老娘孀居，莫家大院左门鼻早年丧偶，长期以来，我们都以为双方相互有意思。

左门鼻的闺女，从小是个勤谨孩子。李老娘做了鞋垫，就给左门鼻送。送给左门鼻穿，也送给他闺女穿。可人家闺女长成了，啥都会！左门鼻不知收过李老娘多少鞋垫，可也不白收。平时坐在自家小百货店，坐着坐着瞅上了货架上的什么东西，拿起来就去了前街口，并不避人眼目。在我们看来，正所谓“投我以木瓜，报之以琼琚”。左门鼻闺女出了门子，家里也就只剩下左门鼻一人。那李老娘来得更勤，常常见他俩一个门里、一个门外地说话，我们都觉得一段黄昏恋要成。

等来等去不见动静，就想到了老花头。瞧老花头怎么说！“到老了，都干净些吧。”这话可有不少人听到，同院的老祁、老郜、白无敌，也不知传入左门鼻和李老娘耳中没有。虽没听李老娘和左门鼻说什么，我们却都觉得老花头此番刻薄，话不像他说的。

后来，独眼马二奶奶捺不住，向左门鼻挑明了。不料，他摸着自己的光头，说：

“可不能把她娘气着！”

看他神情，就像他老婆还活着，随时都会走进店里来。类似的话，他常说。

这让我们想到，我们这些人呀，只会瞎操心。

老花头不同，人家是该操心才操心。不知不觉，人家就把心操了。不是看见有人往那王家大院送去黄蘑鸡，哪晓得人家功德已成？

这老花头，敢情就是无影人。

2

如今，老实街早被掩埋在了高楼大厦下面。渐渐地，老实街人也都在相互遗忘。偶忆生活在老实街的岁月，眼前常会浮现出一只猫的形象。这可不是左门鼻老先生养的那只叫“瓜”的老猫，我们觉得那就是老花头。有时它会出现在阳光下的一道清水脊上，好像已被明亮的阳光穿透，有时会蜷伏在谁家墙根下，名字就叫幽暗。它总是无声无息的，在屋顶、墙头，如履平地。老实街每个院落，每个房间，甚至连与人素无往来的老实街怪人穆氏兄弟的家，它也能畅通无阻地走进，而从未被发觉。

在我们眼中，老花头掌握着我们老实街所有男女的秘密。您知道的，十八拐胡同卖酥锅的大老赵，也以忠厚老实著称。他在编竹匠唐老五家设了个酥锅代销点，因为两家算是世交，祖上都是济阳人。他把代销点设在唐老五家里，是有帮扶一把的意思。那时候唐老五已过世。隔三岔五，大老赵要来老实街送酥锅。

编竹匠女儿开的是小卖店。重开竹器店是后来的事，那也是我们老实街所发生的最令人伤心的故事之一，不提也罢。我们常见大老赵走熟了一样走进小卖店，有时他自己走出来，有时女主人送他出来。

这样的场景持续了至少有十五年，忽然有一天，大老赵晕了头一样，携了一罐酥锅径直朝王家大院走了去。

不对头，没听说老花头改吃了酥锅。等他走进王家大院，我们才觉得滑稽。大老赵这岁数，有家有业的，人又忠厚，我们这是想歪啦。一去王家大院找老花头，就为男女之事！王家大院还有老郜、老祁和开照相馆的白无敌不是？

我们记得大老赵是空手出来的，他果真没去找老郜、老祁，他是找了老花头，而且把一罐酥锅留在了老花头家。这么大岁数的人，样子灰溜溜的，连我们这些无意碰到他的人都替他尴尬。

大老赵去老花头家做什么，我们不得而知。老花头口紧得很，不做任何解释。那罐酥锅给老花头出了难题。老花头爱吃的是黄蘑鸡。今日食一素，十日不思荤。酥锅里有白菜、豆腐、藕，还有鸡鱼，老花头不爱酥锅。不是不吃。这么一罐酥锅，得让人吃腻了。你要分送给邻居，势必又要把大老赵来送酥锅这事再给张扬一遍。

我们都忘了老花头最终怎么处理的这罐酥锅，也记不得罐子还给大老赵了没有，只记得大老赵好多天没到老实街来。约一两周，他来了，眼睛却不敢看人。对这样的老实人，我们自然惺惺相惜，从没想过去捉弄他。可是，看得出，他开始绕着老花头走。真的躲不过，看那个杌陧不安的可怜相！

老花头呢？还能怎样？老花头不会跟人过不去。老花头云淡风轻，倒是我们显得为人刻薄了。

从大老赵身上，我们想到了胡家大院的张小三。

当年，张小三也才二十出头。春猫叫得人心乱。张小三半夜不睡，在街头徘徊。白天里，张小三走过来一趟，走过去一趟。你叫他一声，张小三！管你谁叫，听不到。问他一句，答非所问。一说话，就脸红。

小青年们怎么样，都让人喜见。过来人心领神会。我们都猜，张小三爱上谁家姑娘了。新社会，爱上谁，也不一定用得着媒妁之言。

很快我们就发现，张小三活动的中心就是王家大院。到底是年轻人面薄，他不敢主动走到王家大院去。老花头应该也把街上的情景看到了眼里，依我们过去的经验判断，该老花头出动了，空气里似乎飘起了心佛斋黄蘑鸡的香味。

可是，这个老花头睡着了。当时他还在糖酒站上班，白天在家的时候少。至今我们都觉得奇怪，他在糖酒站能够买到便宜货，为什么老实街人没求过他。好像他走出老实街，也不是去上班。他在老济南的街巷里乱逛，逛够了就回来。

晚上，张小三走进王家大院去了！这小青年，提早给老花头送上了黄蘑鸡。

在老花头家，张小三待了不过五分钟就跑了出来。因他的举动不寻常，第二天就有人问老花头和张小三的家长，张小三定了哪家姑娘。

这话从哪儿说起？老花头一口否认，我们信。

张小三的家长蒙在鼓里，因为他们还不知道张小三给老花头送了黄蘑鸡。他们虽诧异，嘴上还是说，求街坊邻居给打听着。

对张小三，我们有两种猜测，一是他心里有了人，二是想媳妇想得，熬不住了。他虽笨拙，到底还是给老花头送的黄蘑鸡，不像大老赵，送去一罐酥锅，根本不是老花头爱的。他却也像大老赵一样，避着老花头。避不开，就头一低。

不就是提早地往老花头家送去一包黄蘑鸡嘛，怎像做下了不得见人的事！想媳妇有错？洞房花烛夜，金榜题名时。洞房，啥地方！啧，不消说的。

张小三后来娶的是将军庙街老曾家的女儿。老曾上辈是布头商，原住在趵突泉公园西边的剪子巷，张小三的爷爷是裁缝，两家也算门当户对。老花头祖上开过纱厂，老曾上辈指定卖过花家纱厂的布头，所以我们都认为是老花头做的媒。没见张小三再给老花头送黄蘑鸡，也没啥不对头。送过一次就成了礼，老花头不贪这嘴。

娶了亲的人该有多乐！

张小三出门就咧着嘴，无声地笑。新婚的日子，他常在街上走，就像要让人们把他的欢乐和幸福全看在眼里。他的牙很好，又白又齐整。他去这里站站，去那里站站，嘴角弯弯，满街上都晃着他的大白牙。就像在对老少爷们儿说，都来看我大白牙！

他蹲到涤心泉边去了。

泉水泉水，看我大白牙。

这是叫泉水看，还是自己看呢。相看了好大一会儿，又起身走了。

他走到鹅的小卖店去了。结果，我们看到他从鹅的小卖店买了一管牙膏。他是怕自己的牙还不够白。

3

济南老城里，愿意把女儿嫁到老实街的人家有很多。嫁过来的女人基本上都能得到幸福，只有个别女人不幸。马二奶奶的孙子马大龙娶了宽厚所街贾式玉的侄女，贾式玉是糖酒站的站长，现管着老花头。有猜是老花头做的媒，其实不是。贾式玉侄女看上了马大龙的一表人才，不顾贾式玉劝阻，非要嫁他。嫁过来好日子没过半年，这马大龙就开始胡闹。后来撞到“严打”枪口上，就定他为聚众淫乱。此为我们老实街一大讳，早已无人再提。况且贾式玉侄女也只守了一年，就嫁到南门外棋盘街去了。老实街上，也便仿佛从没有马大龙这个人。

提及马大龙，是要说一样事：

凡经老花头撮合的，无不是金玉良缘。

张小三和曾女的幸福，我们看在了眼里。曾女次年就给张小三生了个儿子。每次回娘家，两口子就像过年。

曾家祖上卖布头，却不是走街串巷、手摇拨浪鼓的那种，也不像卖布头的天津人，一张口就是“你看这一块，怎么这么黑？它打过几天炭，晒过几天煤……”或者“一庹五尺，两庹一丈，余一块，让啦！”曾家祖上是开店的，从来都讲做派的人家，虽历尽时变，遗风不衰。因之，岳家少有到闺女家来。每来都很隆重，礼备周详。从老实街到将军庙街，也就二里多路，却从未逾申时而不归。

张小三抱了儿子在街上玩，曾女来叫吃饭，也从不高声。必走至近前，才会轻启双唇。直呼“小三”“张小三”的时候，从来没有。偶尔小声抱怨一句“还抽烟”，是含着甜笑的。

不只张小三伉俪才如此。在我们老实街，夫妻和睦的多，找不到家里过得鸡飞狗跳的。

你看得出来，老花头做媒，不会轻易下手。甚至可以说，老花头总是对的。

可不嘛，老花头是无影人，你不知道的，他知道。爱了谁，不爱谁，自己倒不见得就能说准！

在我们老实街，常能见到一个人，就是历下区管招工的那个老常。起初老常向编竹匠女儿求过亲，没成。我们当然是盼着成的，因为编竹匠女儿条件已不好了。不是人不好，人也年轻，也俊俏，就是身边带着个来历不明的孩子。传言老常在男女之事上贪了点，但老话又讲，只有累死的牛，没有犁坏的田，所以，贪不贪的，不算是毛病。

老常位子好，只要肯娶，没有不肯嫁的，也就随便找人提了提。他没找老花头去说合是失策，而老花头若肯去撮合，证明我们也是有眼力的。

被拒绝的老常，没觉得丢了面子，还是常到老实街来。他又找了老婆，是第三个。过了几年，这老婆却又死了。他重回自由身，也不像大老赵。回头想想大老赵，的确是个笑话。不是他已不年轻，而是拖家带口的，还去求老花头，这要怎样呢？欲将糟糠之妻置于何地？若非老花头仁义，将内情抖搂出来，这大老赵又有何颜面立世？

此番老花头没睡着，但当时我们对此一无所知，待到知道，又都深以为憾，因为还是没成。老常若与编竹匠女儿结合，世上自然又多一对美眷。

老实街儿女都能得幸福，是我们每个老实街人的愿望。正因没成，反而时常让我们想起来，叹息一回。

编竹匠女儿的爹死了，老花头与她非亲非故，在我们看来，却像是他的爹。

你看，缘分吧，编竹匠女儿开小卖店，老花头在糖酒站工作。要不说我们老实街人老实呢，当时我们就没想到老花头也是可以帮她的。有老花头在，她的小卖店不缺东西卖。

老花头去编竹匠女儿家里，跟去别人家里是一样的。他人又静，性子又好，不会让人不自在。

“鹅，找个人吧。”老花头不避讳。

“哟！花大爷怎么说起这个了？”

“找个人就有了帮手。”老花头说。

当年可不像现在，开小卖店有经销商直接给送来，而是要自己蹬三轮车进货的。可以想见编竹匠女儿的辛苦。上有老娘，下有幼子，里里外外全靠她一个人。

“那你以前怎么不跟我提？”编竹匠女儿就说，“那时候我又年轻，又好看。”她笑吟吟的，比画了一下，就伸直胳膊，向后侧起身子，看着两只手上的手指全都弯弯地翘起来。

“那时候没合适的。”老花头如实说。

编竹匠女儿乜斜他一眼：“这时候就有了？”

“有了。”

“谁？”

“老常。”他说，“常宝根。”

“他呀。”编竹匠女儿收了手，姿态端正起来。“不找了。儿子就要大了。将来我把这店扩一扩，一家子人在老实街千年万年，不想别的。”

“鹅，听我的……”老花头说，“跟老常有好日子过。”

“爷爷，起来吧。”编竹匠女儿走过来，笑着搀起他。

“老常啊，心里有你！”

编竹匠女儿把他往店门口推。“您老是长辈，我没赶过您。”她笑着说，“但您说了我不爱听的，我就赶您一次。”

“赶不赶吧，”老花头说，“我话说过了，就是在你心里种下了。待我走了，你好好寻思寻思。不好恼的！”

“偏恼！”编竹匠女儿冲他说一句，就在他身后关上了门。

4

结果我们都知道了，编竹匠女儿不光没嫁给老常，也没嫁给任何人，但是我们都不相信老花头会看走眼。

有人说，编竹匠女儿只要嫁年岁相当的。与她年岁相当的，老实街上有不少，张小三算一个，毙了的马大龙算一个，林家大院的陈东风，李家大院的李汉轩、李汉堂兄弟俩，但老花头都不去提，可见都不合适。既然合适，大几岁又何妨？老常虽大龄，但还强壮。论起力气，小伙子也不如他。却又不是靠力气吃饭，手里拿了一辈子印把子，为人也好，而且对她有意。不论从哪方面说，我们都认为没有不成的道理。老花头说了多少媒，没人统计，但肯定这是他最失败的一次，而且我们相信也是他唯一的一次失败。

老花头家里只有他老婆，子女都不在身边，两个在海外，一个在南京。为了给在南京的儿子看孩子，他老婆几年前就从市百货大楼退休。不是一家人，不进一家门，他老婆也是跟他一样的人，从不引人注意。要想从这两口子身上找到故事，趁早作罢！

当时我们确实只注意到了老常。这老常过去常来走动，跟我们老实街每家每户都是朋友，上学、找工作这样的事，没少麻烦他，而他基本上有求必应。

老常爱聊天，往街上一站，身边就会围上一大帮人。

老常尊老，谁家有老人，他就会不时地到谁家探望。往往老人们刚听到他的脚步声，就会从窗子里喊一声："老常来了么？"老常声若洪钟："来了，芈老先生！"或者："来了，张老！"

我们老实街的孩子也喜欢他，过去没少吃过他给的高粱饴。鲁泉食品厂出产的高粱饴，就是我们童年的味道。

年轻人有求于他，更不必说了。

以现在的话来讲，老常在老实街，人见人爱，花见花开。我们印象中，唯有编竹匠女儿不在街上凑热闹。但是，老常每次来老实街，都会去她的小卖店坐坐。

彼时，小卖店总会忽然清静下来。

店里的人不约而同地告辞而出，也没人再走进去。

老常坐在店里的一张大竹椅上，从某个角度，我们会看到编竹匠女儿给他端茶送水的身影。反正店里面的一切，都影影绰绰的，特别是在明亮的中午时分。有人曾经看见过编竹匠女儿剥了核桃去喂老常，而且嘴对嘴地喂。我们不相信，因为小卖店的门敞开着，编竹匠女儿还有老娘和儿子，光天化日之下，怎么可能！

老常身子大，坐大竹椅，那张大竹椅也就成了老常专用。

大竹椅被坐得光滑油亮，老常的第三个老婆又死了。可是，我们像是忘了老常死老婆，因为老常来小卖店的情景，对我们老实街居民来说，早已习以为常。没有一个人来抚慰老常丧妻的悲哀，我们相信编竹匠女儿也是这样。有一次，他们在小卖店里谈论起她儿子的学业。

“就考济南二中吧，离家近便。”编竹匠女儿说。

“想上更好的学校也可以的。”老常建议，“让这小子加把油。”

“就不指望省实验、山师附中了。”编竹匠女儿任天由命，“将来靠了您老，能挣口饭吃……”

“看你，你说我老，就真老了。”老常打断她。

“哼，你不老么？”编竹匠女儿直说，“不觉得不像十年前了？”

老常摸摸脸颊，哈哈一笑。“是不服老。”他说，“不怕，我老了退下来，也少不了石头一口饭。多大个事儿呢！”

“石头够上您这个大本事的人，也是老天有眼。”编竹匠女儿说，“喖，自己夹核桃吃。咋着？要我喂你？生分了呢！”

“大老赵来了！”老常转头说。

大老赵迟疑了一下，走进门来。

“大喜呀，老赵！”老常说，“有了孙子？”

大老赵“嗯”了声，放下盛酥锅的罐子，又取了柜台上的空罐子。“请常主任吃喜酒。”他拘谨地说，“谢谢常主任帮忙……”

“你不用客气！”编竹匠女儿说，“要都客气起来，常主任白添不自在。”

“鹅说得对。”

“回去别忘给常主任下请帖！”编竹匠女儿吩咐。

大老赵走出去。

“真像老实街的。”老常感叹。

“说过多少次了，让小辈儿来送，偏不听。”编竹匠女儿抱怨，“实心眼的人，拿他有啥办法？——你看我做什么！我老了，不能见人了。”

“谁说你老？”

“没说就好。”

老常去编竹匠女儿的小卖店，不须遮人耳目，实际上，也正是我们所暗暗期盼的。没有一个人不清楚，老常对编竹匠女儿念念不忘。设若没有编竹匠女儿，你想想，会如何？他怎么就不常去狮子口街、旧军门巷？

大家也都不要揣着明白装糊涂吧。

在老常丧妻的半年后，发生了一件事，让我们想起来就不能原谅自己。他从前街口缓缓踱来，只略在涤心泉边站了站，跟汲水的老简招呼了一声。正巧刘家大院的朱大头新近得了一把扇，上有欧阳中石的题字，是热心听众送给他的在市电台工作的女儿的。也是要显摆，远远看见老常，忙转身回家去取。待取了扇出来，不见了老常，以为老常去了编竹匠女儿的小卖店。去了那里，只见一屋子闲人，随即又出来。一问别人，原来老常去了王家大院。因他与王家大院的老郜相互有些看不上，也就没跟过去。

我们不能说老常去找老花头了。但若不是老常来王家大院，我们就都不晓得老花头跟他老婆出了国。他大女儿在加拿大定居，连同院的老郜、老祁等，也都不晓得他老两口要在国外住多久，还会不会回来。这个家，不过是三两间屋，屋里的东西俱当破烂扔了也不值心疼。

你看，家不值钱，出门也利落。门上一把锁，无牵无挂。

老花头始终不肯去房管所要回房产，不奇怪哩。

虽然老花头此举符合他素常来无踪去无影的风格，但我们心里还是感到内疚。再怎么着，这也是出远门。朝夕相处的老街坊出远门，尚不知能否回来，而我们竟一无所知，于情于理都说不过去。老实街历来所崇尚的宽厚老实之风尚，如不能有助于我们德行本身之增长，其又有何用？

老常看了会儿老祁剪纸，又顺便在白无敌的照相馆照了一张相，白无敌却给洗坏了。这种情况不多见，因为白无敌是有经验的摄影师，曾是泉城路红星国营照相馆的技术老一，老常头一次在他照相馆照相，偏偏把相片洗成了一团乌黑。

那团黑就像我们的心沉在了不可见底的渊薮。

5

老花头夫妻周游世界归来，是在一年半之后。为了弥补未能送行之憾，老实街几乎家家都请了他来家中坐，而他并不推辞作假，也不忘酌情送上自己从海外带来的礼物。到后来实在没得送了，就从编竹匠女儿那里买些吃的。

编竹匠女儿也请了他，请他老婆也去，他老婆照旧只是微笑摆手。编竹匠女儿先走了，他收拾了一下才过去。路上碰见老常，老常就怪他出远门不打招呼。得知要去编竹匠女儿家，老常高兴地说，自己也要去。没进编竹匠女儿的家门，老常就朝里边嚷，自己来陪老花头。

那编竹匠女儿早把酒菜都备好了，酥锅、煎鱼、炒螺蛳都有，九转大肠也有，从饭店要的，是大菜。当然少不了黄蘑鸡。

编竹匠女儿说："喝酒前，我先把礼数扯一扯，花大爷是长辈，老常不是。"老常疑道："为啥我不是？"编竹匠女儿说："当着花大爷的面，我有啥说啥，你不是长辈的样儿。"老常说："鹅，你这是在夸老花头吧？"编竹匠女儿说："不是我夸花大爷，是我心里不藏奸。你，我，花大爷，今生今世头一遭坐一张桌子。大事，名不正，言不顺。"

老常闻言，差点掉下泪来，忙忍住了。

有件事是要提一提，老常上个月娶了第四个老婆。

老常的第四个老婆比编竹匠女儿还年轻，才二十八，结过，没生育过。

虽然编竹匠女儿没把老常当长辈，但也给他敬了酒，祝他新婚大喜，还把她那在聚贤街上了济南三职专的儿子叫过来，分别敬了老花头和老常。

老花头本没酒量，喝了头三杯，就有点刹不住闸。老常则每顿不离酒的，劝都不需劝。编竹匠女儿心里高兴，索性由他们喝。

听见院门外有人过来，鹅就走过去说，今天不营业，要买东西就去左门鼻家。但人家不是来买东西的，是听说老花头和老常在她家喝酒，特意带了一瓶秦池佳酿过来看看。她不让，说，喝个酒有啥好看？挡着门，脚跐着门枕石，掏了把葵瓜子，嗑起来。来人还不死心，说，就是去跟常主任照个面。她横了他一眼，说，我今天请的是花大爷，不是请老常。我放你进去了，你眼里就会只有老常。来人听了，摸摸脑袋，笑着承认，很是。这才放下酒走了。

待他走远，编竹匠女儿将院门一关，回到老花头和老常身边。老常看她脸色绯红，问她："咋这么高兴？"她说："我没请过人，头一遭请了花大爷，花大爷来了。不光花大爷来了，常主任您也来了。这院子里，有老娘，有儿子，有您，有花大爷，有我，多像一大家子人！我还能不高兴？谁再敲门我也不开。我是高兴得要哭哩。我自干一杯！"

日偏西，我们才见编竹匠女儿再次打开院门。她从街上叫人，张小三、李蝌蚪、后街口唐二海都过去了。

老常烂醉如泥，几条汉子都架不动他。后来唐二海就建议用他常坐的那张大竹椅来抬，或许好些。费了九牛二虎之力，才把他掇弄到大竹椅上，大竹椅愣是没散架。九号院的老邱已经叫来了出租车。大家抬着大竹椅，果然省便些。终于把他塞入车里，编竹匠女儿就在车门外大声对他说："我告诉你常老大，你让这些人给糟践了，看你怎么办吧！"他动弹不得，却还咧着嘴嘿嘿笑呢。

令人刮目相看的是老花头。他平常滴酒不沾，这天却跟老常喝了不少。喝得晕晕乎乎，却能自己站，自己走。人喝酒，若不是喝到烂醉，样子就是好看！编竹匠女儿去搀他，他也不躲。但见他轻飘飘欲倒不倒，满面亮晶晶，红扑扑，笑嘻嘻，显年轻了不说，竟是乘风御气的仙人可比。而那编竹匠女儿亦是朱颜酡些，有她傍其一侧，竟又是古时的高士名流，携了可心侍儿冶游山林，直把人看得目眩神摇。到了王家大院门口，偏不进去，返身又往回走，编竹匠女儿也只得随他。

路过张公馆时，一枝逾墙而出的独步春，轻轻打了一下他的脸，他竟立于墙下，对着独步春说起话来。嘟嘟囔囔的，不知说的什么。看他神情的意思是，妒我不妒？妒我不妒？那独步春亦若善解人意，纷纷抛下片片洁白的花瓣来，落了花下人儿一头。

前天才让儿子请过他的朱缶民老先生见状，故意笑着问他：

“老花头，咋喝醉了？”

他饧着两眼道：“不醉。”

“在佛心斋喝的酒？”

“鹅家。”

“在鹅家喝酒啊！”

老花头听了，愈发地得意扬扬，好似在想，我在鹅家喝了酒，老实街人妒不妒？连那独步春都在妒我，朱缶民你个糟老头子，自然也妒哩。

“扶你的人是谁？”

他转脸对编竹匠女儿定睛看了一会儿，编竹匠女儿头上也有三两片独步春花瓣。他笑道：

“就是鹅啊！”

编竹匠女儿也笑道：“花大爷果真认得我！花大爷没有醉。”

可是到了涤心泉那儿，他却嚷口渴，要喝泉水。编竹匠女儿说水冷，不让汲水的人给他喝。不料，他弯腰往地上一趴，就把头探到泉池里。编竹匠女儿拉他不住，他却趴在石头上不动了，盯着水里的人影儿看。他虽不动，人影儿却在动。他看到自己的人影儿后面，有张匀净的蓝天，还有另一个人影儿。那就是编竹匠女儿。编竹匠女儿也在微微动，就像他们正一起漫无目的地走在另一个清明安乐的世界。

看着看着，老花头就羞了。

一阵清风吹过，水面上起了一圈涟漪，人影子就揉成了一团。

这时候，老花头的老婆追了来。没用她叫他，他就自己站起身，一声不吭，低着眼睛，很不好意思。

接着，我们看见老花头在一老一少两个女人的搀扶下，一步步向王家大院行了去，好像是刚被家长从野外找回的贪玩的孩子。

不过是三五日后，就突然是了济南的炎夏。

老实街上，已难觅独步春花的芳踪。

6

有关老花头在老实街醉酒的场景，被我们说了许久。老花头还从未像这样被街坊关注过。张公馆的那枝独步春，长出了簇簇绿叶，每被看到，都会让我们想起那天下午老花头是怎样对它呢喃细语。那一刻，就像独步春成了精，就像我们老实街上，也有了聊斋故事。不定哪天晚上，独步春枝头就会降下个艳丽妖娆的女子。乘间与其密室相会，即使不做爱妻之香玉，亦可做良友之绛雪。嗯，她也会像一个人。少女时代的鹅。如今的鹅是老了，虽然走起路来还是老样子，像是要冉冉飞起来，可毕竟年岁摆在那里。自古美人叹迟暮，没法子哟。

老花头酒醒之后随即回复了常态，编竹匠女儿却依旧是我们经年的心病。

将军庙街上的天主堂，大家还记得吧。老实街上就有人信天主，两年前去世的穆氏兄弟，张小三的老婆，老祁两口子，都信。从天主堂，我们听到一种说法，“流奶与蜜之地”。在我们听来，这就是说的老实街。哪里有德行，哪里就是“流奶与蜜之地”。老实街有德，自然得福。

编竹匠女儿的爹死了，娘又死了，儿子也长大成人，可她还不得福！我们曾看好老常，可是老常的第四个老婆比她还年轻。

直到有一天，狮子口街一个与鹅年纪相仿、名叫高杰的家伙出现了。平心而论，我们从不看好他，但他三番五次来老实街找鹅，活脱脱另一个老常。我们很快了解清楚，已经不得了啦。他留过学，现是一家国际商业连锁机构派驻国内的代表，比老常还厉害。别看老常在济南活得风生水起，电视上见过他人影儿没有？高杰不仅上过一次电视，而且次次都由市里的头面领导作陪。

尤为重要的，是王老五。

通过观察，我们确定高杰对编竹匠女儿是真心实意。那些日子，编竹匠女儿变得很快乐，也改了素朴的装扮。金的银的，她身上都有。她还用上了外国洗发水，外国护肤品。

偏偏老花头又睡着了。嗯，似乎久没看到有人给老花头去送黄蘑鸡了。

说实话，我们一直认为编竹匠女儿错过了老常。她若跟了老常，店也不用开，儿子的前程也都能包在老常身上。狮子口街高杰的出现，或许就是她今生幸福的最后一次机会，我们期望她不会再次错过。

万万没有想到，老实街最终毁在了高杰手上。在独步春花凋落的前夕，我们的“流奶与蜜之地”，成了一片摊开的破布。眼睁睁看着那些百年老屋，在推土机的巨臂之下訇然倒塌，无用的感受如同大山，死死压在我们心头。

但是，即便我们历来崇尚老实为人，从不与人作难，我们还是与拆迁办进行了一番艰苦的抗争。为留住我们世代生存之地，我们曾不顾脸面，恳求编竹匠女儿去阻止高杰在老实街上兴建巨型超市的计划。同时，我们还尽可能联合一切力量，与政府谈判。当然，政府有政府的道理，老济南城里将要拆迁的不光有老实街，还有宽厚所街、榜棚街、旧军门巷、东流水街，多了去。但在我们看来，老实街不光是济南的心脏，还是人间道德的楷范，怎么也不能说拆就拆！你拆了我们老实街，涤心泉怎么办？不过是想想离开老实街，离开这眼清泉，去到政府安排的东郊燕翅山下居住，我们就不由得心慌意乱，无处抓挠，像丢了魂。

再给你说说老花头。

老实街的每次集体活动，老花头都有参与。他像往常一样，不被注意。作不作声，都没人怪他。

渐渐的，我们都已意识到老济南拆迁已是大势所趋，我们都有了退而求其次的念头，那就是能挨一时是一时。在老实街毁掉之前的每一天每一刻，都是赚下的，或许就迎来了转机。

从编竹匠女儿那里传来了消息，她将重开竹器店。不是亲眼看见她把小卖店关了，没人会相信。我们赶去看，果然见她正跟大老赵一起拾掇铺面。去年腊月，她的儿子娶了同居女友。小两口一个比一个懒，都不出来帮一把。

铺面拾掇好了，大老赵把空罐子拎了回去。路上遇到才上小学的孙子来叫他，他就把孙子抱起来。有人好奇地问他，酥锅还做不做？

他说："怎么不做？做。"

我们听了，都笑起来。

做，做！

老实街不保，那，十八拐胡同就能保么？看看人家大老赵，如此处事不惊。倒是我们这些人，惶惶不可终日，怕天塌一般。天塌怕什么，先砸大老赵！大老赵个儿高。

别以为编竹匠女儿要重开竹器店是小事，它给了我们一个好的预示。编竹匠女儿无职无权，可不算没本事的人。老常肯听你的不？让编竹匠女儿给老常说句话，试试！

我们真的轻松起来，开始在街上有说有笑。与政府谈判时也是这样，不再剑拔弩张。政府说要建设法治社会，让我们每家都签拆迁协议。嗯，好吧，我们给你来个见面三分笑，可就死活不签。

那时候我们也看见老花头在跟着笑，可没能发现他笑容里的诡异。

有人说，就是在得知编竹匠女儿重开竹器店的消息之后，老花头开始昼伏夜出。遇上他在黑夜悄没声儿地走，心里会不由发怵。设若走近，亦似以身就影，不类曩昔。他就那样在街上的暗处踟蹰徘徊，东站站，西站站。在人家墙下站得久了，就一个劲儿抠人家墙缝。我们相信他也并不是想要吓人，而是身不由己，完全被一个威力巨大的邪灵控制住了。管你信否，门有门神，厕有紫姑，谁也不能保证自己平白撞克着什么。

对老花头不久之后令人不齿的行为，我们找到了这样一种为他开脱的借口。在历下区政府拆迁办，他丝毫不觉得自己背叛了老实街人。

是的，在没有任何人威逼的情况下，老花头主动走进历下区政府拆迁办，第一个签下了同意拆迁的协议。

王家大院的邻居们一旦发现老花头家门落锁，吃惊不小。老花头再次不辞而别，简直让我们老实街人伤透了心。

这一回，王家大院挤满了人。我们下意识地不看院门，却抬头去看高处的院墙、屋脊，好像刚刚有一个幽魂魅影翻墙越脊而过，寂然已杳。

约巳时三刻，老花头签下拆迁协议的消息就传了来，我们心里的狐疑、怜惜，瞬息间转化为了愤怒。

可耻的老花头，不声不响地出卖了老实街，涤心泉，出卖了花家祖上居住的宝地！现今的七号院、十一号院、十二号院，就曾是他花家的祖宅，虽已非原状，但也有迹可寻。如果我们就此溃败，连那样的一点痕迹，也将不复存在！人生百年之后，又有何脸皮去见列祖列宗！老朽之身固可逃至海外，而心可逃乎？做出此等劣行，身逃再远，心也难安。

对老实街这个杳然已去的叛徒，我们老实街人在难以抑制的激愤中，浑然不觉地发出了恶毒的诅咒。

时过境迁，对老花头的怨怼已经平息，鄙视也已不再。毕竟，我们有许多人，是给老花头送过黄蘑鸡的。

其实，那天被张公馆墙外那枝独步春打了一下，老花头就已不再是老花头。

还是那话，木魅山鬼，野鼠城狐，防不胜防哩。

7

老花头的绝情远非我们所能想象。他在南京工作的儿子回过一次济南，草草办理了有关房产事宜。从他儿子那里得知，他和老婆又去了加拿大。贱售了燕翅山下友谊苑他家分到的回迁房，济南已再无花家的立锥之地。据黄家大院芈老先生讲，这花家祖籍江苏盐城，与当年莫家大院的莫律师同乡，也有人言之凿凿，说是扬州槐泗镇，至老花头，已在济南居住三代矣。久居三代之地，一朝弃之如敝屣，想想都令人心寒。难说老实街的这场灭顶之灾，不正合老花头意。老花头长年累月怀恨老实街，也未可知。知人知面不知心，人所知之，实在寡之又寡。

满打满算，编竹匠女儿的竹器店只开了一年有余。你要问回迁房怎可能一年时间完工？说句不好听的，老实街也就像一大鱼缸，人哪，就是一缸金鱼。鱼缸摆那儿，看金鱼游得挺自得，挺欢实，每每忘记还有大手在外。大手搬动鱼缸，鱼就势必慌一阵。政府规划早已制定，回迁房也早就开始悄悄动土，就像那大手，既要移动鱼缸，也非得马上使鱼儿知之。鱼儿措手不及，大手可不觉丝毫突然。管你有德者，无德者，背德者，你想想，跟鱼比，能相差多少。率土之滨，莫非王臣……起初我们还将愤懑一股脑儿使在狮子口街那家伙的头上，回头想，谬极也！没有高杰，也会有李杰、张杰。这样想了，连老花头都不须恨的。老花头是起了坏头儿，街上那些老祖宗紧随其后，都把协议签了。实际上，我们并没像东边与政府硬顶到底的宽厚所街一样白吃亏，少得了补偿款不说，还丢了宽厚的名声，差点弄出血案。

旦夕之间，老实街化为废墟。

白天的喧嚣过后，四处沉寂下来，侧耳可以听到涤心泉轻柔的泉涌之声，还是那么诱人，仿佛亲切的低吟。很远的地方才有城市的灯光。那些灯光在高高的夜空，交相辉映，笼罩着这片曾经的有德有福之地的斑驳和幽暗。开过了蜡梅迎春，牡丹海棠，三春将尽。温暖的夜风里，微微含着干燥的浮尘气息，但也仍可辨得出缕缕花香。

夜半时分，瓦砾之间踽踽走过一个人影儿，不是别人，正是张小三。他送妻子回了将军庙街的娘家，睡不着，遂闲步至此。他在莫家大院的位置停留了一小会儿，确定了一下编竹匠女儿家的方向，径直走了过去，好像此生头一次如此胆大放心。

竹器店竟然没被推土机夷平，但已岌岌可危，四面墙只剩三面，歪斜的门窗黑洞洞的，神秘莫测。

张小三踩着被瓦砾覆盖的台阶，小心躲过耷拉下来的门框，低头钻了进去。未及细看，只觉身子一软，心头袭上一阵绞痛，就无声地瘫倒在了墙角。脑子里一片空白，什么也想不起来。整个人轻似柳絮，待风一吹，即可扶摇直上。不知不觉，两行清泪湿了脸颊。然而，更大的痛苦在等着他。

一旦看清大竹椅上黑黢黢蜷缩的人形，张小三瞬间石化。

从那脑袋上影绰缭乱的一团花白头发来看，再不可能是别人！

老花头来了老实街……侧身对着张小三，胸脯紧贴着大竹椅的一侧扶手，好像要把那竹材藤葛，使劲勒入自己的血肉中去。他还在全身抽搐，弄得大竹椅索索作响！

张小三心惊胆战，眼睛死死地朝他盯着，随即喷出炽烈的火苗。最好，老实街再来一次大毁灭，整个世界天崩地裂，将红尘所有的爱与欲、幸与不幸，全部彻底倾覆于万丈废墟之下，永不得见。张小三浑身僵硬，一动不能动，好像被树精地母从地下拽住了两腿。他也没有了呼吸，宛如死掉。

过了许久，老花头才慢慢起身离开被编竹匠女儿遗弃的大竹椅。他摸索着，走出孤挺的竹器店。张小三并未停留，顾不及会不会惊动老花头，稍后也走了出去。老花头飘忽向南，他则向北。他要回将军庙街上的岳家。老花头路过了那眼千年古泉，他在路过张公馆时，被倒伏在残垣断壁间的独步春枝蔓绊了一脚。

踉跄立定，回头张望老花头，已杳然无踪。一只飞奔的野猫掠过一道灰影子，也不见了。

很快，张小三走出了老实街废墟，好像再无牵挂，也好像才得了神力，能保涤心泉于独步春最末的馨香之中，暗涌依旧。

春的宁静的残夜里，夏日隐隐地来到。

礼拜寺巷
Sanjun 2018

第十章　竹器店

1

我们难以阻止自己的遗忘，才过去十几年，老实街的一切就仿佛都已散入云烟。除了自家紧邻，常把别家的住址给弄混。莫家大院有个老王，刘家大院也有个老王，回想到他们，却是同一个人。这很不好，但也没奈何。他们不像马二奶奶，瞎了只眼，又爱站大门口，爱跟人搭话。外来人问路，她比小孩子们还热心！

本来马二奶奶的那只眼不会瞎的，白内障手术安全系数不低，医生偏没给做好。依着社会上的那些人，怎么着也得七姑八婆大闹一场，让医院赔一笔。她坚决不同意，认为医生既做好了一只眼，总比两只眼都瞎了强些。

我们老实街人历来讲究随分从时，善待他人，从马二奶奶身上可见一斑。独眼马二奶奶从医院回到老实街，没感到憋屈，反而欢天喜地，逢人就说，这一回，她要把老实街好好看看，把老实街的一砖一瓦全都装在心里，带着见马二爷爷去。

马二奶奶家的紧邻是编竹匠女儿家。我们都没想到编竹匠女儿鹅会主动盘掉她经营多年的小卖店。那时，老实街拆迁已成定局，但她不管。好像从未有老实街拆迁这回事，她重开了竹器店。她原本穿金戴银，但她全摘了下来。不光素面朝天，身上也没了一件鲜艳衣裳。腰上系了条灰蓝色的厚布围裙，往矮竹凳上一坐，埋头摆弄起老编竹匠生前使用过的锯子、拉钻、劈竹刀，好像老编竹匠再世。

为保护老实街，我们强烈反对拆迁。如非要问我们对此有多大把握，我们可以坦白告诉你，时代巨轮之下被碾压成灰的恐惧，总是早于事实发生。胳膊拧不过大腿，耆老如芈老先生者懂，颟顸如鹅之子唐石头者亦懂。

但是，这一回非同以往。皮之不存，毛将焉附？老实街不在，老实街人的根也就断了……我们也并非忘了老实为人的信条。

如今，老实街早被深埋于地下三尺，而编竹匠女儿的编竹店一旦重开，就再也不会倒掉。你知道的，那些日子里，编竹店是怎样引发了我们内心的崇敬。

在我们看来，尽管编竹匠女儿失却了以往对人的热情，但如同她的洗尽铅华，都在为她的举动增添一份庄严。从一开始，给她做帮手的就只有十八拐胡同的大老赵，我们不过是袖手旁观，好像破坏了这最初的组合，就是少了必要的郑重。

屋子腾空，放上各色已经陈旧的竹器，时光倒流，竹器店的格局似乎与老编竹匠生前不差分毫。

当然，我们有担心，但没说出口。那就是，编竹匠女儿干得了干不了竹器店里的粗活。事实上，我们的担心是多余的。从小耳熏目染的编竹匠女儿，技艺不逊于她爹唐老五。在我们老实街，哪家都找得到唐老五编的竹器。黄家大院芈老先生的躺椅，据说已用了至少三十年，但依然坚固。竹筐箩、竹筛、竹筐、竹簸箕虽已由其他材料的器具代替，也总能找到一两样儿。编竹匠女儿坐在竹器店里破篾、匀篾、煮篾、编篾，常常一两个小时不见说句话，也不动动地方。相比老编竹匠，编竹匠女儿的竹器偏于体积小巧，做工精细。

我们从竹器店买来好看的小篓子、小垫子，不为实用，是要做个念想。

来买东西，她也不说“看着给吧”，使人为难。随口说出一个价格，绝对是合适的。不能说编竹店的生意兴隆，但起码给人一种错觉：编竹店永无终了。而编竹匠女儿也将在这里一天天变老，就像一个人的故事从这里开始，终将在这里结束；在哪里送一个人远行，就在哪里等候他的归来。

从编竹匠女儿的脸上，我们没有看到哀愁。别说她不需要我们，也不需要有自己的丈夫，更不需要有儿子。她并非父母所生，而是由自己而来，当然须由自己了结。每天坐在竹器店做着那些活计，此生就已足矣。时辰一到，万事皆休。她所等待的，就是那样一个时辰，可以很长，可以很短，长短皆由命定。

私下里，我们说，编竹匠女儿是在守着一座空庵。面相古奥的外来人走进老实街，莫非不是度人的吕洞宾。马二奶奶少时在大观园看过义和班的一折上妆扬琴，就讲吕洞宾戏牡丹的故事。白牡丹生在凡人之家，唯有洞宾老祖识得她的仙体。我们却只识得肉体凡胎，看编竹匠女儿做粗活，还会下意识地想她的手会不会变粗。尽管有时她会戴上手套，但毕竟不像过去站在柜台后面轻来轻去接钱拿东西。

这双手不论粗细，我们不得摸。马二奶奶摸得。那真是一双好手，十指尖尖，曾经白白柔柔，可是现在，已起了硬茧子！事后马二奶奶就对人说，鹅这是在苦自己！

我们觉得马二奶奶说得很对。编竹匠女儿是在她的庵里修行。老实街拆迁后她没往政府安排的燕翅山友谊苑去住，而是住进了在环山路另买的房子，与我们完全断绝了联系。我们见不到了她，就等于让洞宾老祖给度了去。

在她身后，她的庵岿然独存，俨然圣迹。

2

有段时间，我们满以为狮子口街的那个人会娶她。两人不但年岁相当，而且相互有意，不料总没下文。这一年，她给儿子石头办了婚礼。石头不到结婚年龄，但同居女友怀孕又不想打胎。这都不是问题，她找得到门路。也没举办婚礼，但该露面的也都露了面，有历下区原在劳动局管招工的老常，原济南市糖酒站的老站长贾式玉。我们还见到了狮子口街的那个人，他给小两口送了一台小霸王影碟机。在这里我们压根儿不想提他的名字。老实街的消亡跟他有直接的关系，至少是他促成了这件事。从她儿子结婚，我们就开始隐隐感到她与这个人没戏。让我们指望她会很高兴，很不切实际。

我们很多人都记得她与儿子发生的那场争吵。整个少年时期都闷闷不乐的儿子，即便结婚后也没有快乐起来。也不想去找工作，而是每天与他的小媳妇一起泡在家里打电子游戏。他从济南三职专毕业，到他结婚，一年多时间，我们很少在街上看到他。有了陪他玩的，更见不到他的人影。

说实话，除了紧邻的马二奶奶，每个老实街人都不是他的朋友，我们觉得这跟他家的小卖店有直接关系。小卖店出售各种副食，根本不缺小孩子稀罕的零嘴，几乎能够满足每个孩子的需要。老常拿一块鲁泉食品厂生产的高粱饴，就可以轻易俘获其他小孩子的心，但对石头就丝毫没用。石头长大了，不爱说话，每天眉头不展，在街上走过时，也少有停留。我们都不相信他会认识老实街的每个人。

长久以来，我们熟悉了这样的一种场景：面带愁容的老女人像怕冷一样，紧紧怀抱一个漂亮的苍白的孩子，坐在当院的竹椅上，不时轻轻摇头，长吁短叹。老女人就是编竹匠女儿的老娘，孩子的姥姥。孩子几乎从未离开过老女人的怀抱，只有马二奶奶来串门，才偶尔被马二奶奶领到自己家中，参观马二奶奶那些年深月久的珍藏。

马二奶奶有一笸箩的顶针，银的、铝的、铁的、铜的，上面花纹各异。其实马二奶奶不姓马，姓卜，是马夫人从城北白鹤庄娘家带来的用人，从一来马家就做些缝补浆洗的事。当时马家也算小康之家，城外有田产，城内有铺面。马夫人知书达理，却一直没生育，后来得伤寒死了，卜姑娘也就续了弦。

不知马二奶奶从哪里搜集到的这些顶针，我们怀疑都是她用过的。若把手伸到笸箩里，这些顶针就会发出小小的多变的相互碰击声，好像盛了一笸箩刚被炒焦、炒熟的长生果。石头喜欢上了把手伸进这些顶针里，喜欢听那动静，喜欢顶针带来的一丝丝金属的神秘凉意，嘴角难得现出一笑，让马二奶奶看了备感欣慰。拿出手来，还会有一两枚顶针套在他细细的手指上。碰巧，常被套上的总是带着国民党党徽图案的那枚，惹得马二奶奶把他叫成“小国民党”。

“你个小国民党！”马二奶奶这样亲昵地叫他。

阳光从窗外照进来，这一老一少就迎着阳光辨认顶针上的花纹。不论银铝铜铁，在阳光的照射下，顶针都会闪出玉石的色泽。

“小国民党。”屋里不时响起马二奶奶亲昵的称呼。

马二奶奶告诉那个孤独而忧伤的孩子，这些顶针还差点儿被“国民党”搜去炼了钢铁。她提前把顶针藏在了酱缸里。当时她在街道小食品店帮卖酱油。

不用说，马二奶奶喜欢石头。石头大了，反而很少去她家里，但这不妨碍她去编竹匠女儿家。

争吵声从编竹匠女儿家传出来，等我们赶到时，母子俩正坐在地上抱头大哭，身边躺着被编竹匠女儿一怒之下扔出来的小霸王影碟机和游戏机手柄。她的那个儿媳妇只管背靠门框，夸张地挺着肚子，嘴里大嚼着锅巴，笑微微的，斜着眼，一声不响，也不瞧他们母子。我们正要劝慰，编竹匠女儿却腾身而起，拉起儿子，一股风地跑到了街上。

那一天，我们真的为这对母子难过。我们忽略了一个孩子从小没有父亲的痛苦。在他自己即将成为父亲之前，因为与母亲的冲突，他第一次向母亲说出了心里话。那么，能让我们老实街的女儿如何呢！于是，我们亲眼看到，编竹匠女儿拉着哭泣的儿子，快步走到林家大院，走到胡家大院，走到李家大院，走到陈东风、张小三、李汉轩、李汉堂他们跟前，对他说：

“叫爹！”

这个初春的午后，一个为自己没有父亲而常年沮丧的孩子一下子就有了很多父亲。

在我们的注视下，那孩子终于收住了哭声。

后来，母子二人一声不响地慢慢走回家中，街上重又平静下来。

一扭头，我们就看见了坐在门枕石上发呆的马二奶奶，也像头一次发现马二奶奶已经这样老。她的头发全白了，而且，她是小脚！老实街上的小脚女人，就她一个。整个人嵌在黑色的蛮子门里，好像来自时光隧道的最深处。我们立刻就明白了，编竹匠女儿刚才曾经呼叫她最爱的孙子马大龙。当年马大龙犯事被毙在南郊十六里河，才结婚几个月，连个后都没留下。他若有孩子，能比石头小两岁。

没过几天，编竹店女儿就对人说，要关掉小卖店。我们都不相信，老实街上小卖店有四五家，都没她经营得好。虽说老实街拆迁的传闻甚嚣一时，但也没有必要这么急就停了生意。去小卖店打听虚实的，好心劝阻的，我们知道有好几位。王家大院的白无敌，刘家大院的老王、朱大头，前街口张瘸子，后街口唐二海，都去劝说过。很多人知道石头不想找工作，其实就等着赌受这店。他也不想想，紧你开，还能再开几天！

更多的人选择沉默，因为他们知道，别看小卖店主人是个女流之辈，却比男人还要有主见。她比我们任何人想象的都要刚强。在我们永诀老实街之前，编竹匠女儿是要休息了。我们给她算了算，顶多再过五六个月，她就要做奶奶。这就是说，她还有五六个月的时间享享清闲。

一想到编竹匠女儿能有这个结果，我们心里就会涌起一阵阵莫名其妙的感动，好像埋藏了几十年、上百年的一颗种子正在心里悄悄萌芽。

哦，是春天了呀！风，这么柔，吹面不寒。满眼里，都是新绿。暖融融的阳光，牵出了一道道细细的长长的银丝，密密麻麻，每一道都通向未来，通向世界的尽头，好像在我们老实街，春天永恒。老实街消亡，就没这回事！老实街人，也都成了精，千年不灭，万年不朽。

从今往后，每天都是欢会。

3

果然，最招我们老实街人喜见的老常，助兴一般，沐浴着骀荡的春风，摇摇摆摆地从他住的按察司街来了。

想那老常，历年给老实街人办过多少事！当初他管招工，从不拿大。在他那里，老实街人有求必应。退休下来，但凡能帮上忙的，还是不含糊。他不在位子上了，不怕。雏凤清于老凤声，人家早铺好了路，儿女都管用。

在我们老实街，往往老常一来，阴霾顿扫。今见老常，更令人陶然以乐。老常径直去了编竹匠女儿的家里。不得不说，老常总是能够在最巧、最妙的时机出现在编竹匠女儿的小卖店。

老常来了，不说别的，张口就让编竹匠女儿把石头和他的小媳妇叫到跟前。老常不是摆谱，威重是骨子里带的。老常身子很大，往他常坐的那张大竹椅里一坐，气象俨然。问那小子对将来有什么打算，那小子咕嘟着个嘴，支支吾吾，半天没听清他说什么。老常就说：“你也不要为难，想做什么，大爷我都能帮你做到。今天我说两句重的，没啥不应该。从你小，我没把你当外人，我就是你亲爹！再过上几个月，你也是要当爹的人了，心里也该有个数。想好了，给我说，给你妈说。你大爷我还有这点本事，你信得过我就好。”一番话更让那小子张口结舌起来，对老常干瞪着眼。编竹匠女儿说，去吧。小两口就乖乖地垂头走了出去。

一转脸，老常看见编竹匠女儿朝他背着身子，刚要叫她，就听她说：

“让人看笑话，也有一辈子了。”

“谁敢看你笑话！”

“我看是你。”编竹匠女儿说，“你对他好，他也不一定知你的心。”

“你说我为了这个……”

编竹匠女儿猛地回过身来。“你来干什么！”她冷着脸打断他，“看热闹不嫌事大。”

“我来……”

“一来我就知道，你怕他给我气受。”编竹匠女儿说，“他给我气受，关你什么事？我是他妈，你是他哪门子的爹？哼，大爷。你是他爷爷！”

老常已不知不觉地站起身来。他向编竹匠女儿走去。“不管是谁，都不能给你气受。”他说，“我不是他亲爹，我也能管住他。”

“能哩！”编竹匠女儿说，“你是恶霸，是强盗，管我儿？我就赶你个恶霸、强盗！不赶你出去你就能吧。”

“鹅，别逞强。”

“我本来就强……”

“你受不住时，哭几声就好了。”

“别想我哭给你看，老头子。”

他们在小卖店里转起圈子来。

“鹅，你这是要我的命。”

“是你自己不要命。”

“我不要命。”老常说，“好！”

“将来我去哭你。”编竹匠女儿说，“但你还是见不到我的眼泪。我看你还是认了。”

“不认又怎样？”

“不认都有好看。”编竹匠女儿说，“你没趣，我也没趣。”

老常站住了。

编竹匠女儿也站住了。

两人之间，相距五尺三。

脚下虽不利索，但马二奶奶也赶了来。马二奶奶给老常带来了几双鞋垫。鞋垫针脚密实，针法灵巧，一双绣着金鱼戏金莲，一双绣着凤凰牡丹，另一双绣着如意盘长。马二奶奶让他试。编竹匠女儿接过来一看，说一声“难为马二奶奶了”，目示他在竹椅上坐下，就弯下身子，亲自帮他把鞋垫放进鞋子里，大小不差。他穿上鞋，坐着在地上跺跺脚，连声说合适。编竹匠女儿就抱着他的小腿，给他脱了鞋，重新把旧鞋垫给换上。旧鞋垫还不旧，也是马二奶奶做的。

鞋垫换好了，编竹匠女儿忘了马二奶奶在场似的，仰脸盯着他看。他渐渐有些吃不住，编竹匠女儿就说：

“有件事你给记着，这房子我要修修，别让他们来找麻烦。”

他不解何意，编竹匠女儿就站起来，走到门口。

“我要重开竹器店！”她说，像是对自己说的。她又说了一句，平静如水。然后，倚着门，望着街上，望着远处，别人望不到的地方。神情淡淡的。

但是，她可不是说说就算。不过是第二天，就动手了。当时，并不是所有老实街人相信传闻，陆续有人赶来求得证实。

不假，大老赵也在。小卖店多年代售他家做的酥锅，从今已成历史。

我们袖手一旁，看他俩把那些不用的货架挪到院子里，连伸把手的念头都没有。大老赵比老常小不了几岁，我们却感到他俩既像夫妻，又像兄妹。

自始至终，都没见石头和他媳妇露个脸儿。我们不是在想小两口儿不懂事，而是在庆幸着呢，好像这个天地，就是她和大老赵的。

恍恍惚惚，编竹匠女儿的家就在我们眼中化作了一座戏台。

这戏台有意思，对着一座大青山，枕着一道清流水，周边儿几十里都没人家。

谁搭的呢？就几根木杆子，说是柞木不是柞木，柳木不是柳木，光杆儿，搭了有些年数了，顶上也没席棚，不怕刮风下雨似的，就那样让大太阳直直地照着。

那锣鼓声儿，若有似无，却可传达天庭。

大台，才台，才大八才台……台上人，四功五法俱全。

台下人，东一撮儿，西一捏儿，野地里随便站。

看那台上演的，一会儿像是《武家坡》，一会儿又像是《桑园会》：

三月里天气正艳阳，
手提竹篮去采桑。

戏台上演了多少年了？岂止从腊月到正月，从春到夏，从夏到秋，从秋到冬，是从搭戏台那天起，就开始演。哪天搭的戏台？没人记得。没人记得就是从三皇五帝起。宇宙洪荒，天地初分，从那时起，戏台就有了。戏台上的戏从古到今，就没断过！

今日夫妻重相见，
只怕相逢在梦间。

编竹匠女儿像有千年的日子要过，又找人将原先的窗子开大，门窗都刷了黑漆，还换了房上的坏瓦。依着将就，弄些大红瓦也可以，但她不想像别人家一样，在房顶上打那些难看的“补丁”。小青瓦不好买，结果还是老常给想的办法。老常带来了济南市园林局的一个人给察看，更让我们感到不寻常。

这个老常，就没想到避嫌。

4

老实街即将拆迁的事实，曾像乌云一样盘踞在我们头顶。可是，浑然不觉，乌云已经消散。一时间，街上又渐渐有了欢笑，阳光重新普照着老实街。看着编竹匠女儿坐在竹器店里，谁都感到是时光在倒流，自然，眼前光阴更长，尚不需担忧。梦魇过去，好日子才开头嘛。

趁着好日子，该了的，快了。

不了么？——睛等着后悔！

听好喽，接下来给你们说几桩奇事。

张家大院老桂的儿子不是在济南铁路局当列车长么？他跑的是

济南至深圳这道线，那时火车还没提速，来回得四五天。半夜回来路过苗家大院，一扭头发现苗家大院后面的小巷子里有个黑影，颇觉眼熟，但又说不出是谁。下意识地认为不是在做明事，怕臊了人家，就悄悄走了过去。熟料，下次出车回来，家人就告诉他，苗家大院后墙倒了，才知失窃。墙下出现了一个大坑，土里露着石头，坑底正往外渗水。我们恍然想到，这苗家大院的主人，当年可是富甲一方的南货商！再想想两年前，袁家老宅有户人家收拾天棚，从墙洞里搜出一罐袁大头。袁家后人闻讯赶来索要，那户人家行好，如数奉还。如此想来，王家大院地下，胡家大院地下，整个老实街地下，不定埋藏着多少金银财宝！

九号院朱缶民老先生的二儿媳，忽然疯了！

她从刘家大院经过，听到一只短脚猫发出人声："冤……"像是那年曾在这里开理发铺的剃头匠的声音。急忙回到家，不光公公不认识，连当过帆布厂技术员的丈夫也不认识，上去就要扯胡子。不是几个后人强拦下来，她还要上房揭瓦。

无独有偶，张小三的老婆回将军庙街的娘家，眼看从附近天主堂走出一个人，就身不由已地跟着。你道他去了哪里？只见他穿街走巷，往老实街去了！来了老实街，哪家也不去，竟又去了穆宅。自穆宅主人死后，屋子空了两三年，才被历下区房管所收为公有，租给了一家民间协会。不料，来办公的人无不表示，独处时常常禁不住头皮发紧。宅内有架紫藤，每至花期，其繁盛令人恐怖。屋内有一泉，近之则寒彻肌骨。打听宅内有无冤情，我们自不便说。逾久，协会的人也便绝迹，致使穆宅日渐凋敝，为我们暗暗视之为凶。

张小三的老婆起初还以为是协会的人，也不害怕，拐过纸扎店，看那人到了穆宅门前，门也不开，竟闪身而入。张小三的老婆，寒毛一奓，登时两眼发直，四肢抽搐，嘴里开始胡言乱语，求人带走。

这下热闹了！张小三被人叫来，但她还是一个劲儿跳跶着，试图挣脱人们的阻拦，连声呼叫："带我走！带我走！"

"这不星儿她爸来了嘛！"

张小三抱住她，不知为什么，没看到他脸上是什么表情。她也认不出丈夫，人们也便帮忙把她强行抬回家中。

跟朱老先生的二儿媳一样，一觉醒来，就不知发生了什么事。

……

马二奶奶不光在家烧香，还从街上纸扎店买来几卷黄表纸，自己去路口、旮旯，把纸化了，而且见猫就拜：

"你有何冤？"

往日，别说是她家人，就是街坊邻居，见她搞封建迷信这套，都敢当面取笑她。可是，现在我们不这么做了。我们觉得，拜一拜么，也还是好的。

我们看她做，都笑而不语。

这一天，她烧完了纸，返回自家院门口，正要进去，好像忽然被什么惊醒一样，抬头对门楣上两个门簪望了半天，也不管还有小孩子们跟着，转身就去了竹器店。

编竹匠女儿抬头一看，就知她有话，便请她坐。

"鹅，"她缓缓地张口说，"你唐家是开竹器店的。你爹老五是老济南数一数二的好编竹匠。公私合营，竹器店不让自个儿开了，他在老实街合作社也是好编竹匠。到后来，竹器店又能开了，他还是好编竹匠。鹅，你说我猜得对不对？你这是替你爹开店，替你爹当好编竹匠哩！"

"二奶奶怎么想起说这些话了？"编竹匠女儿愣了一霎，嗓音竟有些发哑。

“马家的老宅在哪儿？”马二奶奶自顾问，“花家的老宅在哪儿？”

编竹匠女儿一时没答出来。

“管它们在哪儿，管它们给谁住，都没用了。”马二奶奶说着，把身子向编竹匠女儿倾过去，已经按捺不住地兴奋起来，那唯一的眼睛里亮闪闪的，好像瞬间回到了年轻的时候，“我在老实街受过，别提受过的那些苦。但凡有一些想不开，早跳大明湖死了……也享过福。哦，让小国民党走吧，让他们都走吧。我是不想走了。我信了一辈子老天爷。我都八十七了，在这条街上，虽没到芈老先生那岁数，也算活得够老了，——老天爷开开眼，等人搬家那天，让我一闭眼过去就好了。”

“您老福寿多……”

马二奶奶摆手不让她说。“这些年，让我心痛的一件事，今天不想憋着了。”她慢慢沉静下来，“我那没福的孙子，对你有意……都瞒不过我的眼。可你俩没缘。”

编竹匠女儿不由将头一低：“我配不上他。”

“他结了婚也忘不了你。”马二奶奶说，“他就胡作……他作死。他是再活不过来了。我就想着，我要在老实街追上他。我看见他了，他从十六里河回来，每天每夜都在老实街来回走。”

说着，陡然不响了，那只眼里的光越来越暗淡，也越来越空洞。

过了许久，编竹匠女儿才轻轻叫她一声。她定了定眼神。

“您喝杯茶。”编竹匠女儿说。

“我把他看得紧，”她又开口道，“要是你怨我，就怨吧。”

编竹匠女儿欲辩，却说不出来。

“我告诉了你，我是自在了。”马二奶奶说，“鹅，咱娘儿俩还是到此了了吧。总说不出口……本想着把这心事带走……了了。”马二奶奶要从编竹匠女儿眼前站起来，却像力气不够：“扶我起来。”

编竹匠女儿伸手扶她，隔着衣服好像摸到了枯骨。

马二奶奶很瘦。

“不停地走，不停地走……”她嘴里还在嘟囔着，“老实街没了，就该歇了。”

谁在不停地走？当然是她死去的孙子马大龙！

只将她扶到门口，编竹匠女儿就松了手，任她自己蹒跚着走出去。在她走向自家院门的路上，三两枚纸钱被风吹起，追逐了几步，又静息下来。

编竹匠女儿站在门旁出神，好半天没有动弹。她咬起自己的手指来，但还是孤独地站着。过一会儿，又开始在店里来回走动。两只胳膊抬着，像是架起了两只翅膀，像是要飞。

这天是一个很好的天气，星空璀璨，惠风和畅。可是，她还没有飞起来，好像是在等着另一个人跟她一起飞。马大龙她是等不到了，她等大老赵，等老常，等张小三、陈东风、李汉轩、李汉堂……没有一个人来到。

最后，她连身衣服也没换，店门也没关，就独自走到街上。

我们忽然想到，即便街上有人撞磕着，也没见她出来。老实街上的一切，好像已经跟她没了关系。

现在，她一股风似的走到老实街之外了。

5

大约是在两个月之后，我们才听说石头在一家贸易公司参加了工作。显然，石头不想让人知道自己参加工作的事情。不用说，这份工作不是他自己找的。我们猜测编竹匠女儿又找了老常，或者找了宽厚所街的周式玉。

天不亮，石头要出门。虽然有可能碰到下夜班的人，但在灰暗的光线里，总是容易避开的。他回来也要很晚，同样可以躲开人们的视线。而且，他还有了出差的机会。这样，家里就只有婆媳二人了。

石头不在家，那媳妇也开始变得乖顺了许多，偶尔也来竹器店里要给婆婆打打下手。婆婆不让，她就主动给婆婆沏水。婆婆免不了教导两句，她还是肯听的。她在家里待腻了，也会小心地走到街上来。

一来二去，我们就知道了石头去哪里出差了，又去哪里培训了。渐渐地，我们也打听清楚，石头本来拒绝母亲给找的任何工作。最后又怎么接受下来了呢？那媳妇心眼儿不少，抿嘴一笑，谁问也不说。她不说，我们也能猜个八九不离十。胁迫，打骂，都有可能。石头总算从家里走出去，我们为编竹匠女儿感到庆幸。

日子就是这样，从没有中断，老实街拆迁也不是末日，而且我们有时也好像忘了还有拆迁这回事。

老常来了，我们照旧很高兴。

可是，老常带来的也并不总是令人高兴的讯息。因为谈到石头开始走正道，我们向老常表示感谢，老常却透露不是自己帮忙，顿时让我们心里一凉，因为我们潜意识里就爱把所有善事都往老常头上安。同时，我们也想当然地排除了周式玉。

一种危险的猜想不招自来。虽然我们不愿看到，但编竹匠女儿去找那个给老实街带来灭顶之灾的人给儿子安排工作的事实，却已经不可阻挡地浮出了水面。

是的，我们至今不愿意提到他的名字。我们不由得为石头万般无奈的妥协感到一丝惋惜。

再看到石头，感觉不一样了。他年纪尚小，不仅可爱，也是令人尊敬的。

可是，当我们得知编竹匠女儿那晚上走出老实街后，在济南大街上的踟蹰，我们的心却不能不为之所动。

编竹匠女儿走出老实街，是要找一个能够听她说话的人。在老实街，不光马二奶奶不是，儿子、儿媳也都不是。那个人只能在老实街之外。她走到黑虎泉西路，又走过了几道街，才想起来，老实街之外也没有。这个世界，就她自己。街上的游人未息，像白天一样热闹。抬头看见自己是在江家池街附近，想起小时候自己常跟小伙伴一起去江家池看神鱼。可是，她去不了江家池了，江家池被围在了五龙潭公园里。这个时辰，公园早关了门。接着，她又往前走，躲不开的还是游人，有时候还被问路。后来，她停在了一棵大树后面，从衣服里摸出一部小灵通。

如果马大龙能接电话，她肯定要给他打过去了，管他是谁的丈夫，谁的爹！

她恨着马二奶奶向她提起马大龙。她不是跟马大龙没缘，是有缘没分。她也没忘马大龙，那个青年，跟她年岁相当、招人喜欢的青年。一想到他，她就像被他紧紧地抱在怀里。

有什么用呢？都是过去的事了。

她可以把老常约出来。这老东西，过去帮过她多少忙。

老东西在位时有权有势，年纪一大把又找了年轻老婆。第四个了。可是，她也不想约他。

心头一软，编竹匠女儿眼睛就湿了。她没像我们想象的那样要强。你知道的，不久前，她还穿金戴银，搽胭脂抹粉儿。那时候我们还以为狮子口街的那个人会娶她。等她把这些金的银的全摘下来，我们就知道全完了。金的银的有她自买的，当然更多的则是他送的。她把这些无用的东西一股脑儿压在了箱子底，可她还留用着他送的小灵通。

此刻，这部小小的手机，像是嘲讽，在她手里发烫。是的，她的要强也没有自己想象的那样彻底。她抽抽鼻子，调整了一下自己的情绪，就拨通了那个人的电话。

“我要见你。”

“随时都可以。”那个人说，“来吧。”

“你笑我吧，高杰。”她说，“我重开了竹器店。”

“原谅我没去祝贺。”

“我是为我爹开的。”说着，声音止不住发起颤来。“马二奶奶说得对。是我让爹妈丢人……是我害了我爹。爹一死我就毁了爹的竹器店。我心里有愧。”

那个人没吭声。

忽然，她也不想说了。显见的，她爹唐老五的竹器店，可以毫无意外地开到老实街的终了。

“你来吧，鹅，再晚我也等你。”那个人说。

她沉默着。

“我不会把你怎么样的。”他说，似乎哧地笑了一声。

在一座酒店，编竹匠女儿坐在豪华的大厅里等他从楼上下来。他来了，风度翩翩。可是，她不愿跟他上去。

“你再看看我的老样子，我以后就不见你了。”她小声说，把头垂得更低。

那个人满心疑惑：“你怎么了？”

“我在想一个人。”她终于说。

那个人马上脸色一暗，又掩饰住了：“到房间去说。”

“我很难过。”

那个人张望一下华灯四射的大厅。

“我脑子很乱，真的。”她想起了朱缶民老先生的二儿媳和张小三老婆发疯的事情。她像不知道自己在做什么。

那个人向她伸出手，似要抚慰她一下，却又停住了。

"我把我爹的事了了。"她说着，朝他抬起头来，并不回避他的目光，"我是在想马大龙。你也该记得他的。他给毙了，毙在十六里河。老实街上，只有我一个人去看。人山人海。五花大绑，还对我笑……我，我忘不了他。"

那个人已在她旁边坐下来，样子有些落寞。他轻轻地吁口气。

她不由自主地摇摇头。忽然，向一旁扭过脸去。"我做得很不好，这辈子总是在丢脸。"她说，"我就给你说过。"她颇慌乱地站了起来："我要回了。"

那个人手扶脑袋，没有挽留。

她向前走了两步，却又走回来。她往下看着那个人。

"高杰，我想求你一件事。"

那个人向她仰着脸。

"帮我一次，高杰，帮我把儿子的事也了了。"她恳切地说，"请你给我儿子找个活儿干。他不能一辈子都在老实街。他得有个安身的地方。高杰，我就指望你了。我保证就麻烦你这一次。离开老实街，以后就只是他自己的事，我不想管，也管不到了。"

那个人还能怎样？他不易觉察地点点头，但编竹匠女儿已经轻松起来，羞了似的，脸上一红。

"我穿得一点不好。"她看看自己的衣服，微微扭动了一下腰肢，说道，"你要让我上去嘛，我就跟你走。"

那个人默默起身，向电梯走去。

编竹匠女儿略停，也就跟上。

6

后来我们知道，那个人很快就把编竹匠女儿送下楼来，而且亲自给她叫了出租车。他们客客气气的。这反而让我们隐隐有些不快。

编竹匠女儿是过了年轻时候，但她不美了么？谁要说编竹匠女儿不美，那是瞎眼。问问老常，问问大老赵、张小三、陈东风、白无敌，看他们说美不美！

不过，我们终归还是得到了安慰。石头变了。有一天，石头出差回来得早，从火车站回到老实街，还不到中午。一进老实街口，就碰到了老朱，不光主动打了招呼，还给老朱敬了一支烟。

老朱点上一抽，嗬，好烟！一看牌子，万宝路。可把老朱给喜的，特意跑到编竹匠女儿跟前，夸石头懂事，有出息了。

还有更让人欢喜的呢。石头竟然还给马二奶奶捎来了礼物，一件捶腿捶腰的七星锤，一件穿针器。马二奶奶嚷着来向编竹匠女儿感谢“小国民党”，编竹匠女儿说：“您老别放心上，他是顺手人情。”马二奶奶就说：“我可不管顺手不顺手，重要的是有心。”

到了十月里，儿媳生了，是个孙女。我们都替编竹匠女儿高兴。这不是好好的一家人么。编竹匠女儿也算有钱人，还给儿媳找来了保姆。

伺候完月子，编竹匠女儿又有更多的时间坐在竹器店里了。当了奶奶的人，体态都跟往日不同。往店里一坐，自有一种端方慈厚。平时她也很少出门，左不过汲水、买菜这两样。

也是在十月里，老实街具体的拆迁日期已确定，我们以抓阄的方式选了友谊苑的房子，可是我们对此一点也不感到喜悦，即便是分到了比较好的楼层。

入冬不久，迎来了第一场小雪。地上落了薄薄一层。从街口走来一个人，把自己包裹得严严实实，我们都没能认出是谁。等他直接去了竹器店，我们才想起来是狮子口街的那个人。虽然下雪，但天气还不是很冷，他把自己包裹这么严实，是怕我们认出来跟他不算完？竹器店没关门，我们从外面看得见他俩。说实在的，看那交谈的情形，不像是一男一女，倒像两个男性。

那个人离开的时候，编竹匠女儿送到门外。两人脸上都带着笑容，那个人还伸了一下手，让雪落在手上。

雪落手上，立时就化了，不用实验我们也知道。

那个人走后的第二天，编竹匠女儿嘱咐好儿媳和保姆，就出了老实街。因为那个人的介绍，编竹匠女儿从环山路的一个楼盘买了套精装修的四室两厅大房子，当然会有大的优惠。编竹匠女儿没声张。声张出来只会引大家不好受。

不独编竹匠女儿如此，另有自购房屋的人家，也没声张。正应了那句话，树倒猢狲散。

飞鸟各投林的结局，终归免不了，而且近了。

大雪、冬至，小寒、大寒，转眼到了腊月，我们迎来了在老实街过的最后一个春节。

这个春节似乎与过去也没什么更多不同。比较明显的是，我们的亲戚多了。连多年不走动的，也都来了。还有，我们相互赠送年货，有些同院的邻居还一同吃年夜饭。

可是到了正月底，我们开始明显地心浮气躁。

自打编竹匠女儿开了竹器店，大老赵就不大来送酥锅。这是春节过后，大老赵第二次来送酥锅，只有小半罐。不料正往竹器店走着，就被前街口的李蝌蚪猛冲过来，撞了个人仰马翻，罐子破碎，酥锅里面的白菜、海带、豆腐、鸡肉、鱼肉，散落一地。那李蝌蚪也是快六十的人了，竟还嬉皮笑脸，连声说自己没长眼。大老赵辨不得真假，恼不得，借了旁边人家的一柄锨，收拾干净就回去了。

令人气愤的是，几天后的清晨，老实街被一股浓浓的尿臊味儿笼罩。虽说每家院里都有厕所，街上的下水道有些地方也盖得不那么严密，但这尿臊味儿与从厕所和下水道散发出来的截然不同。这是被搅动起来的，有了冲力的汹涌的尿臊味儿。循着尿臊味儿的来路，我们走到了竹器店。石头还没上班，编竹匠女儿才刚打开店门。

竹器店门上被泼了屎尿。半明半暗的晨光照过来，让我们看清了写在门旁墙上的两个石灰大字：

破鞋。

我们都愣住了。编竹匠女儿也愣住了。接着，我们看见她一点一点地蹲下身子，像刺猬一样蜷缩起来。

石头一个箭步跳到街上，嗷嗷叫着，瞪大眼睛四处张望，要用狂怒的目光将隐藏在世界背后的死敌给挖出来。

但是，编竹匠女儿又站起身，只是让石头去街口的涤心泉打水。

“去打水。”编竹匠女儿吩咐儿子。

儿子打来清洁的泉水。

编竹匠女儿开始擦洗店门。上班时间到了，她催促石头上班，然后还是一点一点地用水擦着。总算擦洗干净了，尿臊味儿已经很淡，她就又去擦墙上的那两个字。面对被污的墙壁，她迟疑了一下，似乎在想要不要保留下来。

“还是擦掉吧。”她笑笑，对自己说。

字擦起来比较不容易。她擦得很细。用了大半个上午，才总算擦得了无踪迹。天开始热起来，她出了一身汗。在她转身的时候，阳光照过来，让她的额头亮晶晶的。然后，她拾掇了一下门前，回到店里，又做起活来。

这件事让我们非常之痛心。很长时间我们都相信，编竹匠女儿去涤心泉打水，踩了一块石头，就生了石头。不是说姜嫄履帝迹而生后稷么？当然，石头非后稷可比，但他们一样是人。可是我们想不出谁会行如此恶劣之事。知人知面不知心。我们宁愿相信不是老实街的人。李蝌蚪已经遭我们唾弃了，尽管他声称自己是误撞了大老赵。我们打算不再把他当作老实街的。除了李蝌蚪之外，我们中间还会有谁包藏祸心？

虽然出了这桩难堪，我们发现编竹匠女儿似乎更沉静。一天到晚，她几乎不跟人说话。竹器店像口深潭，她像沉在深潭里。

刚过一个月，石头小两口就搬到环山路去住了。没请邻居帮忙，搬家公司全包，所以我们都不知道他家的新房在环山路的什么地方。那样令人难堪的事情，出现在我们老实街，而且成了永远的无头之案，没人再有脸面多问人家的去向。

马二奶奶来劝编竹匠女儿跟石头一起走，她却说：

“不就这些日子么？”

是啊，日子不多了。张公馆墙上的独步春，又要开了。开完独步春，老实街的故事就都该了结了，不妨再挨一挨。人这一辈子，总是这么挨一挨地过来的。马二奶奶不禁疼惜地把她的手放在自己怀里。这双手，因为做竹活，已变粗了。马二奶奶也只得叹一声，鹅，何苦！

活着有什么苦不苦的？其实，谁说苦，谁说不苦，都不作数。不过是一年前，马二奶奶还说要死在老实街。现在看来，老实街消亡之时，没一个人能死在这里。百岁老人芈老先生，也不能。

编竹匠女儿望着门外，脚步声一响，就会有人进来。

7

在老实街拆迁前一日，编竹匠女儿办了一桌酒。不请老，不请少，单请了老常。虽然忙乱，我们也都看见老常来了。酒席摆于竹器店，没摆在正屋，两张椅，一张桌。桌上是几样小菜，几样点心。鱼肉没要，都是素的。酒是平阴玫瑰酒。门一关，编竹匠女儿就跟老常喝酒。编竹匠女儿换了身新衣服，描了眉，画了眼，扑了粉儿。酒还没喝，人就有三分醉。

“该请大老赵。”老常说。

“不请。”

“请高杰。”

“不请。”

“请……”

“就咱俩！”

老常坐大竹椅上，三杯酒下肚，编竹匠女儿让他唱小曲，他就唱：

石榴花开胭脂红，
二十青年去当兵，
第一杯敬我的妈，
儿去当兵莫啼哭……

“不好。”她说。

他就捏了小嗓唱“姐儿妞”：

奴家今年一十九，
又想留郎又嫌丑。
虫吃水果心里啃，
满心愿意等郎求。
哎哟，我的郎君……

他停下来。“鹅，”他叫她，“你等的不是我。”

她扭着脸不看他。

“当年你要青春年少的，我不是。”他说，“你等到了现在。从我遇到你，我就再没有青春年少过。我知道，你心里不甘。”

她耳上的珠子在轻轻晃。这天夜里，她穿金戴银。过了半天，很小的声音才从她身上发出来。“没有什么甘不甘的了。”她说，“今天你不要走。老实街完了，从今往后，这些人谁也不认识谁。”

往日，同是这个房子里，老常曾多少次向她伸出胳膊，但她每次都像一条鱼，从他指尖滑溜溜地逃掉。他们还都记得，一年前的一天，在这张屋顶下，他们不停兜着圈子，相距五尺三。可是，现在，她早就准备好了。她已经决定不再躲闪。这个大个子男人可以轻易将她揽入怀中，她也将随他摆布。

四周悄无声息，一时间使她以为他已离开。她缓慢地把面孔转过来。不错，他还在。他好像才看清了她那潋滟欲滴的红唇，这使他暗吃一惊。也许是施粉过厚，在她脸上看不到一丝血色，好像她仅有的血，都已为那只红唇所收贮。此刻，哪里再是平日里风韵犹存的编竹匠女儿鹅，分明是落幕后僵滞在舞台上的、仍被戏中的情绪控制的戏子，而且不过是由一位面容清秀的男子所扮演。

他呢？也并没有抵抗住生命的苍老，庞大的身躯沉在椅子里，好像再也难以挪动，完全是个衰朽无用的老头子。

一种悲凉的感觉，忽然向编竹匠女儿心头袭来。那天，在金鸡岭下一座豪华宾馆的房间里，也是这样。那个比老常年轻的男人被一种莫名的力量所阻止，只是将她轻轻拥抱了一下，也就作罢。而老常也终会明白，哪里有什么舞台？不过是漫长无尽的岁月，已将人淘漉得雌雄莫辨。他们统统被她身体里的男人给挡住了。

既然雌雄同体，那一个人就够。

“老常，谢谢你。”她试着舒展了一下眉头，“我心里不是没有你。”

老常就说“我知道”。

嗯，知道就好。

她坚持把七八分醉的老常送到街口，看他在路灯下踉跄着走远，就回了竹器店。

这是她一个人的店，是她的庵。在她的庵里，一切都是自己的事。是自己的事就都好办。

她猛地想起什么来，忙又跑出去，看到店门旁的墙壁上的确只是写着个白色的“拆”字。老实街上，已有很多这样的“拆”字，无不涂画着个白色大圈。

“也就这样了。”她小声叹了口气，轻轻说一句，然后将竹器店的门一掩，就去了正屋。

跟许多老实街居民一样，她也一夜未眠。躺在老编竹匠留下的竹榻上，像个男人似的抱着自己，想了会儿竹器店里，什么东西要，什么东西不要。爹使过的锯子、拉钻、劈竹刀，就要吧。大竹椅，算了。一闭眼，就看见往事纷纷，一如遍地青苔，正向着茫茫夜色，一一铺展开去。

王府池子
haojun 2018

第十一章　大宴

1

我们老实街即将举办全体街坊的告别宴。提议首先出自苗家大院的张树之口，非常出人意料，因他是省发改委的副主任，不类布衣草民，大可随性。

省发改委在省政府院内，距老实街不远。张树当了大官，从没摆过架子，依旧跟他老爹住，上下班不徒步，就骑自行车。我们都希望他还有更好的前程，所以从不苛求他在老实街做什么，不做什么。

简言之，他总是对的。

此话一出，我们无不感到莫名地兴奋。

邻居一场，很该。

我们说，这是场大宴。只要有人挑头，哪个会不应？老人们不必说，男人们也不必说。新社会又不重男轻女，自然也不能少了半边天。还有孩子，他们是我们整个的未来。也就是说，这场大宴，将无一人遗漏。

“早两年，汇泉楼就能给办了。”张家大院的锁匠卢大头对人道，

“不要通天鱼翅，糖醋鲤鱼、活鱼三吃、银丝卷这三样，断乎得有。”

刘家大院的歪脖子朱大头过来道：“燕喜堂轮流去吃三天，盛得下。全家福奶汤、蒲菜奶汤、鱼肚奶汤，没得比。”

我们历来知道，俩大头遇到一起，颇有妙趣。街上从没人瞧见这二位大仙对视过，不是这个只瞧自己的脚尖，就是那个只顾摆弄手里的钢锉。但是即便二位大仙看都没看谁一眼，也会知道对方走到了自己身边。

我们几乎等了一辈子，等他二人之间发生什么故事，却总也无事发生。

老实街眼看即将被压在一座大商场下面，世世代代相邻而居的老实街人也将各奔东西。最后的时刻已经来临，稍不留神，就没戏唱了。

心里有了这小九九，我们的目光禁不住毒了，紧盯了二人，生怕错过了两张脸上哪怕一丝稍纵即逝的变化。

让人扫兴的是，卢大头刚才怎样，也还怎样。刚才他感叹再品不上汇泉楼的美味，就不管燕喜堂的全家福奶汤、蒲菜奶汤、鱼肚奶汤如何令人怀想。朱大头的话就像没说。

金菊巷的燕喜堂，比江家池的汇泉楼没得还早，但是同是济南老字号，燕喜堂的旧址还在，汇泉楼已片瓦无存。

卢大头把摊摆在后街口，收了摊就把家什儿放在唐二海的酱菜店门后，不用弄回家。唐二海长年给他提供这么大方便，他没有理由再从别的地方买酱菜。

别说是老实街上的人，就是狮子口街、旧军门巷那边的，也会来买酱菜，就因唐二海家卖的酱菜实在好。他家自制的合锦菜当是一绝，用料不将就，水是来自前街口的涤心泉，杏仁儿、芝麻、黄姜，少一味也不成。平民百姓享用不起玉盘珍馐，这家常素朴的一口食，怎么着也得把味道做足了。味儿是什么？看不见，摸不着的，要说大，也真大，做好了就不定大不过龙髓凤肝哩。

现在讲究科学饮食，少盐。尽管唐二海家的酱菜不齁，毕竟也是盐渍的，卢大头吃了多年，没长肉不说，还啥病没有。

牙口也好。有人一张口，能把人熏一趔趄。他埋头给人修锁，配钥匙，不言不语。修好了，一抬头，道："得。"一口清气，仿佛刚刷了牙一般。盐杀菌呢。

他爱在唐二海家门口摆摊，白了说就是二人做事的理念相同。唐二海是给老街坊做味美的酱菜，他呢？

早在几年前，有人撺掇他："老卢，搞公司吧。都时兴开公司了，就凭你这手艺，搞个开锁公司，又不用娶媳妇，就挂'大头'招牌，将来老城里的这活儿就全得归你。你也不用这么风吹日晒地劳苦，腾出半边房，公司老板当起来，再带出几个徒弟，多么好。"他说啦："急什么呢？慢慢挣罢咧。"他这心思我们明白，他素来不贪，不想挣多大钱，就是要当这个摆小摊儿的锁匠，仨瓜俩枣就知足，为的是光天化日下能跟老街坊们一起悠悠熬岁月。

他喜欢老手艺。锁是不做了，商店里卖的，又时新又结实。

钥匙是要配的。一把钥匙在他手里能磨半天。瞧那个精细劲儿，好像那钥匙是宝石的，水晶的。

别的街上也有锁匠，早就用起了电子配匙。实在犟不住了，才买了这台自动配匙机。但这个让步，在我们看来合情合理。

使上自动配匙，卢大头就真的清闲多了。配起钥匙来，快，省心。他有了更多的时间看街口人来人往。上午人在阴凉里，下午也不用撑大伞，因为从酱菜店探出墙外的一根老槐树枝，正把树荫斑斑驳驳投在他的摊子上。等阳光弱了，这团树荫也就悄悄移了过去，真是妙之不尽。

2

老实街人都要走了，金银细软带得动，居屋带不动，没得专带一扇门走的。卢大头也将要告别张家大院。他思量过，他的住屋，片瓦都不动一动的。一椽一檩，都是屋的肢体，他要留一“全身子”老屋给老实街哩。他决定到搬走那天，一出老屋，头也不回。

一旦别离，也就再没有归来。

反正过不久大伙儿都要走，那坏了锁的，丢了钥匙的，挨几日就过去了，卢大头摊子上也就半天不来活儿，来个活儿也多是北边街上的。

卢大头不做活儿了，因想着老实街要开大宴的事，看到的人就好像全已晓得的，不然为何总是心领神会地相视一笑呢？卢大头脸上，那笑意也就索性挂住了，不用再像帘子似的，揭下来，拉上去。

每个从后街口走出老实街的人，都会被卢大头看到。他占据的位置绝佳，不出三天，全老实街的所有人都能跟他一一碰面。因他又有隔三岔五跟老年人上门问安的习惯，那些老得不能动的人，自然也漏不下。

至于张树，走前街口的时候甚少，跟他几乎天天见，中午若不在单位吃饭，就会见到三四次。

卢大头并非没想过向他亲口求证。但是，他活多大岁数了，岂是个冒失鬼！人家该说的肯定说，不该说就自有道理。问人家，什么意思？好歹卢大头也是个做细活的。

他不问，却不妨碍见了张树觉得更亲，而且一见张树就能想起他小时的样子。在街上跟小伙伴耍制钱儿，把制钱儿耍丢了，往墙根下、石板缝儿四处瞅，瞅来瞅去瞅不到，那个小可怜儿见的。第二日，卢大头从家里翻出一个制钱儿，拿给他，说自己捡的，他竟没看出来是不是昨晚丢的。当年，这样的制钱儿民间很多。

何曾想，这个为丢失一枚小制钱儿而懊丧不已的少年，长大了会管钱！不光管钱，还管的大钱。他在省发改委任要职，动动笔就不得了。

那桩秘密，在卢大头心底埋藏了几十年。告别宴上喝了酒，会不会管不住自己，张口说出来呢？张树会记得，还是不记得？记得怎样，不记得怎样？

一步步推演下去，卢大头不禁嘿嘿自乐。

见了张树呢？也“嘿嘿”。

“忙啊。”张树打招呼。

“那个……也要回了。”他又“嘿嘿”道，“不捎点合锦菜？”

知道不，这是他的口头语。唐二海的酱菜店跟前说多了，就成了习惯。他也爱说，不过是一句话，又不费什么，就当顺便给唐二海打了活广告。

不知张树是自己想买，还是因他问了才买，反正他点点头，就进了店门，倒叫卢大头觉得过意不去。

何故？他都当那么大官了，为政虽清廉，也比一般人有口福，偏引人家去吃些个不值钱的酱菜。你说唐二海酱菜做得好，不假。就算味道超了龙肝凤髓，也到底改不了酱菜的实质。好比我们视老实街为福地，也不会认为天下就真的再寻不到比它更好的。我们老实街人向以忠厚老实为立身之本，历来讲究不做过头事，不说过头话。类似“上有天堂，下有苏杭”的夸许，我们断乎讲不得。

非要讲出来，就只能说我们习惯了这道百年老街，这道老街就适合我们这伙子老实人。

我们老实街的老一辈，耆老如黄家大院的芈芝圃老先生，还有莫家大院素称济南第一大老实的左老先生，以下再有张树的老爹，当然少不了王家大院的郜靖菜，芈老先生的大儿子还出任过兰志小学的校长，往下数一数，这卢大头连中间也数不上。要不怎么叫大头呢。曾在热水壶厂做正式职工的朱大头，也比他有些声望。

张树因他一句话，就去唐二海的酱菜店买了酱菜。他是一个不起眼的锁匠，已打定主意离开老实街就退休。人家张树，还会有更好的前程。看这人品，又有什么奇怪！

晚上卢大头就睡不着了。想这想那，一颗脑袋在枕头上滚来滚去。

先想了一会儿汇泉楼下的江家池，那里放养了许多从黄河打来的鲤鱼，顾客来了，临窗观鱼，指哪条店家就给捞哪条。做出的糖醋鲤鱼，头尾上翘，比活的还像活的。

当年他还是孩子，一有空就跟小伙伴一起来看鱼。最早吃到汇泉楼的糖醋鲤鱼，他都长到十五岁了。是一位住在普利街的亲戚在那里办喜宴，三姑妈带他去的。为什么会记得这么清楚？不要想了。

接着又想一年多来，为保住老实街，街坊们也真是尽了力了，连张树也出了面，去跟历下区拆迁办谈判，可结果怎样呢？政府要拆，谁也挡不住。东郊燕翅山下的回迁房他也去看过了，平心而论，住了楼，是比在老院宽敞、明亮，但是，人可不能为了要好，就忘了根本。人要总不停要好，就永没安妥。

年轻人怎么想，老的管不着。卢大头可不想老了老了，连个老窝儿也守不住。想到此，眼皮底下就不舒服，像生生搁了枚硬麦粒。

翻了一个身，却想到朱大头。

朱大头说得也不错。燕喜堂的名气，不差于汇泉楼。可是，想当年，北边路上，心佛斋、文升园、吉盛村、厚得福，哪家都有拿手好菜。吉盛村的银丝卷，就好。文升园也有蒲菜奶汤，名气也不小。依着遍尝老济南名吃，那还得算上九转大肠、荷花粉蒸肉、罐儿蹄。

一介平头百姓，虽为着公众的事，开口闭口下饭店啦，尝美食啦，也不怎么像回事，回头想还蛮羞愧。人家张树，当那么大的官儿，什么样的场面没经历过，什么样的山珍海味没享用过，自己这点主意，在他那里算什么？不让人笑掉大牙才怪。他本分了一辈子，该知道自己几斤几两。自己不过比他多吃几斤咸盐罢哩，改日可不能再那么多嘴多舌，像显大能耐似的。

话是这么说，汇泉楼的糖醋鲤鱼，确实美，吃一次能记一辈子。

想着想着，脑子里一根弦儿，悠悠一荡，就像从黑夜里看到了自己活命的家什儿。那些镊子、钩子、锉刀、锤子、钳子，样数多着呢，全都从箱子里跑出来了，围着他，像要对他说什么。

他听着听着，就真的听到了。

这些老伙计是在责备他。他就要丢了老本行呢。他们只有眼前不多的日子了。他心头一酸，把脑袋滚到一边儿。

随之，他就有了主意了。他要用这些家伙什儿，给老实街的每户人家做一把锁。

就做那种老式的锁。过去家家门上都会有一把，有心的还留着，没心的早丢了。多年不做了，他还做得出来。

当晚，卢大头做了一个梦。

老实街人倾巢出动，在街上欢天喜地吃了一道流水席。

好家伙！席桌从前街口排到后街口，一道道美食端上来，涤心泉的水都变成了美酒，一群又湿又亮的大红鲤鱼，在里面扑棱棱乱跳，醉了……

3

苗家大院的老周大清早犯糊涂，去涤心泉汲了壶水，回来把水壶放到窗外小厨房的炉子上，正要到屋里歇一歇，一摸腰里，钥匙没带，他老婆还在忙办早饭，也没带。说一声“屋里有好东西似的呢”，就又走出来。去张家大院一问，才知卢大头一个钟点前就去凤凰山路旧货市场了，不晓得要去买什么东西。

回转来，找了铁棍、钳子要自己开锁，张树见了就道，还是等卢大爷回来：“您二老先来家中坐，吃的喝的，都有。”他道：“一提锁，就怕你笑话。我这个破家，值不了千儿八百的，锁什么门呢？”张树道：“哪里是您锁的，是风给您吹上的！”他还要说什么，望了张树一眼，又没说。

等张树上班去了，就跟张树的爹闲聊。一个院的老邻居，也聊不出多少话，东一句西一句的。等得不耐烦了，忍不住走到院门口瞭望，还道：“嘿，这个卢大头，多早晚不回来，敢情是去买象牙筷子了。买来象牙筷子，好吃大宴席。”

别人问他：“老周，你家有金叉子、银匙子，再不拿出来，还等到什么时候？”

“我有一把算盘珠儿是真。”他道。

我们都知道的，当年他在苗家当伙计，苗家主人南迁时，散了那一架算盘，珠子被他捡了去，当了一辈子宝贝，还说是黄花梨木的。搁不住天天把玩那算盘珠子，虽然一天账房先生也没当过，往那儿一站，恍惚有些账房先生的意思了。

“听说一到年底，老苗家就开大宴。”

“不是我夸老东家，要论对人，比他好的可不多。”老周道，“平时哪怕一个小伙计回乡探亲，都有路费领的，生病也有医疗费。年底这场大宴，排一整天还不算，那些个南货，吃的用的，干果海味、洋烛洋火，给你塞一包袱带回去。他那店里无所不有，既要开大宴，自己想，还能缺了什么？”

没得缺了。

老实街不是也要开大宴么，几十年前可就有了样子。当年你有干贝鱼肚、金华火腿，如今鸡鱼肉蛋俱已平常，市场上什么稀罕没有？

只怕你说不出名儿来。再要办大宴，自然更胜往日。

老周因有心事，说着，就朝前走了。我们都以为他要去九号院，他儿子住那里，不料才走到黄家大院门口，就在一块石几上轻轻坐了，半天不动，竟兀自出起神来。

那卢大头至午方回。

这老头子，终究改不掉省俭的习惯，买了沉甸甸一蛇皮袋子东西，也不打的、不雇车，硬是从凤凰山路的旧货市场辗转坐了公交回来，到了后街口，累出了满头大汗。唐二海看见了，忙从酱菜店跑出来道:“才来呢，周大等了你一上午。”帮着他把买的东西提到了家。那老周已跟了过来，请他开锁。

老周住的是苗家大院的三间小耳房。他在那里生儿育女，几十年没动过地方。

卢大头三捣鼓两捣鼓，没用五分钟，就把锁给打开了。老周两口子请他到屋中坐，他不肯。老周过意不去，忙让老婆找件东西给他带上。那小个子女人，动作倒麻利，赶紧跑到屋中转一圈，竟什么也没找到，空着手又出来。他已走开了，老周追着道:“啧，也算活了一辈子，可就没好东西给你！”他往后扭着脖子，边走边连连摆手。

到了院门口，下意识往张树家瞥一眼。

这个时辰，张树家里就只有他的老爹。过去卢大头来苗家大院，必去张树老爹的屋中问安，并非趋炎附势，想都想不到这上面来。若张树自以为尊贵，也住不到老实街。看他平时也会拎着壶，慢悠悠去涤心泉汲水，哪里会让人想到在外面是个万人求靠的大官？

今儿可不同，老周请他屋中坐，他门槛儿也没进，一转身再去同院的张树老爹家，很不妥。

待回到家里，就想，本来为人开锁，是做了好事，结果，闹了个两边对不住。

默默打开了蛇皮袋，里面都是些做锁的材料，废旧的铁皮、铜皮，铁铸件、铜铸件，还有弹簧之类。他想，他要做的第一把锁，就送给老周，以弥补自己对他的亏欠。

他给老周免费开了锁，亏欠他什么了吗?

亏欠了。设若老周不是老苗家的伙计，是老苗家的出关也好，设若人没那么薄相，小鼻子小眼的，设若他老婆也没那么小个儿，略胖大些吧，再设若两口子也养了张树那样有出息的好儿子，有张树一小半儿出息也罢了，老街邻相守几十年，怎会竟连人家小耳房站都没站过一次!

想到此，卢大头扑嗒堕下两点老泪来。

怕人看见，忙又擦了。

4

其实，跟老实街一起消失的，不光是些老房子，还有我们老实街人隐秘的心思。

就说卢大头，谁也想不明白，为什么会突然变得很沉默，就像嘴上安了把锁。在老实街最后的日子里，虽然每天照旧去后街口，待的时间却短了。见了人，点点头，笑一笑，似乎与以往没多少不同，唯独不作声，令人纳罕。人走到了唐二海酱菜店门口，想听到他惯常说的那句话，却已不能了。这最先引起了唐二海的注意。

没过几日，他往酱菜店门后放他的家什儿，唐二海就叫住了他。

“哎。”

他抬眼一看唐二海，竟让唐二海欲言又止起来。

“哎。”唐二海半天才又开口，可是，只觉心里有很多话，却一句也说不出。

而卢大头忽然也跟他一样了，那些话好像江家池里攒动不休的鱼头，任使再大的劲儿也拱不出水面。

两个人面面相觑，直到有人来买酱菜，才解了这尴尬。

卢大头一声没吭地走了。唐二海自己一个人的时候，心里还在犯嘀咕。

吃过晚饭，顺便拎了水壶，从店里溜达到涤心泉。那里已有了两三个人站着闲聊。泉水里不时发出水泡的破裂声，但这需极好的耳朵才听得到。他听到了也不奇怪，涤心泉虽说是在街口，却像是远离了尘嚣，人到这里就觉静谧。见那两三个人在讲老实街即将举办的大宴，本来要插嘴的，却只是汲了水就走。

他有一个目的，那就是碰到张家大院的老桂。

老桂爱下棋，两人棋逢对手。

可是，有一阵子没下棋了。老实街要没了，怎么有心思下棋?

正巧在张家大院门口碰到了刚收摊回来的鞋匠宋侉子。他嫌在老实街口生意不好，一直把摊摆在了西门桥上，那里临近趵突泉公园北门。

宋侉子看见唐二海，猜他要叫老桂下棋，就道:“等着，我给你叫去。”他道:“又劳动你。我跟你进去吧。”

那老桂早听见了动静，就从屋里出来，口里说着:“早想下棋了，早想下棋了。”唐二海忙道:“这外面小风儿吹着，舒服，棋盘摆院子里吧。”老桂赞同，忙把灯挂到屋门口，找空地放了张小方木桌，俩人就用老桂的象棋，在院子里对弈起来。

下了一会儿，唐二海就道:

“咦，老卢呢？”

往常下棋，总会有很多人围观。卢大头这观棋的兴致也挺大，有时还会亲自跟唐二海下上一盘。这时候围观的是同院的几个大人和小孩，没有卢大头。

“老卢！老卢！”老桂叫。

卢大头走了过来，跟过去没什么两样，站在一旁看，只是不作声。

“将！”老桂赢了。

“老卢来一盘。”唐二海道。

卢大头笑着摆摆手。

“别想赖。”老桂笑道，“今晚可是自己门前叫阵，你说说，怎么收场？”

“以往你输在我手下的时候也多了，”唐二海道，“如今我让你一着也没什么。老桂，你看老卢也太斯文了些。”

“啪！”老桂跳了马。“我跟老卢一个院子住多少年，都没见他不斯文过。”老桂道，“观棋不语真君子，亏你还是个懂棋的。这局我要跟你下出个千里独行，等着耗吧。”

“以前你不这样的，下个棋这么多话。”唐二海道。

“说我！”老桂不服。

“是不，老卢？”

卢大头还是摆手，转身欲走。

炮五平六。老桂细眯起眼睛来。“该你了。”他催，“看你出车。”

“别走啊，老卢。”唐二海忙道。“我这儿有壶水，你拎去吧！等会儿我再去汲。得，这个卢忠信，屋里有上好的扒蹄等他啃似的。”

“快哉！”老桂不由呼道。

五月的夜，暖风拂拂。苍天如圆盖，张家大院一盘棋，下棋的，观棋的，各自得意。

不知觉间，把邻院的人也三三两两引了来。你知道的，前些日子，我们老实街居民可不好过。把我们一股脑儿给弄到十几里外的荒郊野地去，差不多就是背井离乡了。想不通，舍不得，扯不断，理还乱。

劝君切莫轻贱老实人。老实不是傻，老实人是有心思了，却把心思都压着。随着最后一刻的来临，我们不是没想过怎样离开老实街。

还能让老实街人怎样呢？那肯定不是一个欢乐的日子。可是一听张树提议办大宴，我们不真的兴奋起来了么？

本来像只柔弱的小虫儿，要把自己悄悄拖进阴暗的泥穴，仿佛要把自己封在坟墓，闭目塞听，以此度过那悲伤的俨然寒冬的时辰。

忽而，一缕春风吹了来。

像是蛰伏的虫儿醒了！二目一睁，这不正是春月么？天也没塌，地也没陷，也没哪个人活不下去。涤心泉汩汩流，一刻也没中断。这花谢了，那花开，绿了杨柳，红了樱桃，真个犹如“岁岁伤春，岁岁春又到”。从过了清明，连个恼人的阴天也没见着，每天日光晶晶亮。

啪啪，老桂和唐二海还在张家大院下起大棋来了！

河界三分阔，智谋万丈深。通观全局不漏眼，巧出奇兵最难防。你是当头炮，我就给你马来跳。摆上羊角士，不怕马来将。

看这二位不给你杀上一夜！

5

“不捎点合锦菜？”

唐二海的耳朵似乎听到了呢。这回唐二海就看清楚了，那卢大头是没话，而那姿势，那神情，可不就是这么个意思。

要说卢大头斯文，过去唐二海并没做过如此判断，但肯定卢大头绝不是那等鲁夫莽汉。看他做活就看得出，小弹簧、小螺丝、小镊子，指头粗的都拿不起来。在他手上，稳稳的。想想昨晚的情景，唐二海就觉得是有些难为他了。想着，就拿了只杯子，斟了茶水，给他端了过去。

“喝杯茶。”唐二海殷勤道。

卢大头接了，也没客气。喝了两口，顺手把杯子放在配匙机旁。唐二海没有离开，守在原地跟对过的老朱闲话。

“给我三个月，让我再挣回钱，才是积德呢。”老朱道。他家的冷饮店生意，开春才刚刚好。炎热的夏季尚未来临。辛苦三个月，能顶半年。

“你不是挣下金山银山了么？”唐二海道，“也该知足了。”

“我是知足。”老朱道，“老实街给了我吃的喝的，但我就不能说一句？要搬，就定到秋后搬，一年就算忙过了，也是秋后算账的道理。”忽然想起什么来，就说：“大头，咱俩每天对面望着，就不记得你吃过我一块雪糕。”

唐二海一听，心头就一跳，忍着没看卢大头。

“二海，”老朱道，“都是街坊，他也吃你家酱菜，也喝你家水，不大公平吧。”

“很是。”唐二海笑道，“你俩的账，我不掺和。”说着，要回去。

“开大宴，自有我一份冷饮。”老朱道，“管你爱不爱，老不老，只要我老朱送上去的，你若不吃一口，就是不给面子。”

唐二海回屋里了。他还是没听到卢大头说什么。老朱的声音没了，他再出去看，卢大头不在了，家什儿却还在，那杯茶也空了。左看右看，不见卢大头的影儿，正纳闷他去了哪里，从北边路上笑嘻嘻地走来了林家大院的陈东风。

“卢大爷叫县东巷的小丰给弄走了。”陈东风近前道，“刚才见他两个手下架着卢大爷，脚不点地的，一问才知道，是小丰忘了保险柜的密码。”

小丰原是县东巷的街痞，两年前在榜棚街上开了家公司，算是改邪归正，但终究没褪掉鲁莽的脾性。

唐二海未及听完，就老大不乐意。

“再急也是请人！”他拉下脸道，“不要他三顾茅庐，也不能这样来粗的。不是你来说，我还以为遭了劫，一点声响没听到呢。”

“可不。”陈东风道，想起干瘦的卢大头生无可恋，被两个大汉挟持着在泉城路上一路狂奔的情景，扑哧又笑了。

唐二海也笑了。“你拿急性子的人没办法。”他叹道。

天快黑了，卢大头也没回来。我们都知道了卢大头被小丰架走的事，因没有亲眼看见，而暗暗引以为憾。

等到十点来钟，唐二海就帮他把外面的东西收拾起来，放在店门后。对他愈久不归，我们的猜测是他没带工具。也不是没有提出给他送去，但是，尽管小丰金盆洗手，却有劣迹在先，一直没人愿意跟他交往。况且，我们相信，以卢大头精湛的手艺，没有克服不了的难题。所以，我们就只是耐着性子等等看，也都没想到报警。至于小丰会不会伤到卢大头，我们认为这是多虑。

都快半夜了，才见从东边疾驰而来一辆小轿车，也不管泉城路是单行道，“咔哧”横在了街口。

车门从里面打开，飞快地下来两个年轻人。从前右车门下来的那个，又回身打开了右后车门。接着，我们诧异地看到，这右后车门里无声无息地钻出来的，不是哪位高官，也不是哪位阔佬，正是我们老实街的老锁匠卢大头！

我们一时屏住了呼吸，看那卢大头低垂着一颗硕大的脑袋，好像不胜重负。年轻人重新上了车，就逆着车道向东边疾驰而去了。

卢大头不说话，我们也忘了说话。他寂寂地从酱菜店门口走过，对我们视若无睹。他的家什儿不被唐二海收起来了嘛，他问也不问。看这样子，是对人间万事撒手了。这可比受人欺负了严重。难怪我们好奇心上来，就要追上去。

岂料唐二海朝人“嘘”了声。

从唐二海脸上，我们俱理会得自己也急了。

显见得卢大头不想睬人，偏要去问究竟，不是强人所难么？似乎有一点可以肯定，在小丰那里发生的事不怎么寻常。卢大头正急需一个喘息的机会，去一个背人的角落，整理心绪，缓缓神儿，或舔舐伤口啥的，我们可不忍这么迫不及待地跟上去。

整条街都空寂了下来，好像所有老实街居民不约而同地退守在了家里，给回家的卢大头腾出了独自穿行的道路。

他一个人走在青石板上，连条狗也没遇到。

眼神一恍惚，就不见他了。

在这样一个既寻常又不寻常的夜晚，每个老实街人注定耿耿不寐。可相对于一颗打小滋养化育的忠良仁惠之心，这倒也不怎么算得委屈。

6

第二天一早，就有消息不胫而走：

卢大头吃过大宴了！

这场大宴可不一般，不是在汇泉楼办的，也不是在燕喜堂办的，而是在如今泉城最高级的地方。离着老实街倒不算远，是在南门外泺源大街上的索菲特银座大酒店！听名字就听得出，那里可是要中有中，要洋有洋。老实街上，几个能进那里去？一进这家大酒店，就不是活鱼三吃、银丝卷、奶汤之类的可比了。能说出花样来的，只有那些灵巧的年轻人，老济南人舌头硬，拐不过弯来，白受难为。

那小丰又是个爱排场的人，不光选在了高档场所，作陪的也叫了十几名。

十几名什么概念？可不是加把小椅子、小板凳就算，而是定了圆圆一个大桌，十几名都在一个桌上，还用干冰化了白烟袅袅，差不多就是仙境了。十几名陪客有他的手下，又有他的狐朋狗友。

他派人把卢大头架走，可以说相当无礼了，在大酒店摆宴，算是给他赔罪，但是我们更相信那是敬卢大头的手艺。

在他的公司，老锁匠不使任何工具，全凭着耳朵，根据耳朵捕捉到的声音里那细微的差别，徒手就把失了密码的保险柜打开了。

你以为开个锁不过是普通的事？老锁匠彼时专注忘我，动作的沉着从容，技艺的精熟不凡，肯定震慑住了那个不知深浅的小子。开个锁普通，但也分是谁来开，谁怎么开。

他把卢大头请到大酒店，可不叫心血来潮，其实也是肚里装了乾坤哩。

毫无疑问，我们老实街藏龙卧虎。那些深藏不露的奇人，不知有多少。像卢大头这样的，就差点让人错过。这样想想，一边唏嘘不住，一边又是羡煞。

在老实街的大宴来临之前，人家卢大头提早就享用过了。以我们对小丰的了解，索菲特银座大酒店昨晚的排场，张树也不见得经历过。官场再怎么铺张，也是官场。据说，一有大的场面，张树都是有意躲的。这是他的谨慎。

小丰不用谨慎，花自己挣的钱，请自己的客，检察院不管，法院不判，也都不要咸吃萝卜淡操心。

一串问题又来了。小丰的手下把卢大头从唐二海酱菜店门口架走的情景，一再经人描绘，不免走了样子。那远不是粗暴，而是滑稽。

不论前看后看，卢大头被架起的两臂，都远远高于他的那颗头发斑白的大号脑袋。脚不点地也是真，卢大头连喊一声都没喊，也是真，不然店里的唐二海就会被惊动。他那样闭着两眼、一声不吭，被两个大汉急急如风地架到了榜棚街。在他全神贯注为小丰开锁时，大抵也是不用多语的。

那么，他被小丰请到了豪华大酒店，面对一桌堆积如山绚焕迷眼的珍味佳肴，和一票热情恭敬的陪客，也不响么？再者，酒喝没喝，菜吃没吃？喝了什么酒，吃了什么菜？哪道菜最好，说出一两样儿来，也让老实街人见识见识。

白天里看到的卢大头，不像昨晚喝过酒的样子。张家大院里有了很多人，都是好心来探问的。他倒没让人失望，没躲到屋里不出来，后来还索性坐在了随墙门的石阶上。我们问他的话很多，他基本没回，只是安安静静地对人笑笑。往常他并非多话的人，我们倒不觉失礼，更没感到明显不快，反而以为是他矜持。

吃过一次好东西就四处张扬，恨不得全世界都知道，不是我们老实街人的做派。

话虽这么说，到底还是对卢大头的表现不甚满意。

好东西存心里，是要酿酒不是？酒酿不成，只怕沤坏了。

不过，我们相信有几次他话到了嘴边儿，但终究没说出来。

我们想听到什么呢？老实街要办大宴，就办索菲特银座大酒店那样的。再别提什么汇泉楼、燕喜堂、心佛斋、厚得福之类，老实街在豪华的索菲特银座大酒店包上一层楼。据说四十九层是个旋转餐厅，要不也包下来！不管成不成，听着就觉豪气。

临了临了，也该让我们老实街人豪气一把。

几乎一天时间，卢大头都没有离开张家大院半步。

今天也怪了，既没找他配钥匙的，也没找他修锁的。

熬粥、泡茶，平日里他喝不到泉水就浑身不自在，可他却像忘了去涤心泉汲水。蓄下的水，断断比不得新汲的哩。

这个人，解了一回馋，就像中了蛊。

再看他神情，可不就是被魔咒魇住了？

日光有了些昏黄，他却突然低着头慢慢向后街口走了去。

他的家伙什儿还放在酱菜店门后。他到了那里，我们本不指望他搬出来，就要到收摊的时辰了嘛。他只是站在店门外，像在迎候外出而归的老实街人。

傍晚半暗不明的空气里，一缕轻烟也似，隐约响起了我们早已熟稔于心的那句话：

“不捎点合锦菜？”

7

时光比我们想象的流逝得要快。

那真是做梦了，时光无声无息地滑向了老实街的末日。它是这个样子的。天，这么蓝；我们的心，这么悲伤。

可是，除了从远处被大风吹来的白色塑料袋，幽灵一样在老实街漫天飞舞，我们无比渴望的大宴，竟还没有一丁点儿着落。

到了这一天，我们才发现，所有的老实街人已然度过了一段痴人说梦的日子，而这无疑激起了我们的愤怒。

有关老实街即将举办告别宴的传言，是怎样炮制出来的，我们需要知道。一时间，我们听到了各种说法，有说是开小卖店的左门鼻老头子最先从张树那里听到的，有说朱大头听到的。王家大院的白无敌、九号院的老简、后街口的老朱，都有嫌疑。

在无从求证的情况下，感觉被深深捉弄的我们，只能把无名火撒向张树。

即便捕风捉影，张树生活在老实街，公务再繁忙，也应该有所耳闻，况且他几近每日都要去涤心泉汲水，这是他多年养成的习惯。苗家大院，不止他一户人家。同院的老周，似乎受过取笑，被说每顿只吃半饱呢。老周一辈子都想当账房，会算计。

可是，别提辟谣了，就没听他吭过一声。别人以为你是慎言，未必不是把人当了猴耍。

你身居高位不假，可你多少年给老实街做过什么大事！你有前程，那也不过是你张家自己的前程罢了。跟我们这些布衣草民，没半毛钱干系。

实际上，张家不会像我们这些草民布衣一样去荒郊野地去住。早就听说了，张家从别的地方另买了好房子。张树也本来就有单位的福利房。

张家从别处买房子，又主动告诉过几个老实街人？当然啦，不可能全都告诉。街邻相处再融洽，也有亲有疏的。可是，这不能说明你就可以安然看人因你做那白日大梦，打不完的闷葫芦。

唐二海早早就忙开了，挨家去送了自己做的合锦菜。包装用的是他定做的那种三寸来高的小黑瓷瓶，我们还没心打开吃，相信他不将就。

有人看见他也给张树家送了去。这让我们很不痛快。我们已经决定该怎样对待这家人，那就是，绝不亲口与他们告别。

这一天，我们纷纷站在老实街上，等待一个特殊的时刻来临。

正午时分，张家老人在儿孙们的搀扶下，从苗家大院的金柱大门里走了出来。我们一个个面无表情，也绝不会让人误解是在为他们一家人送行。

不知道有无感受到我们内心真实的意图，但是确确实实，他们脸上的表情在环顾一周后也凝固了下来。整条青石老街上，唯有一只只轻盈的塑料袋，在大风的吹送下，忽上忽下地飞行，好像来自另一个神秘的时空。

一俟断定没人靠近，这家人就要扶那老爹钻进备好的车里，而张家大院的老锁匠突然现身街头。

卢大头手提一个黑色人造革手提包，径直向着他们走去了。他们一家迟疑了一下，停在了那里，眼看着卢大头一步步走来。

我们眨也不眨地看。

卢大头一声沉痛万分的质问，似乎就要破口而出。不光是张树，他们一家人都将在一个老锁匠的严词责备下愀然色变。我们老实街居民即将能给予卢大头的滔滔敬意，注定前所未有，绝非县东巷小丰可比。

可是，在张树一家人面前，卢大头规规矩矩，含胸佝背的。他说了什么，我们听不到。如果他分明地叫一声“老爷”，我们都不会感到一点惊奇。

事实上，这家人素常是极平易的。细论起来，张树他这个副厅级干部，若放在老年间，差不多就是官封四品，或得称知府大人哩，岂能乱的。

接下来，卢大头默默将身一趔，走进了苗家大院的院门。

待他出来，张树一家人已经不在了街上。堂堂一个“知府大人”，派几个帮手来搬家，甚至不劳一句话。

后来我们得知，卢大头是专去苗家大院找老周的。他将自己新做的一把老式锁，在老周家的三间耳房里，亲手做了赠予。

这些日子，他常把自己关在自家里屋，连老婆也不让进，就是要精心给我们每个老街邻做把锁。第一把锁要送给老周，即便先遇到了张树一家，计划也不得变，端的是个心中有次序的人。

第二把呢，则是要送给老实街曾与他最合得来的编竹匠唐老五。

想当年，唐老五临死前一个月，也做过不少竹编的小巧玩意儿，竹垫子、竹匣子、竹茶壶、竹灯笼都有，谁爱谁就拿了去，至今都能在我们家里找到。唐老五早化了灰，但他的女儿还在开着竹器店。

卢大头继续向编竹匠女儿的竹器店走去，可巧迎面又碰上了刘家大院的朱大头。

二人几乎同时立在了街心。

立了一阵子，也都没话，竟把我们看乐了。——罪过！

人人在忙搬家，朱大头倒不急。他要再去涤心泉汲壶水。

他错错身，歪着脖子从卢大头身旁走了过去。卢大头停了一阵子，忘了去做什么似的，也就踅回了自己家。

8

白云苍狗，想想人世间多少事情，都像转瞬间发生的，老实街也像突然就没了。别说是开大宴，就连老锁匠的那些老式锁也没能如愿送出。

在老实街变成一片废墟的当天夜里，老锁匠随身携带一个装满锁的人造革手提包，独自来到西门外幽暗的护城河边。他徘徊了许久，显然是舍不得。他是要连锁带包统统抛入河里。不小心身子一闪，人跌了下去。

河里的流水都是众泉汇集而来，澄澈凉冽。他一点也不慌张，也不呼救，任在水中漂浮。水流脉脉漫过他的老脸，也缓缓漾进了他的嘴。他吞咽了几口，如啜甘醴。

眼前悄然亮了，就看见皓皓白日下，真的排了一场流水席！

大宴方兴未艾，美酒如同身下的护城河，潺湲流淌，各种美味佳馔都盛在一只只白玉盘里，白玉盘自动在水上漂，连小二都省了。仔细听，远远的，似有节日欢快的丝竹，声声入耳。

他还攥着那个皮包没松手，按说会沉。事实并非如此，他的身子很轻，就那样面朝星空，一无恐惧地顺着水流，一直向下游漂去。到了大明湖西水门不远，就从水面上轻轻一翻身，爬了起来。

而此前，他还去了瓦砾之间的涤心泉，本打算将那些老式锁丢在泉池里的，却担心堵了泉眼，也就随之打消了主意。

在泉边出了一会儿神，竟又想到这个夜晚，这个时辰，断乎每个老实街居民，都在跟家人围坐一起，安享一罐朴素的合锦菜。

于是，从古今幽明，从天上人间，我们一起目光炯炯地看着一个正派人，仿佛了去了一桩大心事，拽动渐趋疲懈衰迈之躯，夜幕下踽踽行去，一步步离却了最终发现自己无比卑微的幸许之地。

附录

主要人物信息一览表

左门鼻：小店主。住莫家大院。

陈玉伋：外来人。剃头匠。租住刘家大院。

石　头：小店主鹅的儿子。学名唐泉生。

鹅：小店主。编竹匠唐老五的女儿。

高　杰：商界高管。住狮子口街。

穆泽宽：大学退休校工。外号“阿基”。

穆泽厚：穆泽宽的兄弟。自闭症患者。外号“米德”。

朱小葵：电台女播音主持。住刘家大院。

郜　浩：公安局排爆警察。住王家大院。

小耳朵：劳保厂下岗职工。住九号院。

老花头：糖酒站退休干部。住王家大院。

卢大头：锁匠。住张家大院。

白辟疆：摄影师。外号“白无敌”。住王家大院。

老　常：全名常宝根。政府机关干部。曾分管招工。住按察司街。

马大龙：小店主鹅的邻居。

张小三：住胡家大院。

大老赵：经营风味小吃酥锅。住十八拐胡同。

朱大头：热水壶厂退休工人。朱小葵的父亲。住刘家大院。

芈芝圃：长寿佬。住黄家大院。与刘家大院对门。

芈老大：兰志小学老校长。芈芝圃的大儿子。住黄家大院。

斯先生：上海人。来老实街寻根。

老祁头：剪纸高手。住王家大院。

唐五嫂：鹅的母亲。

唐老五：编竹匠。鹅的父亲。

郜靖棻：供销社老会计。郜浩的父亲。住王家大院。

桂小林：铁路局列车长。老桂的儿子。住张家大院。

老　周：小耳朵的父亲。住苗家大院。

张　树：发改委副主任。住苗家大院。

唐二海：酱菜店店主。住后街口。

马二奶奶：原姓卜。小店主鹅的邻居。

吴司机：铁路局职工。住岔路街。

小　丰：青皮。住县东巷。

大傻子：搓澡工。住威丰街。

老　简：企业退休干部。住九号院。

小耳朵的儿子：自闭症患者。住九号院。

老　桂：爱下棋。住张家大院。

艾小脚：传说中有异装癖的大夫。住后营坊街。

宋侉子：鞋匠。住张家大院。

老　朱：小店主。住后街口。

苗凤三：开馍馍房。住前街口。

王台长：电台台长。

图书在版编目（CIP）数据

泉水边 / 王方晨著 . -- 北京：作家出版社，2025. 6.
-- ISBN 978-7-5212-3363-6

Ⅰ. I247.5

中国国家版本馆 CIP 数据核字第 2025KG8711 号

泉水边

作　　者：王方晨
责任编辑：向　萍
封面设计：李　超
出版发行：作家出版社有限公司
社　　址：北京农展馆南里 10 号　　**邮　　编：**100125
电话传真：86-10-65067186（发行中心）
86-10-65004079（总编室）
E-mail:zuojia @ zuojia.net.cn
http://www.zuojiachubanshe.com
印　　刷：河北星强印刷有限公司
成品尺寸：155 × 220
字　　数：240 千
印　　张：18.5
版　　次：2025 年 6 月第 1 版
印　　次：2025 年 6 月第 1 次印刷
ISBN 978-7-5212-3363-6
定　　价：79.80 元